Hernán Rivera Letelier

Die Liebestäuschung

Roman

Aus dem Spanischen von
Svenja Becker

Insel Verlag

Die Originalausgabe erschien 2009 unter dem Titel
Fatamorgana de amor con banda de música bei Aguilar Chilena
de Ediciones, Santiago de Chile.

Erste Auflage 2013

Druck: CPI – Ebner & Spiegel, Ulm
Printed in Germany
ISBN 978-3-458-17565-0

Die Liebestäuschung

1

Und so wie manche Familien unter ihren Habseligkeiten auch lebende Tiere mitführten – Zicklein und Lämmer, durch die das Gedränge auf dem Schiff noch quälender wurde –, hatten sie mit einiger Mühe ihren großen Konzertflügel an Bord geschafft. Und in den schwankenden Nächten auf hoher See hatte seine schwindsüchtige Ehefrau Elidia del Rosario unter einem grausamen, von ehernen Sternen funkelnden Firmament noch die Kraft gehabt, der sich auf den Planken an Deck drängenden, düsteren Menschenherde Chopin vorzuspielen. Und in der letzten Nacht ihrer Überfahrt hatte sie sich sogar ein Herz gefasst und einige Verse von Gustavo Adolfo Bécquer vorgetragen, ihrem »Seelendichter«, wie sie ihn nannte. Und all das, wo doch seiner Elidia, die schon von Natur aus ängstlich war, die Nerven aus Furcht vor einem Schiffbruch flatterten. Immerzu hatte sie an den Dampfer denken müssen, der wenige Jahre zuvor mit fünfhundert für die Arbeit in den Salpeterminen angeworbenen Menschen an Bord vor der Küste von Coquimbo gesunken war. Zu allem Unglück waren die in die Laderäume des Schiffs gepferchten Menschen nicht bei der Reederei registriert gewesen, und ihr Tod wurde von den Behörden rundheraus bestritten, aber einige Matrosen, die den Schiffbruch überlebt hatten, berichteten hinter vorgehaltener Hand in den Hafenkneipen davon. Außerdem war ihre Großmutter mütterlicherseits Zeugin, hatte sie doch einem Bruder Lebewohl gesagt, der für die Arbeit in der Wüste angeworben worden war, und der blieb für immer auf See.

Die Ladentür sperrangelweit zur gleißenden Wärme des frühen Nachmittags geöffnet, döste der Barbier Sixto Pastor Alzamora – gerötetes Gesicht und prächtiger Zwirbelbart – in seinem Frisörstuhl, bewegte sich schwerfällig in dem schweinsledernen Polster und verlor sich erneut im Treibsand seiner salpetrigen Siesta. In seinem schläfrigen Tran hätte er nicht sagen können, ob er gerade träumte oder die verschwommenen Bilder von seiner Ankunft im Norden seiner Erinnerung entsprangen. Er sah sich selbst zu Beginn des Jahres 1907, zusammengepfercht mit 149 angeworbenen Salpeterarbeitern und deren Familien an Deck des Dampfschiffs Blanca Elena. Er war in Coquimbo an Bord gegangen, mit seiner tuberkulosekranken Frau und seiner siebenjährigen Tochter. Und auf dieser peinigenden Überfahrt war seine arme Frau, die sich auf See unablässig vor dem Ertrinken gefürchtet hatte, schließlich, als im Morgennebel bereits die rostroten Berge von Antofagasta sichtbar wurden, an einem Herzschlag gestorben. Nur wenige Stunden zuvor hatte sie ihn in einer ihrer traurig sentimentalen Anwandlungen bei der Jungfrau von Andacollo schwören lassen, dass er ihre Kleine, sollte ihr etwas zustoßen, immer behüten und lieben und auch ihr Talent für das Klavierspiel stets fördern würde. »Eines Tages wird sie eine große Konzertpianistin«, hatte seine Elidia zu ihm gesagt. Er hatte sich immer gefragt, was seine zartfühlende Frau wohl getan hätte, hätte sie an jenem Morgen mitansehen müssen, wie ihr geliebter Flügel, schlecht vertäut auf der Schaluppe, die ihn an Land bringen sollte, in den tosenden Fluten der Bucht von Antofagasta versank.

Er hatte Elidia del Rosario in dem kleinen Dorf Canela Alta, im Hinterland von Ovalle, kennengelernt, und für beide war es Liebe auf den ersten Blick gewesen. Sie spielte Klavier in der Schule, und er war der magere Lehrjunge im einzigen Frisörladen im Dorf; ein junger, unduldsamer Bursche, der beim Zusammenkehren der Haare hitzige Debatten mit den wortgewandtesten Kunden vom Zaun brach, Debatten, die stets um Fragen der sozialen Gerechtigkeit kreisten und um den sich über die Generationen fortsetzenden Missbrauch durch die Besitzenden. Elidias Eltern waren gegen die Heirat gewesen, ein »Haarfresser« war ihnen für ihre Tochter nicht genehm. Was weniger an seinem bescheidenen Broterwerb lag als daran, dass er im Dorf als Anarchist galt. »Barbiere sind sture und gottlose Gesellen«, hatte Elidias Vater seine Tochter gewarnt. »Und erst recht, wenn sie libertär sind.« Am Ende hatten sie heimlich geheiratet, an einem sonnigen Montag, dem 4. Juli, Elidias einundzwanzigstem Geburtstag. Er war ein Jahr älter als sie. »Wir hatten siebzehn magere, aber glückliche Jahre miteinander«, sagte er oft mit glänzenden Augen zu seiner Tochter Golondrina, wenn die an stürmischen Abenden am Klavier saß und ihn bat, ihr von ihrer Mutter zu erzählen.

Wegen Elidias von jeher angegriffener Gesundheit

hatte es zehn Jahre gebraucht, ehe sie zum ersten Mal schwanger wurde. Und da sie bei der Geburt fast gestorben wäre, beließen sie es bei dem einen Kind. Aus Liebe zur Poesie hatte Elidia für ihre Tochter den Namen Golondrina gewählt, eine Hommage an ein von Schwalben durchsegeltes Gedicht von Bécquer, das sie an ihren melancholischen Abenden gern aufsagte. Das Kind war erst wenige Tage alt, da las Elidia ihm abends zum Einschlafen schon Gedichte vor, die sie aus dem dicken Band *Die schönsten Gedichte für den Vortrag* auswählte. Und als das Mädchen, »schön wie eine Rosenknospe«, eben durch die Wohnung zu krabbeln begann, erlaubte sie ihr – und ermunterte sie mit von Tränen getränktem Lachen –, sich am Flügel hochzuziehen und auf seinen 88 Tasten zu klimpern. Damit ihre kleine Golondrina nicht nur den Klang und die Färbung jeder Note der Tonleiter entdeckte, sondern, wie sie sagte, in den verborgenen Winkeln der Musik auch der unergründlichen Gegenwart des lieben Gottes teilhaftig würde.

Betäubt von der Schwere seiner Siesta, schob sich der Barbier auf seinem Frisörstuhl zurecht, strich sich über den Schnurrbart und schloss seine Finger fest um den Roman von Juanito Zolá auf seinen Knien. Im Musikzimmer am anderen Ende des Ganges hatte seine Tochter Golondrina, die dort auf ihre ersten Vortragsschülerinnen wartete, mit Fingerübungen begonnen, und die langsamen Läufe schienen wie dafür geschaffen, das schwermütige Anbranden seiner Erinnerung zu untermalen, diese unauslöschlichen Bilder aus den kurzen Jahren mit seiner Frau. Wie sehr hatte er sie geliebt!

Alle Verzweiflung der Welt war in sein Herz geflutet, als er sie auf dem Friedhof von Antofagasta beisetzte. Die Schroffheit der Wüstenlandschaft schien seinen Schmerz noch schneidender zu machen. Zwei Wochen hatte er im Zimmer einer Pension im Hafenviertel haltlos um sie geweint, dann hatte er an einem Montagmorgen seine Tochter zu den Nonnen in die Schule gegeben, hatte seine Arbeitsutensilien gepackt und sich auf den Weg hinauf in die Salpetersiedlungen gemacht, um dort seine Dienste anzubieten. Mit seinem Zwirbelbart, seinem Strohhut und seinem unverwechselbaren braunen Koffer durchstreifte er zunächst zu Pferd, dann auf einem Maultierkarren das Hinterland des Zentralbezirks. Zu Anfang wählte er in den Siedlungen einen halbwegs belebten Ort, richtete sich an der Ecke vor dem Lichtspielhaus, neben dem Eingang zum Minenladen oder gegenüber einer Arbeiterkneipe ein. Er besorgte sich ein paar Wellblechplanken gegen die sengende Sonne, bat im nächsten Haus um einen Schemel, legte seine Arbeitsgeräte fein säuberlich in den Deckel des geöffneten Koffers und hängte ein Schild mit seinem Angebot und den entsprechenden Preisen auf: Haarschnitt 5 Peso, Rasur 3 Peso.

Bereits nach kurzer Zeit war er als ein großzügiger Landmann aus Ovalle bekannt und wegen seines Idealismus und seiner flammenden Reden zugunsten der Proletarier unter den Arbeitern überaus beliebt. In vielen Siedlungen boten ihm Familien ihr Vorderzimmer an, damit er arbeiten konnte, wie sich das gehört. Und er zeigte sich erkenntlich, schnitt dem Herrn des Hauses umsonst den Bart, steckte der Frau Gemahlin das Haar auf und schor die Köpfe der gesamten verlausten Kinderschar. Bald nach seinem Auftauchen rühmte man ihn weithin als Meister seines Fachs, Arbeiterversicherungen, Arbeitervereine und Bergmannskapellen überließen ihm freudig ihre Räume und rangelten um das Vorrecht, in den Genuss seiner Dienste zu kommen. Zu jener Zeit war es sein großer Traum, sich einmal in Antofagasta niederzulassen, in einer der florierenden Geschäftsstraßen der Stadt seine eigene Barbierstube zu betreiben und seiner Tochter die bestmögliche Erziehung angedeihen zu lassen. Mehr erhoffte er nicht vom Leben. Und deshalb war er an ausnahmslos jedem Tag der Woche auf den staubigen Straßen durch die Wüste unterwegs.

Einmal im Monat bestieg er in der erstbesten an der Bahnlinie gelegenen Salpetersiedlung den letzten Waggon des Zugs und fuhr übers Wochenende hinunter in die Hafenstadt. Am Morgen besuchte er im dunklen Anzug, mit hochgezwirbeltem Schnurrbart und einem Strauß weißer Kalla in der Hand (Elidias Lieblingsblumen) den Friedhof, weinte untröstlich über seine Witwereinsamkeit und sprach lange mit seiner Frau, deren Andenken ihm lebhaft vor Augen stand. Das Vergehen der Zeit konnte dem engelsgleichen Bild von Elidia del Rosario Montoya im Spiegel seiner Erinnerung nichts anhaben. Am Nachmittag besuchte er, eine Schachtel vom immer gleichen Konfekt unterm Arm, seine Tochter in der von französischen Nonnen geführten Schule für junge Damen. Nach wenigen Monaten Arbeit hatte er genug Geld beisammen gehabt, um das Versprechen einzulösen, das er Golondrina del Rosario am Tag der Beerdigung ihrer Mutter gegeben hatte. In einem Auktionshaus in der Calle Bolívar erstand er einen französischen Konzertflügel von Érard und schickte ihn, geschmückt mit einer großen Rose aus rotem Transparentpapier, in die Schule. Von da an stand das kleine Mädchen, das von den Nonnen wegen seines vorbildlichen Betragens und seiner Inbrunst beim Gebet »Schwester Golondrina« genannt wurde, im Mittepunkt aller kulturellen und gesellschaftlichen Ereignisse des Internats, denn die Kleine war nicht nur eine musikalische Naturbegabung, sondern trug auch leidenschaftlich wie eine bühnenerfahrene Poetin Gedichte vor.

In seinem schläfrigen Dämmer, in dem er sich von den schleppenden Klängen des Klaviers gewiegt fühlte – ihm war unklar, ob sie von weither zu ihm drangen oder im Klangraum seines eigenen Schädels entstanden –, durchzuckte den Barbier flüchtig die Erkenntnis, dass die Melodien, die seine Tochter den Tasten des Klaviers entlockte, seit längerem schon von chronischer Schwermut durchdrungen waren. Mit einem Seufzen rückte er auf seinem Stuhl herum. So anders als andere Frauen war seine Tochter geraten. So fein in ihrem Betragen. Er hatte sich schon manchmal, ganz klassenbewusst, Vorwürfe gemacht, weil er Golondrinas Klavierspiel gefördert und sie obendrein auf eine religiöse Schule geschickt hatte und nicht auf eine staatliche, wo die Tochter eines Proletariers, der auf sich hält, eigentlich hingehörte. Für ihn war nämlich die Geige immer das Instrument der Blinden gewesen, das Akkordeon das der Zigeuner und die Gitarre das der Zuhälter, und das Klavier war eben das aristokratische Instrument schlechthin. Und auch wenn er am Ende immer zähneknirschend vor dem einfachen Argument einknickte, dass die Kunst ja kein Luxus für Bessergestellte war, sondern das geistige Bedürfnis jedes Menschen, überzeugte es ihn doch nie restlos. Im Herzen blieb er ein Idealist, daran war nicht zu rütteln. Das hatte er wohl mit diesem Juan Pérez gemeinsam, dem proletarischen Helden aus dem »sozialistischen Roman«, der auf seinen Knien lag und nun, als er auf seinem Stuhl herumrutschte, um eine Fliege aus seinem Schnurrbart zu verscheuchen, schwer zu Boden fiel.

Der Barbier öffnete nur kurz ein Auge und beugte sich vor, um das Buch aufzuheben. In der Tat setzten dem Arbeiter Juan Pérez im Roman die sozialen Ungerechtigkeiten arg zu und schlugen ihm genauso fürchterlich aufs Gemüt wie ihm selbst. Das Buch (das jetzt wieder auf seinen Knien lag) war seinerzeit von den Behörden verboten und verbrannt worden wegen seiner heftigen Kritik am Klerus und der Salpeterindustrie. »Das hier ist eins der ganz wenigen Exemplare, die der Inquisition entronnen sind«, sagte er immer und schwenkte es stolz vor seinen Kunden. Das Buch hieß *Tarapacá*, trug den gewagten Untertitel *Ein sozialistischer Roman*, war vom Autor 1904 in Iquique unter dem Pseudonym Juanito Zolá veröffentlicht worden und seines Wissens der erste Roman, der in der chilenischen Bergbauregion spielte. Er erzählte von der grenzenlosen Willkür, deren Opfer die Arbeiter zu Beginn des Jahrhunderts gewesen waren und die sich noch heute, ein Vierteljahrhundert später, ungebrochen fortsetzte. Eine Willkür, deren Zeuge er auf seinen beschwerlichen Wanderungen durch die Salpetersiedlungen geworden war, wo die Leibeigenschaft fröhliche Urstände feierte und die ausländischen Ausbeuter, gekleidet wie zur Großwildjagd, ihre eigenen Gesetze schrieben und mit harter Hand durchsetzten. Woran die Regierung, allen voran das jüngste Drecksregime, sie nicht hinderte und so natürlich mitschuldig wurde.

Der Barbier schlug mit der Hand durch die Luft. Im Halbschlaf fiel ihm wieder ein, was er am Morgen über den Diktator gehört hatte, und er dachte, das müsse neben der verflixten Fliege wohl der Grund dafür sein, dass der Frieden seiner Siesta gestört war.

Früh am Morgen, als er gerade dem Bestattungsunternehmer, der ständig über die Krise der Salpeterindustrie klagte, den Bart stutzte und dabei ausführte, welche Ungeheuerlichkeiten sich einige Kapitalistenschweine erlaubten, die selbst aus dem allgemeinen Elend Profit schlugen und jetzt neue Zigaretten mit dem Namen »Krisentöter« auf den Markt gebracht hatten, da war ein Bekannter von ihm in den Laden gekommen und hatte ihm eine druckfrische Ausgabe von *Die Stimme der Wüste* unter die Nase gehalten. Darin war eine Anzeige abgedruckt, in der Musiker zur Gründung einer Blaskapelle gesucht wurden.

»Es stimmt also«, hatte sein Bekannter gesagt.

»Was stimmt?«, hatte der Bestattungsunternehmer gefragt.

»Dass Ibáñez der Schießhund zu uns in die Stadt kommt.«

»Und die da oben wollen ihn auch noch mit einem Ständchen und großem Trara empfangen!«, hatte er sich aufgeregt.

Als der Bestattungsunternehmer unter dem Frisierumhang anmerkte, mit dem Besuch des Präsidenten werde sich hier draußen ja vielleicht das eine oder andere bessern, hatte er gesagt, der Herr Bestatter dürfe sich gern hinwegheben und daheim mit Messer und Gabel eine seiner frisch eingelieferten kalten Platten verspeisen. Und dann hatte er vom Leder gezogen über diesen beschissenen Gernegroß, der nichts Besseres zu tun hatte, als Jagd auf harmlose Schwule zu machen, die er dann auf dem Meeresgrund versenken ließ. Und dass es ja schon brutal genug war, diese armen Christenmenschen zu ersäufen, aber Gewerkschafter mit der Begründung ins Meer zu werfen, es handele sich um warme Brüder, das war wirklich der Gipfel menschlicher Perversion. Erst vor kurzem war nämlich ein Schiff der Marine, angeblich mit einer Ladung Homosexueller, in See gestochen und leer zurückgekehrt. Es waren aber alles Oppositionelle gewesen. Und um das Bild dieser grotesken Verwechslungskomödie abzurunden, in der das ganze Land gefangen war, hatte er, inzwischen rot vor Wut, hinzugefügt, womöglich sei es ihnen noch nicht zu Ohren gekommen, aber in der Hauptstadt wisse jedes Kind, dass der Finanzminister von Ibáñez dem Schießhund ein verkappter Homosexueller war, der seinen politischen Einfluss dazu missbrauchte, an Knaben aus gutem Haus heranzukommen. Am schlimmsten war aber doch, dass, wie man inzwischen wusste, die meisten der jüngst auf hoher See über Bord geworfenen Oppositionsführer zur Bewegung der Salpeterarbeiter gehört hatten. Und nun besaß der Despot die Stirn und kreuzte in seiner ganzen schweinischen Leiblichkeit vor den Arbeitern auf!

Nein, an den Ungerechtigkeiten hier draußen werde sich nichts ändern, ob der Diktator nun hier herumstolzierte oder nicht, hatte er den Unglücksvogel von Bestatter am Morgen angeblafft. Da könne er Gift drauf nehmen. Die barbarischen Arbeitszeiten »von Sonnenaufgang bis Sonnenuntergang«, was hier draußen hieß, dass die Minenarbeiter vierzehn Stunden am Stück unter der sengendsten Sonne des Planeten schwitzten wie die Affen, daran würde sich nichts ändern. Und nichts an den abartigen Lohnabzügen für eine medizinische Versorgung durch Ärzte, die es gar nicht gab, und Apotheken, die einem immer das Gleiche verschrieben: Lindenblüten bei inneren, Heftpflaster bei äußeren Beschwerden. Und die Wachleute in den Siedlungen, die im Grunde Polizeischergen waren, die würden auch nicht verschwinden; Wachleute mit Peitschen und Armee-Karabinern, die im Dienst der Minenverwaltung zu Scharfrichtern der Arbeiter wurden; gemeine Dreckschweine, die wie Sklaventreiber erbarmungslos Jagd auf jeden Arbeiter machten, der sich ohne entsprechende Genehmigung aus den Minensiedlungen entfernte. Und er hatte gesehen, wie man sie züchtigte, wenn sie geschnappt wurden, und dass man sie sogar mit dem Halsstock herabwürdigte, was ihn am meisten aufregte.

Und an all den Schweinereien, dachte Sixto Pastor Alzamora grimmig, hatten auch die Streiks der Salpeterarbeiter nichts geändert, die in unzähligen, blutigen Massakern niedergeschlagen worden waren. Bei seinen täglichen Gesprächen in der Barbierstube hatte er aus dem Mund von Überlebenden – alten Kämpfern, denen beim Erzählen dicke Tränen auf den Frisierumhang tropften – schreckliche Berichte von den Metzeleien gehört, die im gesamten Minengebiet verübt worden waren. Das Massaker von Ramírez, das Massaker von Buenaventura, das Massaker von Pontevedra, das Massaker in der Santa-María-Schule von Iquique, das Massaker von Barrenechea, das Massaker von Maroussia, das Massaker von La Coruña, das Massaker von San Gregorio. »Gesindelschießen« nannten die Militärs diese Metzeleien verächtlich, die von den Industriellen und der gerade amtierenden Regierung, vereint in einem widerlichen Schweigepakt, mit allen Mitteln vor der Öffentlichkeit geheim und aus den Geschichtsbüchern herausgehalten wurden.

Und weil einem die schrankenlose Ungerechtigkeit in diesem öden Landstrich die Seele zerfraß, hatte er sich am Ende der Sache der Arbeiter so sehr verpflichtet gefühlt, dass er seinen Traum, sich in Antofagasta niederzulassen, aufgab. Auch wenn er nie beigetreten war (ihn würden niemals Statuten, Normen und Vorschriften leiten), war er mit der Zeit zum glühenden Anhänger der Sozialistischen Arbeiterpartei des inzwischen verstorbenen Luis Emilio Recabarren geworden. Und hatte bei seinen Reisen von einer Minensiedlung in die nächste sogar häufig als Kurier oder Bote für geächtete Dichter und Arbeiterführer fungiert, die in dunklen Neumondnächten, durchgefroren bis auf die Knochen, die Arbeiter in aufgelassenen Salpetergruben versammelten, auf dass ihnen ein Licht aufgehe.

Er war vollkommen davon überzeugt, dass die Arbeiterklasse jeden sich bietenden Weg beschreiten musste, um sich von der Herrschaft des Kapitals zu emanzipieren, und nahm kein Blatt vor den Mund, wenn er das seinen Stammkunden darlegte; alten Salpeterarbeitern, die ihm unter dem Wachstuch stumm zuhörten und es nicht wagten, mit der Wimper zu zucken oder seinen Brandreden auch nur mit einer Silbe zu widersprechen. Weil man ihn nämlich häufig, während er die glänzende Klinge seines Rasiermessers abzog (»Der Rasiermesserrevoluzzer« wurde er mittlerweile hinter vorgehaltener Hand genannt), mit einer Entschlossenheit, bei der sich dem jeweiligen Opfer auf seinem Stuhl die Nackenhaare sträubten, hatte sagen hören, in der Geschichte der Menschheit hätten schon so viele Barbiere den Hals des gerade amtierenden Tyrannen unter ihrem Messer gehabt und nicht einer sei Manns genug gewesen, mit eigener Hand für Gerechtigkeit zu sorgen. »Aber ich, Herrgottverdammt«, sagte er schleppend zum bedächtigen Schaben der Klinge über dem Streichriemen, »ich würde dem ersten dieser Schweinehunde, der sich auf meinen Stuhl setzt, ohne Gewese die Kehle durchschneiden.«

Noch immer schlaftrunken, merkte der Barbier plötzlich, dass die Klaviermusik verstummt war und man stattdessen Kinderstimmen hörte, die im Chor ein herzzerreißendes Liebesgedicht aufsagten. Er hatte die kleinen Vortragskünstlerinnen gar nicht kommen hören. Ihre Rezitation wurde ab und zu von der Stimme seiner Tochter unterbrochen, die auf die grundsätzliche Bedeutung der Mimik hinwies oder darauf, dass die korrekte Betonung der Wörter, bitte, Mädchen, in Gottes Namen, vergesst das nicht, einen erheblichen Einfluss auf das feine Gehör des Publikums hat. So romantisch war ihm seine Golondrina geraten. Er musste daran denken, wie er sie, dreizehn Jahre nach seiner Ankunft in der Minenregion und sechs seit seiner Geschäftseröffnung in Pampa Unión, zu sich geholt hatte. Sie war damals gerade mit der Schule fertig und zu einer jungen Frau von erlesener Schönheit gereift. Pampa Unión war schon nicht mehr der kleine, chaotische Marktflecken gewesen wie zur Zeit seiner Ladeneröffnung, als die Straßen noch mit Petroleumlaternen beleuchtet wurden und keine Namen trugen, die Leute »Ladenstraße« zur Hauptstraße sagten und »Hurenstraße« zu der dahinter, wo die meisten Bordelle lagen, die dem Ort zu seinem legendär schlechten Ruf verholfen hatten. Große schäbige Bretterschuppen waren das gewesen, wo Unmengen phlegmatischer Huren, die man aus dem Süden des Landes hergeschafft hatte, in Zimmern ohne Fenster und Tür zur Straße eingesperrt waren; traurige Freudenmädchen, die von ihren gemeinen Luden und sauertöpfischen Puffmüttern nur manchmal nach dem Mittagessen kurz ins Freie gelassen wurden; für genau eine halbe Stunde, die sie, auf dem Gehweg sitzend damit verbrachten, ihre vielbefummelten, nachtbleichen Brüste und die milchweißen Schenkel mit den vielen blauen Flecken in die Sonne zu halten; oder einander liebevoll die Läuse aus den Haaren zu pulen, während die eine oder andere in einem primitiven Beschwörungsritual zum Anlocken von Kundschaft den Boden mit abgestandenen Bierresten wässerte.

Als er seine Tochter herbrachte, hatte die Gemeindeverwaltung von Antofagasta den Ort bereits zu ihrem Zuständigkeitsbereich erklärt. Und auch wenn in den staubigen, mit Spülwasser begossenen Straßen nach wie vor endlose Hundekämpfe tobten und der Wind um vier am Nachmittag bestialisch seine Melodie der Schutzlosigkeit pfiff, hatte sich der Ort in vielerlei Hinsicht verändert. Als eine der ersten Maßnahmen zur Daseinsvorsorge hatte die Gemeindeverwaltung die Straßen mit Namen versehen, die nun zusammen mit den dazugehörenden Hausnummern auf gusseisernen Schildern zu lesen waren. Alle waren getauft auf die Namen von Helden aus dem Salpeterkrieg. Die Ladenstraße hieß jetzt Emilio Sotomayor; die berühmte Hurenstraße war zur Calle General del Canto geworden, und die Straße, in der sein Frisörladen lag, trug den Namen des Brigadiers Díaz Gana. Sie war eine der Querstraßen mit überwiegend ehrenwerten Ladengeschäften, und das Haus, in dem er wohnte, war zwar ohne große architektonische Fachkenntnis gebaut, aber weitläufig und kühl.

Erst hatte er darin nur einen Raum gemietet, in dem er seinem Beruf nachgehen konnte. »Barbierstube Zum Arbeiter« hatte er seinen Laden genannt. Dann hatte der Eigentümer des Hauses, ein menschenscheuer und wortkarger Türke, der Teppiche verkaufte, aber wie viele im Ort in den Zeiten der Prohibition mit Schnapshandel zu Geld gekommen war, wegen einer Erbschaftsangelegenheit Hals über Kopf in seine Heimat zurückkehren müssen und ihm das Haus mit der gesamten Einrichtung zu einem Spottpreis überlassen. Der Türke hatte es eigenhändig gebaut, und die Lage war für einen Frisörladen optimal, besaß allerdings den, bis zur Ankunft seiner Tochter eher unwichtigen kleinen Nachteil, dass das Gebäude hinten an eins der liederlichsten Freudenhäuser der Stadt grenzte. Weshalb er zunächst um die Sicherheit seiner Golondrina besorgt war und sich Vorwürfe machte, weil er ein Geschöpf von fast engelsgleichem Betragen in einen Ort mit einem derart schlechten Leumund gebracht hatte.

Doch die Tage vergingen, und ihm wurde klar, dass seine Tochter mit einer besonderen Gnade bewehrt war, die sie vor den Gefahren des Lebens und der Niedertracht der Leute schützte. Und obendrein kam das Fräulein Golondrina del Rosario, wie sie bald von allen in der Stadt genannt wurde, nicht nur bestens mit geistlosen Alltagsverrichtungen zurecht, sondern begegnete auch Menschen jeden Schlags mit einer entwaffnenden Natürlichkeit. Und weil ihr Antlitz eine solche Gutherzigkeit ausstrahlte – und bekannt war, dass sie bei den Nonnen die Schule besucht hatte –, wurde sie auf der Straße selbst von den lästerlichsten Huren mit Respekt behandelt und gegrüßt, als gehörte sie tatsächlich einem Orden an.

Nie ahnte ich das Martyrium einer Liebe, die spät erwacht …, hörte der Barbier jetzt den Vortrag wie ein langsames Zikadenzirpen. Herrje, Zeit zu arbeiten. Er richtete sich in seinem Stuhl auf, öffnete die Augen, räkelte sich, streckte die Beine und ließ jedes Gelenk seines langen Skeletts knacken, blieb aber noch sitzen und lehnte den Kopf zurück. Das Gedicht, das die Mädchen dort drinnen aufsagten, hatte er in der letzten Zeit oft gehört, und immer überkam ihn dabei die sonderbare Schwermut eines verwaisten Vaters: Unbestreitbar gingen die Jahre ins Land, ohne dass seine einzige Tochter sich anschickte zu heiraten. Und jetzt würde sie bald 30 sein. Er begriff einfach nicht, was mit ihren Verehrern los war; alle, die halbwegs etwas taugten, schienen von Golondrinas Zartheit eingeschüchtert. »Dir fährt der Zug vor der Nase davon, Tochter«, sagte er manchmal zu ihr, und dabei blitzte in seinen Augen die muntere Zärtlichkeit des gealterten Vaters auf. Sie lächelte nur und wechselte das Thema.

Außerdem kam sie ihm in letzter Zeit verändert vor. Als wäre plötzlich ein geheimnisvolles Licht in ihrem Innern aus- oder auch angegangen, das wusste er nicht genau. Weil sie nämlich an manchen Abenden in dunkelster Schwermut versank und sich nicht einmal zum Klavierspielen aufraffen konnte, und dann wieder sah er sie morgens ohne erkennbaren Grund in hellster Begeisterung aus ihrem Zimmer schweben, hörte sie glühende Liebesgedichte deklamieren oder glücklich irgendeine ihm unbekannte Melodie trällern.

Er selbst hatte auch 22 Jahre nach dem Tod seiner Frau nicht wieder geheiratet. Er war jetzt 61 und unterhielt seit längerem eine Liebesaffäre mit der verwitweten

Besitzerin einer Molkerei, die zupackend und fröhlich war und ihn einmal in der Woche zu Hause besuchte. Da sein Schlafzimmer neben dem seiner Tochter lag und er nicht wollte, dass sie Wind von seiner Liebschaft bekam, nahm er die Witwe mit nach vorn in den Laden. Was zunächst allerlei Kniffe nötig machte, damit Golondrina nicht hörte, wie er die Riegel der Tür zum Flur öffnete und die Witwe, die ihre hochhackigen Schuhe in der Hand hielt, auf Zehenspitzen, leise, gestikulierend und Gesichter schneidend wie ein Taubstummer nach drinnen führte. Waren sie dann im dämmrigen Laden angekommen, musste er sich im spärlichen Licht einer glimmenden Duftspirale gegen die Mücken verrenken wie ein Zirkusakrobat, damit ihr Liebesspiel auf dem altersschwachen Frisörstuhl nicht zu laut durch das große Gemäuer schallte.

2

Bello Sandalio setzte die Trompete ab, strich sich das kupferfarbene Haar zurück und lief, ohne auch nur das Mundstück abzuwischen, mit drei großen Schritten die Treppe des Musikpavillons hinunter. Rasch spuckte er einen salpetrigen weißen Schaum aus, und als er den kleinen Platz von Aurelia hinter sich ließ, war sein schmales, sommersprossiges Gesicht finster.

Das Publikum hatte die Soldaten-Mazurka, das letzte Stück des Platzkonzerts, genauso gleichgültig über sich ergehen lassen wie zuvor die Wiener Walzer, die Paso dobles und die beliebten Foxtrotts. Man war völlig davon in Anspruch genommen, den Schimmer der Seidenkleider (die Damen) und die Importqualität der dunklen Anzüge aus englischem Kaschmir (die Herren) zur Geltung zu bringen. Die Blaskapelle lieferte lediglich die Hintergrundmusik – wie die Klavierbegleitung im örtlichen Lichtspielhaus – zu dem Liebesfilm, in dem jeder und jede für sich am Samstag- und Sonntagabend auf dem Platz die Hauptrolle spielte. Später würden alle in den Tanzsaal strömen und zur Musik derselben, nun in eine ausgelassene Jazzband verwandelten Kapelle das Tanzbein schwingen.

Die winterliche Wüstennacht war mit ihrem hohen, von eisigen Sternen übersäten Himmel schon von der gewaltigen Abraumhalde herabgestiegen, und Aurelia lag so unwirklich da wie eine der gespenstisch leeren Salpeterstädte, die neuerdings in der Gegend wucherten. Die übrigen Musiker verstauten noch mit opernhaft gravitätischer Geste die Instrumente in ihren Koffersärgen, da eilte Bello Sandalio schon, im Nachtdunkel von Aurelia zu einem Schemen geworden und nur vom schläfrigen Glanz seiner nackten Trompete beschienen, dem »Geier im Gehrock« entgegen, der einzigen Kneipe der Siedlung, die außerdem inoffiziell als Spielsalon diente.

Für die anderen Mitglieder der Kapelle war Bello Sandalio ein Spinner, und sie hielten es für einen Spleen, dass er sein Instrument nie einpackte. Mit seinem stets unerschütterlichen, eiskalten Lächeln sagte er, die Trompete sei – wie gewisse Frauen auf dieser Welt – dazu geschaffen, ihr Leben nackt zu verbringen, vor allem nachts. Und mit einem fachmännischen Augenzwinkern trank er erst ein gutes Glas Wein – dieses Thema erörterte er ausschließlich mit der Kante eines Tresens vorm Bauch –, schob dann seine schmale, gepunktete Fliege zurecht und fügte mit meisterhafter Nonchalance hinzu, in der Nacht würden die Frauen die Liebe aufs schönste vertonen und die Trompeten aus den Tönen umso schönere Harmonien weben. Und das habe man ihm nicht in den Sälen irgendeines schattigen Konservatoriums beigebracht, nein, das habe er ganz allein beim Spielen in den verruchtesten Hurenhäusern gelernt; weil das nämlich die einzigen Orte waren, wo sich ein echter Musiker genauso fühlen konnte: als echter Musiker.

An diesem Abend fühlte Bello Sandalio sich allerdings hundeelend. Mit seiner Trompete unterm Arm drückte er sich an den Wellblechhäusern entlang und dachte, dass es höchste Zeit war, andere Luft zu schnuppern. Sich eine Kapelle mit Zukunft zu suchen. Die in Cecilia, in der er vorher gespielt hatte, war gut gewesen. Ein Jammer, dass er dort bei Nacht und Nebel hatte türmen müssen. Und alles wegen einer Weibergeschichte. Die alte Leier. Was sollte man da machen. Ich komme halt nach meiner Tante Ninón, dachte Bello Sandalio und lachte auf der Straße vor sich hin. An der Kapelle in Cecilia hatte ihn bloß gestört, dass das Unternehmen, um sie am Laufen zu halten, jedem Arbeiter einen Peso vom Lohn abzog. Was dazu führte, dass ihnen die größten Hohlköpfe und Streithähne der Siedlung bei den Konzerten lauthals auf die Pelle rückten und anmaßend, als gehörte der Laden ihnen, von den Musikern dieses oder jenes Stück verlangten. »Lasst was hören für den Peso, ihr Stemmeisen!«, grölten sie von unten. Und »Stemmeisen« sagte man hier zu denen, die sich aushalten ließen.

Allerdings musste man zugeben, dass die Musiker der Kapelle von Cecilia die besten im gesamten Bezirk waren. Und trinken konnten die, Hut ab. Je betrunkener sie waren, desto besser spielten sie. Die verdammte Bläsertruppe hier sah dagegen nicht nur aus wie ein Haufen evangelikaler Chorknaben, sie hörte sich auch genauso an. Und dann dieser Miesepeter von Chef. »Kapellmeister« wollte der genannt werden, etwas Respekt, bitte, was für ein Lackaffe!

Auf der holprigen Laufbahn als Wandermusiker, die

Bello Sandalio beschritt, seit er mit sechzehn als Musiker mit einem Zirkus aus Iquique gekommen war, war es ihm nach seinem Dafürhalten in zwei Kapellen wirklich dreckig gegangen. Eine davon war diese, die Kapelle von Aurelia, weil die keinerlei Ehrgeiz besaß, auch mal anständig einen draufzumachen, die andere war die Kapelle der Minensiedlung Santa Luisa gewesen. Dort war die hochverehrte Gattin des Herrn Verwalters, zuckersüß wie ein Karamellbonbon, eines Tages auf die glorreiche Idee gekommen – »weil der Musikpavillon doch geformt ist wie ein Schiff, mein Herzblatt« –, dass die Musiker der Minenkapelle ihre Platzkonzerte im Matrosenkostüm bestreiten sollten.

Samstags um diese Zeit war der »Geier im Gehrock« immer proppenvoll mit lärmenden, durstigen Arbeitern. Genau wie deren Wohnhäuser bestand auch die Kneipe aus Wellblechplanken und Douglasienbalken. Das Besondere an ihr war der große versteinerte Vogel, der neben dem Tresen in der Auslage eines Schaufensters präsentiert wurde. Er stammte aus der Spalte einer Salpetergrube in der Mine Edwards. Erst hatte man ihn im dortigen Tanzsaal ausgestellt, und aus der ganzen Gegend waren die Leute geströmt, um ihn zu sehen. Was den Besitzer der Spelunke von Aurelia dazu bewog, hinzufahren und dem Minenarbeiter, der den Einschluss gefunden hatte, eine hübsche Stange Geld dafür zu bieten. Nach einigen Tagen des Feilschens war der Vogel dann, sorgsam verpackt wie eine mehrere tausend Jahre alte ägyptische Mumie, nach Aurelia gebracht worden. Wegen des schwarzen Federkleids, das unbeschadet und vollständig erhalten war, wollten einige in dem Tier einen Kondor erkennen. Andere vertraten aufgrund der beeindruckenden Spannweite von drei Metern fünfundzwanzig und den fest verbackenen Federn, die viel länger waren als beim König der Anden, die Meinung, es könne sich ebenso gut um einen prähistorischen Vogel handeln. Mit fachmännischem Habitus hatte der örtliche Schullehrer diese These aufgestellt und in gewichtigem Ton verkündet, bei dem Vogel habe man es wohl mit einem entfernten Verwandten einer Spezies von furchterregenden fliegenden Reptilien aus dem Erdzeitalter des Jura zu tun, bekannt unter dem Namen Pterodactylus.

Sämtlichen Spekulationen wurde der Boden entzogen, als eines langweiligen Montagabends ein alter Minenarbeiter, voll wie eine Haubitze, den Vogel erst eine geschlagene Stunde von einer Ecke des Tresens aus anstarrte, ihn mit der Verachtung des verbitterten Trinkers betrachtete und im Gegenlicht durch sein Weinglas wie durch die Lupe eines Wissenschaftlers begutachtete und dann zu dem vernichtenden Urteil kam, der hässliche Vogel sei nichts als ein gewöhnlicher Geier im Gehrock. »Ein lausiger Geier im Gehrock«, lallte er. Und »Der Geier im Gehrock« hießen fortan der Vogel, der Säufer und die Kneipe. Und die Kneipe hatte sich den Spitznamen in schwarzen und weißen Lettern auf ein großes Schild geschrieben und war damit unter den Arbeitern sämtlicher Minen im Bezirk berühmt geworden.

Mit den Ellbogen auf die Bretter der schmierigen Theke gestützt, ließ Bello Sandalio sich Zeit beim Trinken.

Er hatte kein Geld für eine zweite Flasche. Seine Trompete hielt er fest unter den Arm geklemmt, goss sich Wein ein und betrachtete sich dabei in dem angelaufenen Spiegel hinter der Theke. Seine Fliege sah schief und welk aus. Er rückte sie gerade. Die Sorgfalt, die er auf seine Kleidung verwandte, hielt man hier auch für einen Spleen. Er trug immer einen Anzug, doch sah man ihn nie in einem schwarzen, wie ihn die meisten Männer hier trugen. Seine waren immer heller im Ton: grau meliert, milchkaffeefarben oder ultramarin. Und statt der steifen Krawatten, die alle trugen, benutzte er diese zarten gepunkteten Fliegen; zierliche Gebilde, mit denen er die gefühlige Damenwelt beglückte und bei seinen Musikerkollegen nichts als Spott erntete. Am meisten regten sich jedoch alle darüber auf, dass er die Frechheit besaß, niemals einen Hut zu tragen. Er liebte sein drahtiges, wie frisches Kupfer glänzendes Haar hingebungsvoll, und trug es, fein säuberlich zurückgekämmt, stets unbedeckt, schimmernd und lodernd wie Feuer.

Irgendwann steckte er sich eine Zigarette an und überlegte kurz, ob er nicht das Grammophon abstellen lassen und Trompete spielen sollte. Vielleicht würde ihm ja einer der Männer hier einen ausgeben. Aber er war nicht in Stimmung. Außerdem sah er ringsum nur fremde Gesichter. Von den fünfhundert Mann, die in der Mine von Aurelia arbeiteten, waren über die Hälfte während des letzten Streiks angeworben worden. »Und bei den Angeworbenen, mein Freund«, sagten die alten Minenarbeiter, »da kann man nie wissen.« Das einzige bekannte Gesicht in der lärmenden Meute gehörte Epifanio dem Einäugigen, einem Aufseher, der zum rettungslosesten Säufer der Siedlung geworden war, seit man ihn in einen Hinterhalt gelockt und ihm mit einer abgebrochenen Pisco-Flasche ein Auge ausgestochen hatte. Das war die Rache dafür gewesen, dass er in einer der längsten Prohibitionsperioden einen Schnapsschmuggel verraten hatte. Aber der bekloppte Zyklop war sowieso immer pleite.

Mit seinen 33 gut frisierten Jahren, wie Bello Sandalio das nannte, war er das jüngste Mitglied der Minenkapelle und der Einzige, der nicht arbeitete. Er hatte überhaupt nur einmal in seinem Leben gearbeitet. Und zwar im Jodhaus der Mine Pinto und nicht mal einen vollen Monat lang. Was nicht an den Verbrennungen mit Joddampf und nicht an dem geschwürtreibenden Gestank dieser höllischen Umgebung gelegen hatte, in der einem die Luft wegblieb, sondern daran, dass er ein komplettes Stück Naval-Seife – »die Seifen ohnegleichen« – verbrauchen konnte und ihm das widerliche Odeur trotzdem unverändert am Körper klebte. Und wenn er sich mittags in die Sonne stellte, dann sah man deutlich, wie das Jod auf seiner Haut sublimierte – ein teuflisches, violettes Ektoplasma. Das hatte ihm das Arbeiten für immer vermiest.

In Aurelia gab das Unternehmen den Musikern leichte und gut bezahlte Tätigkeiten. Die meisten waren im Minenladen beschäftigt oder kümmerten sich um die Pflege der Grünanlagen. Als er in die Kapelle eintrat, hatte man Bello Sandalio verschiedene Arbeiten angeboten, sogar die als »Krötentöter«, die für gewöhnlich von Kindern erledigt wurde. Aber er sah sich nicht den lieben langen Tag auf der Erde hocken und mit einem Holzknüppel auf Salpeterbrocken eindreschen wie auf Ochsenfrösche. Am Ende richteten ihm die Musiker selbst, nachdem sie ihn hatten spielen hören, mit einem Teil der Zulage, die sie für jedes Platzkonzert vom Unternehmen bekamen, ein kleines Stipendium ein. Und Bello Sandalio wurde das Gefühl nicht los, dass der verdammte Chef der Kapelle – ein Fettwanst, der sein schräges Posaunenspiel beim Regiment gelernt hatte – ihn deshalb auf dem Kieker hatte und ihm untersagte, vorsorglich ein Fläschchen gegen den Durst mit in den Konzertpavillon zu nehmen. Ein solcher Haufen unmusikalischer Trockenschwimmer war ihm in seinem gesamten Wanderleben als Trompeter noch nicht untergekommen.

Bello Sandalio wrang den letzten Tropfen aus der Flasche. Er hatte bereits entschieden, dass er nicht im Tanzsaal spielen würde. Sollte die Kapelle doch zum Teufel gehen. Ihm stand sie jedenfalls bis hier. Er rückte die Trompete unter seinem Arm zurecht, strich sich das rote Haar zurück und verabschiedete sich mit einer leichten, spöttischen Verbeugung von seinem Spiegelbild. Als er draußen auf der dunklen Straße den Weg zu seinem Junggesellenzimmer einschlug, stand zweierlei für ihn fest: dass der Durst unverändert in seiner Kehle brannte und er im letzten Jahr um drei gealtert war. Der Spiegel hinter der Theke hatte ihm Letzteres unerbittlich vor Augen geführt. In der Dreiviertelstunde, über die er den Inhalt der Flasche gestreckt hatte, war sein Blick nicht einmal von dem vergilbten, blättrigen Spiegelglas weggewandert.

Im schwachen gelben Schein, der durch ein paar Rechtecke offener Fenster nach draußen drang, wirkten die Straßen von Aurelia wie die Gänge eines Schiffs in den stillen Fluten der Wüstennacht. Die Mine von Aurelia war eine von vielen, deren Schlote wegen der Salpeterkrise bald zu rauchen aufhören würden. Nicht mehr lang, dann wäre das hier eine Geisterstadt. Diese verdammten Deutschen, dachte Bello Sandalio.

Plötzlich war ihm, als wehte der Wind Fetzen von Grammophonmusik an sein Ohr. An der nächsten Ecke entdeckte er linkerhand ein Haus, das heller beleuchtet war als die übrigen. Durch das geöffnete Fenster drang der Lärm eines Festes. Bestimmt ein Geburtstag. Taufe oder Hochzeit konnten es nicht sein. Vom erhöhten Musikpavillon auf dem Platz sah man den Eingang der Kirche, und er hatte während des Platzkonzerts keine der bei solchen Anlässen üblichen Menschenaufläufe bemerkt. Blieb also nur ein Geburtstag. Während er noch so grübelte, spuckte er wieder kurz und schaumig aus. Dieser verfluchte Durst … Jäh blieb er stehen, schnippte lebhaft mit den Fingern, und deutlich funkelte sein Lächeln im Dunkeln. Ihm war gerade die Idee des Tages gekommen.

Er schlich dicht an den Wellblechwänden entlang auf das festlich beleuchtete Haus zu und schob seinen Rotschopf scheibchenweise vor die Fensteröffnung: keine Hochzeit, zwischen den Tanzpaaren keine strahlende Braut. Jede Wette, es ist ein Geburtstag. Er wartete, bis das Walzerknistern des Grammophons verstummte, hockte sich hin, steckte die Trompete zwischen die Stangen des Fenstergitters und legte los.

Das Geburtstagslied flutete in den kleinen Raum wie eine gelbe Woge und schlug alle in seinen Bann. Eingefroren in den unterschiedlichsten Posen sahen die Festgäste einander mit großen Augen an und schauten dann auf diesen Spuk von Trompeter, der mit seiner Musik die Luft zum Schwingen brachte.

Mit Bello Sandalios letztem Ton taute die gesamte Festgesellschaft schlagartig auf, und Applaus brach los. Die Männer lachten, die Frauen sahen freundlich zu dem sympathischen Rotschopf hin, der da hinter dem Fenstergitter sein breitestes weißes Lächeln aufspannte.

Der Hausherr, ein Hüne mit dichten, nach oben gekämmten Augenbrauen, Flanellhemd und einer von breiten, rotschwarzen Hosenträgern gehaltenen Hose, kam mit einem gut gefüllten Glas Punsch in der Hand nach draußen. Er lachte dröhnend, wobei sich das Gummi seiner Hosenträger lustig dehnte und zusammenzog – in den Augen von Bello Sandalio besaß er eine Menge Ähnlichkeit mit dem Porträt seines Großvaters –, und hielt ihm eine große, schwielige Hand hin. »Sie spielen wie ein Engel«, sagte er. Und lud ihn freundlich ein mitzufeiern. Als Bello Sandalio dann drinnen, sein Glas Punsch in der Hand und sein gepanzertes Lächeln auf den Lippen, erfuhr, dass es kein Geburtstag, sondern das Abschiedsfest für einen Freund war, der zurück in seine Heimatstadt Talca ging, frotzelte er, was für ein Glück er doch habe, immerhin sei es keine Totenwache gewesen.

Nachdem er mit seiner Trompete ein bisschen für Stimmung gesorgt hatte, machte ihn jemand mit einem guten Freund des Hausherrn bekannt. Sein Name war Francisco Regalado, alle nannten ihn Pancho, er redete ohne Unterlass, rauchte dazu wie ein Schlot, war sehnig und sah verdorrt aus wie eine Mumie. Bloß seine grünen Augen leuchteten in dem ledrig verschrumpelten Gesicht lebhaft wie fliegende Funken.

Pancho Regalado war zu Beginn des zwanzigsten Jahrhunderts als unverdrossener Hausierer im Zentralbezirk berühmt geworden. Auf seinen Streifzügen als heimatloser Händler hatte er sich einmal in der Wüste verirrt und nur überlebt, weil er den eigenen, heißen Urin trank und seinen breiten Ledergürtel verspeiste wie eine Hartwurst. Außerdem war er ungezählte Male den Kugeln der Siedlungsaufseher entronnen, hingegen nicht immer den Liebkosungen ihrer Peitsche. Als schlagenden Beweis trug er eine Landkarte von Narben auf dem Rücken. Jetzt hatte er sich endgültig in Pampa Unión niedergelassen, wo er eins der drei Schlachthäuser des Ortes und ein Geschäft für Wurstwaren betrieb. All das erfuhr Bello Sandalio aus dem Munde von Pancho Regalado selbst in der Zeit, die dieser brauchte, um ihm die Hand zu geben, ihm eine Zigarette anzubieten, sie ihm mit seinem Luntenfeuerzeug anzuzünden, selber einen ersten Zug zu nehmen und mit der großen Geste des unverbesserlichen Abenteurers zwei blaue Rauchkringel auszustoßen.

Und als Bello Sandalio nun seinerseits ansetzte, von seinen Wanderungen mit der Trompete zu berichten, und davon sprach, wie satt er Aurelia hatte, unterbrach ihn der Mann und sagte, in Pampa Unión würden Musiker gesucht. In der *Stimme der Wüste*, einer kleinen Zeitung, die erst im Monat zuvor im Ort gegründet worden war, sei eine Anzeige erschienen. Man munkele, Präsident Carlos Ibáñez del Campo unternehme eine Rundreise in den Norden und außer Iquique und Antofagasta und einigen Salpetersiedlungen werde er höchstwahrscheinlich auch Pampa Unión besuchen. Weshalb die hohen Herren der Stadt zusammen mit den wichtigsten Geschäftsleuten und einflussreichsten Bürgern planten, Seiner Exzellenz einen Empfang im großen Stil zu bereiten, mit Blaskapelle und allem Pipapo. Dann war der Mann in der Küche verschwunden und mit der Zeitung in der Hand wieder herausgekommen. Die Ausgabe stammte vom vergangenen Mittwoch, dem 17. Juli 1929, und bestand aus acht heroischen Druckseiten zum Preis von 20 Centavos. »Sie erscheint jeden Mittwoch und Samstag«, sagte der Mann. Und er schenkte sie ihm und meinte, falls er sich entschließen sollte, nach Pampa Unión zu kommen, dann solle er ihn auf jeden Fall im Schlachthaus besuchen.

»Nach ein paar anständigen Hörnern voll Stierblut spielen Sie Trompete wie der Engel beim Jüngsten Gericht«, sagte er.

Bello Sandalio fragte in halb vertraulichem, halb belustigtem Ton nach, ob denn der Polizeitrupp in Pampa Unión noch vom selben Hauptmann befehligt werde wie vor einem Jahr. Francisco Regalado tätschelte ihm mit der jahrelangen Vertrautheit, die zwischen zwei Männern entsteht, die sich gerade an den Ufern eines Weinglases kennenlernen, die Schulter, schenkte ihm einen wissenden Blick und sagte, der Hauptmann sei mittlerweile ein anderer; falls da also noch eine Rechnung offen sei, müsse er sich keine Sorgen machen, er könne sich dort getrost wieder blicken lassen.

»Auch wenn mir persönlich der alte Hauptmann lieber gewesen ist«, sagte er. »Der jetzige ist so ein Drecksack von Regierungsbüttel, knöpft den Bordellbesitzern nicht nur Geld ab wie sein Vorgänger, sondern prügelt auch brutal auf die Arbeiter ein, die wegen Suff auf seiner Wache landen. Außerdem wittert dieses Rabenaas unter jedem Stein Kommunisten und Schwule.«

Vor knapp zwei Monaten sei den Behörden in Antofagasta wegen verschiedener Schmiergeldvorwürfe und einem Bestechungsskandal um eine Opiumhöhle endgültig der Geduldsfaden gerissen, und sie hätten den gesamten Polizeitrupp von Pampa Unión ausgetauscht. Die Männer seien aber natürlich alle weiterhin in der Stadt.

»Von denen führt jetzt jeder sein eigenes Bordell!«, sagte er gehässig.

Und nur damit sein Freund, der Musiker, das wisse, es sei nicht das erste Mal, dass so was in Pampa Unión passierte. Er selbst gehöre ja zu den ältesten Bewohnern der Stadt und könne gar nicht mehr sagen, wie oft das komplette Polizeikorps gewechselt habe, ja selbst einer der Stadtverordneten sei schon wegen Korruptionsvorwürfen von seinen Aufgaben entbunden worden. Weil Pampa Unión einfach ein Drecksnest sei, in dem jeder

Christenmensch auf die schiefe Bahn gerate, und eben deshalb, mein Freund, habe es auch der kürzlich verstorbene Bischof von Antofagasta immer rundheraus abgelehnt, dass man in der Gemarkung eine Kirche errichtete.

»Wir sind eine Stadt ohne Gott und Gesetz.«

Und nachdem er sich die nächste Faro angezündet hatte (die Zigarettenfabrik schenkte jedem ein goldenes Zigarettenetui, der zweihundert leere Packungen zusammenbrachte, ließ er ihn in seinem unermüdlichen Redeschwall wissen), unterhielt ihn der Mann bis zum Sonnenaufgang mit der unglaublichen Geschichte der Unabhängigen Republik Pampa Unión. »Der einzige freie Ort in der gesamten weiten Atacama-Wüste«, sagte der ehemalige Hausierer dabei immer wieder wie im Fieber.

3

Dr. Lautaro Ponce Arellano, ein überaus gebildeter Mann von weltgewandtem Auftreten, hätte es sich in seinem Seefahrerleben niemals träumen lassen, dass er einmal der Gründer einer Stadt sein würde. Und noch dazu einer inmitten der Atacama-Wüste. So begannen die ältesten Bewohner des Ortes ihren erstaunlichen Bericht von der Gründung des Städtchens Pampa Unión, wenn ein Fremder unvorsichtig genug war, in der Kühle des Abends unter dem biblisch-hohen Himmel zu fragen, warum es ausgerechnet hier, inmitten der infernalischsten Ödnis, die ihm auf seinen Wanderungen begegnet war, ein derart fröhliches und ausgelassenes Städtchen gab. Weil nämlich der Arzt, der zwei Jahre zuvor aus seiner Heimatstadt Valparaíso gekommen war, fuhren die Krämer hinter ihren Ladentischen dann leutselig fort, als er Mitte des Jahres 1911 glaubte, er lege in der Gluthitze der Salpeterwüste den Grundstein zu seinem Krankenhaus mit Sanatorium, nicht den leisesten Verdacht hegte, dass er in Wahrheit gerade die Großtat einer Stadtgründung vollbrachte. Und nicht irgendeine Stadt sei das geworden, nein, mein Freund, sondern eine, die angefeindet und geschmäht wurde wie keine zweite in diesem von Gott vergessenen Landstrich. Eine Stadt, gegen die sich die Eigner der Salpeterminen verschworen hatten, die von ihnen unter anderem (in den

Leitartikeln der von ihnen gekauften Zeitungen) als höllische Brutstätte des Lasters verunglimpft wurde, als ruchloses Zentrum der Korruption und verlottertstes Hurenhaus der Wüste. Und dass sich der Staat eben deshalb, obwohl der Ort nun schon so viele harte Jahre auf dem Buckel hatte, noch immer nicht dazu herabließ, ihn offiziell anzuerkennen. Deshalb, mein Freund, redeten die Krämer weiter und fuchtelten mit ihren Messkellen aus Blech, während der unvorsichtige Fremde die Ohren aufsperrte, deshalb sei auch der Name der Bahnstation noch immer auf keiner offiziellen Karte der Republik Chile verzeichnet. Die am besten unterrichteten und informierten Bewohner von Pampa Unión – zu den am besten unterrichteten und informierten gehörten die Schneider und die Barbiere – gingen sodann dazu über, dem Fremden, der ihnen gerade recht kam, umfassend und in allen Einzelheiten vom Leben des Arztes zu berichten, das sie aus dem Effeff kannten und an ein paar Stellen nach eigenem Belieben zu verschönern wussten. Wie Dr. Lautaro Ponce Arellano als Chirurg bei der Marine gewesen war und an Bord seines letzten Schiffs, des Kreuzers Ministro Zenteno, nach Antofagasta kam, und dann, nachdem er den Zentralbezirk in seiner gesamten Ausdehnung bereist und gesehen hatte, wie erschreckend schlecht es um die medizinische, soziale und sittliche Versorgung der Salpeterarbeiter bestellt war, die visionäre – viele dachten, die spinnerte – Idee hatte, mitten in der Wüste ein Krankenhaus mit Sanatorium zu errichten. Der Arzt, ein Mann von erwiesener Kühnheit und gewählten Umgangsformen, sprach in den Salons der besseren Gesellschaft von Antofagasta fortan unermüdlich, doch ohne je seine weltmännische Ruhe zu verlieren, davon, wie nachgerade unerhört es ihm erscheine, wenn er diese etwas hochtrabende Formulierung gebrauchen dürfe, dass im gesamten Bezirk mit seinen 27 Salpeterminen und 30 000 dort beschäftigten Arbeitern lediglich zwei Ärzte ansässig waren. Selbst in den dunkelsten Stunden der Menschheitsgeschichte und inmitten der erbittertsten Kriege, von denen man heute Kenntnis besitze, predigte der brillante Mediziner, sei der Mensch dem sozialen und sittlichen Verfall nicht derart schutzlos ausgeliefert gewesen wie hier auf diesem grausamen salpetrigen Hochplateau. Der Dr. Lautaro Ponce habe nämlich in seiner Heimatstadt Valparaíso, schulmeisterten die geschniegelten Besitzer der Apotheken und Drogerien, während sie Kokablätter über den Ladentisch reichten und bei nicht gesellschaftsfähigen Krankheiten die Anwendung von Kaliumpermanganat empfahlen, Artikel über medizinische Themen geschrieben und es bis zum Chefredakteur der Zeitschrift *La Tribuna Médica* gebracht. Er habe sogar in ständigem wissenschaftlichen Austausch mit einem großen Teil der Presseorgane der Hauptstadt gestanden, und die wichtigsten Zeitungen entlang der Pazifikküste hätten seine Beiträge gedruckt. Den Doktortitel habe ihm die Universität von Chile 1903 verliehen für seine Arbeit »Die Desinfektion der Schiffe als Präventivmaßnahme zur Verhinderung der Beulenpest«. Der Dr. Lautaro Ponce sei nämlich von diesem Thema besessen gewesen und habe im Mai 1907 in den Zeitungen und

Zeitschriften der Hauptstadt für Furore gesorgt, weil er bei einem der ersten im Land gemeldeten Fälle von Beulenpest persönlich eingriff. Als er von diesem ersten Todesfall erfuhr, berichteten die übernächtigten Besitzer von Hotels und Vermieter von Fremdenzimmern, da hatte sich der Dr. Lautaro Ponce unerschrocken Zugang zum Heim des Verstorbenen verschafft, der sich als Stauer auf einem der vielen ausländischen Schiffe angesteckt hatte, die in jenem Monat im Hafen lagen. Todesmutig war der junge Arzt, nur begleitet vom mageren Hund des Hauses, ins Zimmer des Toten vorgedrungen, hatte dort das entsetzliche Pestgeschwür erkannt und es herausgeschnitten. Und das, während die Behörden der Stadt aus Furcht vor einer Epidemie wie gelähmt waren und den medizinischen Koryphäen, um es deutlich zu sagen, der Arsch auf Grundeis ging. Nach dieser Heldentat habe sich der Arzt unverzüglich an die Analyse des infizierten Gewebes gemacht und erst nach Stunden hartnäckiger Arbeit, hungrig und zum Umfallen erschöpft, an sein eigenes Leben gedacht und sich impfen lassen. »Zu einem Zeitpunkt, da die grausige Pest in seinem Organismus bereits tödliche Wurzeln hätte geschlagen haben können«, zitierten die Führer der Arbeitervereinigungen mit Verve einen huldigenden Artikel, der in der Zeitschrift *Zig-Zag* erschienen war; einen Artikel, den sie, wie sie versicherten, ausgeschnitten und gut verwahrt hatten, sollte jemand am Wahrheitsgehalt der Geschichte zweifeln. Dem Dr. Lautaro Ponce habe es eben deshalb, ereiferten sich die Arbeiterführer, denen Luis Emilio Recabarren, der gerahmt über ihrem

Schreibtisch hing, mit ernster Miene den Rücken stärkte, eben weil er ein guter Schüler von Sokrates gewesen sei, einfach unmenschlich erscheinen müssen, wie man hier draußen mit den Arbeitskräften umsprang. Der Arzt habe ja vor Ort selbst gesehen, dass Arbeitsschutz für die Unternehmen ein Fremdwort war und deshalb jedes Jahr eine erschreckende Zahl von Leuten bei der Arbeit ihr Leben ließen. Blindgängerexplosionen, Schachteinstürze, Verstümmelungen bei Rangierarbeiten, Stürze in die brodelnden Siedebecken waren nur einige der grausigen Unfälle, die die Männer in den Salpeterminen täglich erlitten. Wie sich gezeigt hatte, betonten die Arbeitervertreter und hoben mahnend den Zeigefinger, konnte bei diesen unmenschlichen Tätigkeiten schon die kleinste Unachtsamkeit tödliche Folgen haben. Und nach einem Unfall konnte der Sanitäter vom Dienst in den kläglich ausgestatteten Krankenstationen der Minen dem verunglückten Arbeiter wenig mehr als Erste Hilfe leisten. Also wurde der Verletzte entweder nach Hause oder, war sein Fall besonders schwer, ins Krankenhaus der Hafenstadt geschickt. Und auf der sechsstündigen Zugfahrt nach Antofagasta, einer Tortur, der sie manchmal zwischen den Salpetersäcken der Güterwaggons ausgesetzt waren, hauchten diese unglücklichen Arbeiter – junge Burschen zumeist, in der Blüte ihres Lebens – lang vor der Ankunft ihr Leben aus. Weshalb der Dr. Lautaro Ponce, nachdem ihm klar geworden war, dass die Industriellen an diesen Zuständen nichts zu ändern gedachten, im gesamten Salpetergebiet nach einem Ort gesucht hatte, um sein Vorhaben in die

Tat umzusetzen. Bis er bei Kilometer 144 an der Eisenbahnlinie zwischen Antofagasta und Bolivien den Platz fand, der ihm wie dafür gemacht schien. Ein Stück Land im Staatsbesitz gegenüber der Bahnstation »Unión«. Ohne Verzug bat er bei der Regierung um eine Genehmigung zur Nutzung des Geländes und errichtete dort, auf dem weißen, kahlen Plateau, in der Nachbarschaft von fast dreißig in Betrieb befindlichen Minen, sein Krankenhaus. Und als der Dr. Lautaro Ponce dann ein Jahr nach der Grundsteinlegung, erzählten lächelnd und nostalgisch die ehemaligen Hausierer, die seit neuestem Schlachthäuser, Kramläden oder Haushaltswarengeschäfte betrieben, seinen Neubau eröffnete, da hatten sich bereits wie die Seepocken an die Außenhaut eines gestrandeten Schiffs die ersten Verkaufsstände an das Gebäude geheftet. Weil die Bahnstation nicht nur für eine Verkehrsanbindung sorgte, sondern auch über Trinkwasser und eine Telefonverbindung verfügte und es in der Gegend eine Reihe von Stellen gab, wo unterirdische Wasseradern an die Oberfläche traten, waren alle Voraussetzungen dafür gegeben, dass sich die geschundenen Händler der Wüste mit ihren Zigeunerzelten, ihren Sonnensegeln aus Sackleinen oder Unterständen aus Wellblech in den Schatten des Gebäudes krallten wie an die ersehnte rettende Planke. Hier sollten sie ein für alle Mal von der Furcht und den zahllosen Unbilden erlöst werden, denen sie jahrelang auf ihren tollkühnen Wanderungen ausgesetzt waren. Weil es diese rastlosen Händler nämlich nicht nur riskierten, sich auf dem Weg von einer Mine zur nächsten in der Wüste zu verirren und verrückt vor Durst zu sterben, sondern sie obendrein von den Siedlungsaufsehern erbarmungslos gejagt wurden. Die ihnen, mit Karabinern und Peitschen bewaffnet, alle Ware abnahmen, die Wertmarken und sämtliches Bargeld, dann auf sie eindroschen, bis sie das Bewusstsein verloren, und sie mitten im Nirgendwo in eine Schlucht warfen. Oder sie auch gleich, ohne mit der Wimper zu zucken, abknallten, sagten die ehemaligen Hausierer mit Tränen in den Augen, und in irgendeiner aufgelassenen Salpetergrube verscharrten. Gedungene Killer waren das, bezahlt von den Salpeterbossen. Aber was sie auch taten, die unerschrockenen Händler fanden immer einen Weg über die hohen Umfriedungsmauern der Siedlungen und durch die Hintertüren hinein in die Küchen, um dem perversen Monopol der Minenläden Konkurrenz zu machen. Diesem betrügerischen Monopol, das die Eigner der Minen, diese verlogenen, herzlosen Dreckschweine, ereiferten sich die Pensionswirte und schnauften schwer, aufrechterhielten, indem sie ihre Arbeiter mit Wertmarken bezahlten, die nur in den Minenläden (die ihnen ebenfalls gehörten) als Zahlungsmittel galten, wo, das war sicher wie das Amen in der Kirche, die Waagen und Scheffel manipuliert waren, die Viertelkilos als ein halbes verkauft wurden und zwölf Unzen ein Pfund waren, sagten die Hausfrauen mit einem höhnischen Zug um den Mund. Dass die Verwalter, die sich das Geschäft nicht vermiesen lassen wollten, rigoros jeden Kauf von Waren in benachbarten Ortschaften oder irgendwo sonst außerhalb der Siedlungsmauern bestraften. Was die Arbeiter oder ihre Angehörigen an Lebensmitteln und Gebrauchsgütern von draußen in die Siedlung bringen konnten, wurde zur »Schmuggelware« erklärt; und wenn einer beim »Schmuggeln« erwischt wurde, dann nahm man ihm die Sachen ab, und er konnte nichts dagegen tun. Und mit ihren billigen Mittelaltermethoden gehen diese Feudalherren sogar noch weiter, nur dass Sie's wissen, mein Lieber, schnaubten die fülligen Damen, verbieten nicht nur den fliegenden Händlern das Geschäft und züchtigen sie, wie's ihnen passt, nein, wenn sich die Familien der Arbeiter innerhalb der Siedlungsmauern etwas einfallen lassen, um den kargen Lohn aufzubessern, springt man mit ihnen genauso um; egal ob eine Hefebrötchen verkauft oder Pfirsichsaft mit Graupen, ja, man darf nicht mal einfache Karamellbonbons herstellen, mein Freund, entrüsteten sich die Frauen endlich, können Sie sich das vorstellen?, was das für Goldschätzchen sind, diese feinen Herren? Und weil die Minenläden jedes Jahr hübsche Gewinne abwarfen und die Einnahmen sprudelten, rückten die Eigentümer auch kein Jota ab von ihrem Monopol. Kennen Sie den von dem bekloppten ausländischen Industriellen?, höhnten die Schlachter, hört von dem glänzenden Geschäft und kabelt seinem Verwalter, dass der sofort die Salpeterproduktion einstellen und bloß noch den Minenladen betreiben soll. Zu Anfang, sagten die unerschrockenen Schlachter und schwangen ihre blutigen Messer, sei der florierende Markt an der Bahnstation Unión komplett illegal gewesen, weil man, abgesehen vom Herrn Doktor, versteht sich, keinem von denen, die da die ersten Buden errichteten, die entsprechenden Nutzungsrechte für das Land eingeräumt hatte. Erst seien Verkäufer von Haushaltswaren und Verpackungen dort aufgetaucht, danach Stände mit Mittagstisch und Eintopf, und dann seien da heimlich, still und leise wie über Nacht Buden aus dem Boden gewachsen, in denen Alkohol verkauft wurde. Wenig später hatte dann das lukrativste aller Geschäfte mit Glanz und Gloria Einzug gehalten: in ihren Zelten aus bunten Stoffbahnen hatten die Freudenmädchen immer gut zu tun. Und nach einer Weile, erzählten die Taxifahrer, die mit ihren karierten Schiebermützen hinter dem Steuer eines brandneuen, vom salpetrigen Staub der unbefestigten Wege überzogenen Ford T saßen, hatte ein italienischer Unternehmer für eine Eisfabrik als Erster eine entsprechende Genehmigung zur Erschließung eines Grundstücks beantragt und war mit seinen Kühltruhen in ein solides Gebäude aus Lehmziegeln gezogen. Als Nächstes eröffneten die Dampfwäscherei eines chinesischen Einwanderers und die Bäckerei eines Griechen. Und danach ging es Schlag auf Schlag, und bald fand man hier Geschäfte wie in jeder großen Stadt der Welt. Spanier, Griechen, Syrier, Jugoslawen, Araber, Chinesen, Japaner, Argentinier, Peruaner, Bolivianer, Italiener, Deutsche, Portugiesen, mit seinem babylonischen Durcheinander von Händlern und Glücksrittern aus aller Herren Ländern wurde aus dem Marktflecken schnell eine kleine, kosmopolitische Stadt voller Trubel und Leben. So dass der Dr. Lautaro Ponce, mümmelten die peniblen Uhrmacher, als er zwei Jahre nach der Eröffnung seines Krankenhauses aus nicht ganz durchschaubaren politischen Gründen den Ort verließ und endgültig nach Antofagasta umsiedelte, durch das Fenster des Zuges nicht auf die ursprünglich klägliche Ansammlung von Verkaufsbuden blickte, sondern auf eine kleine Metropole, die wie die Fata Morgana eines orientalischen Basars inmitten der Wüstenglut flimmerte; ein Städtchen, in dessen Straßen die Menschen lärmten, die Maultiergespanne knarzten und von früh bis spät das Kampfgetümmel der Straßenköter tobte. Ein Städtchen, in das von Anfang an, erinnerten sich die Uhrmacher, ohne ihr Monokel vom Innenleben der Longines zu heben, jedes Wochenende die gesamte Bevölkerung der Salpetersiedlungen des Zentralbezirks strömte, um sich zu vergnügen. Und solche Menschenmassen schoben sich durch den trockenen Staub seiner Straßen, dass Läden und Geschäfte jeder Art alle Hände voll zu tun hatten und kaum nachkamen damit, all ihre Kunden zu bedienen. Da hatten dann die Salpeterindustriellen mit ihrer Hetzkampagne gegen den Ort begonnen. Auf den Seiten sämtlicher Zeitungen des Landes hatten sie im Ton messianischer Prediger verkündet, der verfluchte Ort müsse vom Antlitz der Erde getilgt werden, er sei nichts als eine Brutstätte der Schande, wo Laster und Geschlechtskrankheiten unserer kernigen araukanischen Rasse den Saft aussaugen und sie am Ende ins Grab bringen würden. Dabei wusste jedes Kind, dass in den Minenläden der Salpetersiedlungen, die ebenjenen hundsfottigen Gaunern gehörten, die da die Moralkeule gegen den Ort schwangen, dass dort in deren Minenläden gepanschter Schnaps verkauft wurde; ein kriminell zusammengerührtes tödliches Gesöff aus Industriealkohol, Salzwasser und anderen dubiosen Substanzen. Und dieser gepanschte Hochprozentige (der in den Minenläden als Anis verkauft wurde und bei den Männern »Waisenmacher« hieß) rief bei den Konsumenten nicht nur den schlimmsten Säuferwahn hervor, nein, es waren auch schon etliche an dem Zeug gestorben. Dennoch, erzählten die Konzessionsinhaber der Clubs stolz, spielten dabei mit ihren goldenen Uhrketten und stellten die erste Flasche auf Kosten des Hauses vor den Gast, der nicht mehr wusste, wo ihm der Kopf stand, dennoch habe die Stadt allen Anfeindungen getrotzt wie ein Fels in der Brandung und verfügte heute, stellen Sie sich das vor, mein Freund, bereits über ein Stromversorgungsunternehmen, eine Grundschule, eine Polizeikaserne, drei Schlachthöfe, Tanzsaal, Kino, Friedhof, eine Druckerei, eine Zeitung, zwei Clubs, ein Vereinsheim der Fuhrleute, eins der Kraftfahrer, eine Bäckergewerkschaft, neun Hotels, fünf Schneidereien, drei Drogerien, zwei Uhrmacher, drei Mechanikerwerkstätten, drei Frisörsalons, zwei Molkereien, drei Geschäfte für Obst und Gemüse, 53 Automobile, 36 Lastwagen, 22 Omnibusse für den Personentransport und ungezählte Pensionen und Etablissements zum Übernachten und zum Vergnügen. Nur eines stehe noch immer aus, bemerkten die Molkereibesitzerinnen traurig, nämlich der Bau einer Kirche. Und mit der Offenheit und Stimmgewalt, die einem die gute Gesundheit verleiht, bezichtigten diese kräftigen Frauen die Kirchenleitung, auf der Seite der millionenschweren Industriellen zu stehen und stur darauf zu beharren, dass in der Stadt kein Gotteshaus gebaut wurde, weil, wie sie von der Kanzel herab verkündete, an diesem verfluchten Ort der Leibhaftige selbst sein Unwesen treibe. Und das war eine der Bitten, die in das Memorandum Eingang gefunden hatten, das die Kaufleute der Stadt zusammen mit den Stadtoberen und den verdientesten Bürgern gerade erarbeiteten, um es dem Präsidenten der Republik zu übergeben, der ja, falls Sie das noch nicht wissen, mein Freund, in nicht allzu ferner Zukunft den Ort besuchen wird, erzählten seit ein paar Tagen die Kneipenwirte und Bordellbetreiber. Dass die Liste dessen, was hier benötigt werde, lang sei und man Seine Exzellenz neben dem Bau einer kleinen Kapelle zur Hege der Seelen auch darum ersuchen werde, die Frage des Trinkwassers endgültig zu lösen und den Bau der dringend benötigten staatlichen Oberschule zu bewilligen. Aber das wichtigste, Mann, fuhren die bleichen Nachtschattengewächse fort, das, was die Bewohner von Pampa Unión am sehnlichsten wünschten, war natürlich, dass man General Ibáñez in diesem Schreiben darum bat, die Gründung der Stadt für rechtmäßig zu erklären; dass der Staat den Ort endlich anerkannte. Weil es die Stadt Pampa Unión, auch wenn Sie das kaum glauben wollen, mein Lieber, schlossen die Zuhälter spitzbübisch und lachten über das belämmerte Gesicht des Fremden, mit ihren viertausend ständigen Einwohnern und den über fünfzehntausend Menschen, die es am Wochenende sind, offiziell gar nicht gibt. Genau, Sie haben sich nicht verhört: Es gibt sie nicht. Das kann nicht wahr sein, finden Sie? Nun, um es klipp und klar zu sagen, weder sind wir hier und erzählen Ihnen den ganzen Klimbim, noch hören Sie uns zu und sperren den Mund dabei auf und machen Augen, groß wie Spiegeleier.

4

Schon seit geraumer Zeit hatte das Fräulein Golondrina del Rosario beim Aufwachen an nichts anderes mehr gedacht als an jene lodernde Nacht des Unverstands.

Am Sonntag war sie von den führenden Köpfen des Ortes nach der Abendvorstellung gebeten worden, sie möge doch so gut sein und noch für einen Moment in den Räumen des Club Radical vorbeischauen. Dort hatte sie dann zum ersten Mal vom bevorstehenden Besuch des Präsidenten gehört – »Seiner Exzellenz, des Präsidenten der Republik, des ehrenwerten Don Carlos Ibáñez del Campo«, wie der älteste Apotheker des Ortes in feierlicher Ausführlichkeit sagte – und davon, dass sie von dem gerade gegründeten Empfangskomitee einstimmig auserkoren worden war, das Klavierkonzert zu geben, das man für den Würdenträger während seines kurzen Aufenthalts in Pampa Unión ausrichten wolle.

Deshalb hatte das Fräulein Golondrina del Rosario, als sie bei Tagesanbruch in ihrem hohen schmiedeeisernen Bett erwachte, nicht an den Ausrutscher jener Sommernacht gedacht – einer Nacht, die sich ihr mit heißer Glut ins Gedächtnis gebrannt hatte –, sondern daran, welche der Polonaisen von Chopin, der von jeher ihr Lieblingskomponist war, man einem Präsidenten der Republik zu Ehren am besten spielte. Eines Präsidenten, der obendrein einen Generalstitel führte. In ihrem einer romantischen Pianistin ziemenden Wankelmut schwankte sie zwischen Opus 40 Nr. 1, der Militärischen in A-Dur, und Opus 53, der Heroischen in As-Dur, die ursprünglich auch die Napoleonische genannt worden war.

Neben außergewöhnlicher Schönheit und einer fast durchsichtigen Blässe ihrer Haut hatte das Fräulein Golondrina del Rosario von ihrer Mutter ein feines künstlerisches Gespür geerbt. Sie gab einigen wohlhabenden Damen des Ortes Klavierstunden und unterrichtete außerdem, bei sich daheim und völlig kostenlos, ein paar Kinder, die sich beim Morgenappell der kleinen Grundschule besonders hervortaten, in der schwierigen Kunst des Vortrags. Wenn der Tag sich neigte, etwa zur Stunde des Abendgebets, setzte sie eins ihrer duftigen, schleierumwehten Hütchen auf und ging zum Klavierspielen ins Arbeiterlichtspielhaus. Und wegen dieser letztgenannten Tätigkeit war sie allen Einwohnern von Pampa Unión bekannt und wurde von allen bewundert.

Das Fräulein Golondrina del Rosario war die beliebteste Stummfilmbegleiterin weit und breit. Die Filmfreunde im Ort waren sich einig, dass sie die Beste war, die je an dem einfachen Klavier im Arbeiterlichtspielhaus gesessen hatte. Vor allem lobten sie das tiefe Gefühl, mit dem sie die Tasten bei den romantischsten Szenen der Liebesfilme streichelte. Ihr musikalischer Einfallsreichtum unterstreiche die Dramatik, die Spannung und Handlung des gezeigten Werkes so vorzüglich, urteilten die Kenner, dass selbst der gewöhnlichste und seichteste Streifen die Zuschauer tief ins Herz rühre. Weil das

Fräulein Golondrina del Rosario nämlich so viel Gefühl in ihre musikalische Darbietung legte, rundeten die Gelehrten der Materie das Bild begeistert ab, sie die Kunst der musikalischen Untermalung so vorzüglich beherrschte, dass es nicht nur den gefühligen Damen der besseren Gesellschaft, sondern auch den rohen Minenarbeitern im ersten Rang die Tränen der Rührung in die Augen trieb.

In einem der ersten Artikel auf der Gesellschaftsseite der *Stimme der Wüste* hatte man eine wahre Lobeshymne auf ihre künstlerischen Fähigkeiten gesungen und außerdem ihre menschlichen Qualitäten betont. Man feierte sie als musikalisches Naturtalent und unterstrich ihre Einsatzbereitschaft und ihr aufopferungsvolles Bemühen um die Entwicklung und den Fortschritt des arg geschundenen Salpeterstädtchens. »Von ihrer Weitherzigkeit und Großmut, die nur einer schönen und strahlenden Seele eignet, wie das Fräulein Golondrina del Rosario sie besitzt«, schloss der Artikel, »können unterschiedslos alle Gesellschaftsschichten unserer Stadt ohne Ansehen der Klasse unumstößliches Zeugnis ablegen.«

Das Fräulein Golondrina del Rosario setzte sich halb im Bett auf. Die Scheiben ihres Schlafzimmerfensters, das nach hinten zum nicht überdachten Hof hinaus ging, wurden vom heranbrechenden Tag mit einem kalten stählernen Leuchten überzogen. Eine Weile saß sie so und sah auf die glänzenden Vierecke aus Glas. Sie war schon lange nicht mehr früh genug aufgestanden, um die Morgendämmerung zu sehen. Hier in der Wüste war das ein Schauspiel, als breche der erste Tag auf einem gerade erschaffenen Planeten an.

Ein Hahnenschrei brachte ihr jäh die Erinnerung an die Trompete und jene Sommernacht zurück, die ihr Leben völlig auf den Kopf gestellt hatte. Sie staunte. Erst jetzt wurde ihr klar, dass sie seit langer Zeit zum ersten Mal erwacht war, ohne sich von dieser Erinnerung umhüllt zu fühlen, die ihr Herz betörte und ihr Blut dick werden ließ, bis es stockte.

Um den Bann zu brechen, setzte sie sich federnd im Bett auf und lenkte ihre Gedanken zurück zu ihrem Klavierspiel, zu Chopin, zu dem Konzert. Vor allem zu dem Konzert. Schließlich war das nicht irgendein Konzert, also galt es, ihr Repertoire an klassischen Stücken einer sorgfältigen Prüfung zu unterziehen. Man spielte nicht so oft im Leben für einen Präsidenten der Republik.

Sie hörte ihren Vater im Haus herumwirtschaften. Montags besuchte er immer die umliegenden Salpetersiedlungen. Um diese Zeit hatte er sich bestimmt bereits den Schnurrbart gezwirbelt und parfümiert und war dabei, sein Handwerkszeug zu richten. Sie stellte sich vor, wie er seine Schneidegeräte fettete, das Rasiermesser abzog, den silbernen Zerstäuber mit Wasser füllte, Petroleum in den Brenner füllte, den er zum Desinfizieren benutzte, sorgfältig den Umhang und das Nackentuch zusammenlegte und alles in den Koffer zu seinen übrigen Werkzeugen räumte: dem Schleifstein, dem Haarwedel, dem Rasierpinsel, dem Zerstäuber, dem Fläschchen mit dem Reinigungsalkohol, dem Talkumpuder und den drei verschieden großen klappernden Scheren. Fast sah sie ihn vor sich, wie er da, ganz versunken in sein Tun, bedächtig jedes seiner Werkzeuge einpackte, sie genauso huldvoll behandelte wie der Priester in der Schule – sie hatte ihn noch vor Augen – die liturgischen Gegenstände beim Gottesdienst.

Was für ein großer Mann ihr Vater war. Und wie groß ihre Liebe zu ihm. Und eben wegen dieser Liebe, die auch Freundschaft war, hatte sie beschlossen, ihm nichts von dem Konzert zu sagen. Und nicht, weil die Herren im Club sie gebeten hätten, über den Besuch des Präsidenten Stillschweigen zu wahren, sondern weil sie ihrem Vater die bittere Pille ersparen wollte. Sie wusste schließlich, dass er ein grimmiger Gegner des Regimes war. Man brauchte ja nur zu hören, wie er in seinem Laden dagegen wetterte. Mit diesem Gedanken stand sie auf, um das Frühstück zu bereiten.

Hingebungsvoll, als wäre jeder winzige Handgriff eine heilige Handlung, band sich das Fräulein Golondrina del Rosario ihre kleine rüschenbesetzte Schürze um, die denen glich, die sie in der Schule getragen hatte, wenn die Nonnen ihr die Herstellung von Konfekt und Baisers beibrachten, und machte sich ans Werk. Den Wasserkessel hatte ihr Vater bereits aufgesetzt, und auf dem kleinen Petroleumofen kochte er jetzt mit Volldampf. Der mächtige Backsteinherd, der eine Ecke der Küche füllte, wurde nur angeheizt, um das Mittagessen darauf zu kochen. Wenn sie die Kohlen darin schürte und der Rauch durch einen seiner Schornsteine abzog – sie hatte nie verstanden, wozu der türkische Teppichhändler den Herd mit einem zweiten, völlig nutzlosen Kaminzug versehen hatte –, sah das von draußen aus, als schipperte ein Schiff durch ein träges Meer aus Sand.

Während sie die in feine Streifen geschnittene Zwiebel im Olivenöl anbriet, dann das blutige Stück Fleisch dazulegte und schließlich die beiden buntschaligen Eier aufschlug, die es zu dem salzigen Maisbrei geben sollte, den ihr Vater sehr schätzte (und der nichts gemein hatte mit den Köstlichkeiten, die zuzubereiten sie bei den Nonnen gelernt hatte), wurde das Fräulein Golondrina del Rosario von einem leichten Schuldgefühl befallen. Sie füllte den Becher ihres Vaters mit dem dampfenden bolivianischen Kaffee, dessen Duft das gesamte Haus durchströmte, flatterte wie eine fröhliche morgenfrische Nachtigall hin und her und fragte sich dabei, ob sie ihrem Vater nicht doch von dem Konzert für den Präsidenten erzählen sollte.

Sie hatte nicht erst seit gestern den Eindruck, dass sie ihm in letzter Zeit womöglich etwas zu viel verheimlichte. Aber wenn sie es ihm erzählte, würde sie ihm den Tag gründlich verderben, das war auch klar. Und nicht nur, weil es sich um Ibáñez den Schießhund handelte (»dieser verdammte Diktator«, hatte sie ihn vor ein paar Tagen sagen hören, »tut jetzt auch noch wie die Speerspitze der Moral und der guten Sitten und will die letzten Winkel des Vaterlandes nicht nur von Kommunisten, sondern auch von all den armen Schwuletten säubern, die er in die Finger kriegt«), sondern weil ihr Vater es nie besonders begrüßt hatte, dass sie sich bei Feiern der besseren Gesellschaft ans Klavier setzte. Schon gar nicht im »Club der großen Tiere«, wie er den Club Radical nannte. Die Schulveranstaltungen, Arbeiterfeste und alles, was einer guten Sache diente, hatten seinen Segen. Selbst dass sie die Filme im Arbeiterlichtspielhaus begleitete, womit eine Pianistin in den Augen manches Kunstbeflissenen keine Lorbeeren einheimsen konnte, schien ihm löblich und aller Ehren wert. Ebenso, dass sie ganze Nachmittage damit verbrachte, kleinen Mädchen das Deklamieren von Gedichten beizubringen, und ihrer Freundin, der Lehrerin, damit ein wenig unter die Arme griff, die allein für 242 Schüler zuständig war. »Auch wenn das Klavier ein aristokratisches Instrument ist«, sagte er oft zu ihr, »solltest du nicht vergessen, dass du die Tochter eines Mannes aus dem Volk bist.«

Auf der Straße hörte man einen Karren nahen. So wie die losen Hufeisen klapperten, war es das Maultiergespann der Bäckerei. Einer der Fahrer aus der Brotfabrik des Italieners Nepomucemo Atentti kam grüßend über den Korridor herein, gefolgt von ihrem Vater, der ihm die Tür geöffnet hatte. Ihr Vater trug seinen Straßenanzug, hatte den schweren Koffer in der Hand und wünschte ihr liebevoll einen guten Morgen. Sie gab ihm einen Kuss auf die Wange, pickte einen Flusen aus seinem gewichsten Schnurrbart und fragte, ob er gut geschlafen habe. Dann deckte sie den Tisch und trug das Frühstück auf. Er sagte etwas über die verfluchte Eiseskälte der letzten Nacht und machte sich mit seinem großen Dublee-Löffel und dem gewohnten Heißhunger über den Berg auf seinem Teller her.

Während ihr Vater frühstückte, betrachtete Golondrina del Rosario den Wanderfrisörkoffer, mit dem sie als Kind so gern gespielt hatte. Der hölzerne Koffer mit dem braunen Lederbezug, den rostgesprenkelten Beschlägen an den Ecken und der schmucken, eingebrannten Aufschrift: Sixto Pastor Alzamora, Frisör, war in allen Salpetersiedlungen, die ihr Vater besuchte, bekannt.

Obwohl Sixto Pastor Alzamora sich schon vor Jahren in Pampa Unión niedergelassen hatte und der erste Frisör hier gewesen war, hatte er seine Fahrten in die umliegenden Siedlungen nie ganz aufgegeben. Längst bot er seine Dienste nicht mehr wie früher unter freiem Himmel an, sondern in den Lokalen der Arbeitervereinigungen oder den Tanzsälen der Musikkapellen. In einigen Siedlungen wurde er sogar vom Verwalter ins Haus bestellt. Das ging ihm zwar gegen den Strich, aber er ließ sich zähneknirschend darauf ein, weil es ihm im Kampf für die Sache einen großen Vorteil verschaffte: Dadurch hatte er freien Zugang zu sämtlichen Minen im Bezirk. Außerdem unternahm er seine Reisen nicht mehr mit dem Maultierkarren, sondern stieg in den Bus. Und auch wenn er sich längst ein Auto hätte leisten können, hatte er nie eins gewollt. »Diese Blechkannen auf Rädern«, sagte er, wenn ein Ford T an ihm vorbeifuhr, »da hockt derselbe Dämon am Steuer, der auch die Karabiner lädt.«

Sixto Pastor Alzamora trank nicht gern und war auch sonst wenig vergnügungssüchtig. Heimlich unterhielt er diese Liebschaft mit der Witwe aus der Molkerei, was seinen Mannesstolz aufrechterhielt, und pflegte ansonsten zu sagen, in seinem Leben gebe es dreierlei, was ihm

Glück bringe und die Macht besitze, ihn vor der Eintönigkeit des Alltags zu bewahren und ihm das Dasein leichter zu machen: eine Erinnerung, eine Leidenschaft und einen Stolz. Die Erinnerung war die an seine Frau, die Leidenschaft die für die Sache der Arbeiter, und stolz war er auf Golondrina, die eine handgefertigte Kopie ihrer verstorbenen Mutter schien. Und auch wenn er das nicht gern zugab, ließ er seinem prächtigen Schnurrbart doch eine solch hingebungsvolle Pflege angedeihen (zweimal täglich wurde er gefettet und mit Rosenwasser parfümiert), dass Golondrina immer sagte, der Bart sei der vierte im Bunde seiner Glücksbringer.

Der Barbier hatte seinen Kaffeebecher noch nicht geleert, da ertönte draußen die Hupe der »Venus«, des Omnibusses, der zur Mine Pinto fuhr. Rasch stand er vom Tisch auf, wischte sich mit einem Zipfel des Taschentuchs den Mund ab, nahm seinen Koffer und verabschiedete sich von seiner Tochter. Golondrina stand im Korridor und folgte ihm mit dem Blick. Ehe er die Tür öffnete, stellte er den schweren Koffer noch einmal ab, befeuchtete Daumen und Zeigefinger mit der Zungenspitze und zwirbelte ein letztes Mal seinen Schnurrbart. Dann öffnete er die Tür, drehte sich jedoch, ehe er hinaustrat, noch einmal um, stand dunkel umrissen vor der gleißenden Helle des Morgens, sah seine Tochter mit einem spöttischen Glitzern in den Augen an und fragte sie geradeheraus:

»Hast du gewusst, dass der Tyrann zu Besuch kommt?«

Überrumpelt, wie sie war, konnte sie nur stumm nicken, ehe das blendende Viereck der Tür ihn verschluckte. Zu gern hätte sie gewusst, ob ihr Vater womöglich auch über das Konzert im Bilde war.

Als eine Stunde später der kleine Mann mit den Kohlen kam, war das Fräulein Golondrina del Rosario mitten im Hausputz. Der Kohlelieferant lud die Bestellung neben dem gemauerten Herd ab, und als er schon wieder gehen wollte, erinnerte sie sich und bat ihn, ihr ein Stück Kohle ins Wasserfass zu legen. »Da wachsen schon Kaulquappen drin«, sagte sie.

Der Kohlenmann, ein hagerer Chinese mit scheuem Blick, dessen Gesichtszüge unter dem Kohlestaub verschwanden, erfüllte die Bitte, ohne aufzusehen; in Nicken oder Kopfschütteln erschöpfte sich das Gespräch mit ihm. Die Stadt kannte ihn als den »Chinesen González«, einen von vielen Asiaten, die Ende des vergangenen Jahrhunderts ins Land gekommen waren und die man, ohne dass sie es darauf angelegt hätten, zu vermeintlichen Chilenen gemacht hatte. Weil die Namen in ihren Pässen in den rätselhaften Schriftzeichen ihrer Heimat geschrieben waren und es den Beamten seinerzeit zu mühsam schien, all diese Stäbchen und Querbalken zu übersetzen, schrieben sie die Namen einfach auf, wie sie sich für ihre Ohren anhörten. So wurden Dutzende Chinesen mit dem Namen Loo-Pi im Handumdrehen zu López, aus den Li-Wongs machte man Leóns und sämtliche Sam-Chis endeten unweigerlich als Sánchez. Der Chinese mit den Kohlen hieß eigentlich Wong-Za-Li, aber alle Welt nannte ihn den Chinesen González.

Nachdem sie ihn bezahlt und ihm das gewohnte Trinkgeld gegeben hatte, brachte das Fräulein Golondrina del Rosario ihn zur Tür, wünschte ihm einen schönen Tag und schenkte ihm ein Lächeln, so strahlend wie das Sonnenlicht, das sich schon um neun am Morgen satt über die Hauswand ergoss.

Wie alle Gebäude des Ortes war auch dieses Haus, das ihr zu Beginn zu groß und zu leer vorgekommen war, aus mit Lehm verbundenen Salpeterbrocken gebaut und mit einer Mischung aus Gips und Sand verputzt. Das Gebälk bestand aus Douglasienholz. Durch eine geschliffene Glastür gelangte man in einen langen, mit Fliesen belegten Korridor, der das Haus in zwei Hälften teilte. Die Räume waren großzügig, die Decken hoch.

Rechts vom Korridor, mit einer eigenen Tür zur Straße, lag der Frisörsalon ihres Vaters, sein Allerheiligstes, in dem er eine pingelige Ordnung hielt. In dem großen Raum reihten sich ringsum an den blau gestrichenen Wänden Stühle mit sternförmigem Lochmuster in der Sitzfläche, darüber hingen Bilder mit orientalischen Motiven, die der ehemalige Hausbesitzer zurückgelassen hatte. An der Wand gegenüber dem Eingang stand eine schwere Kredenz aus Eichenholz, darauf allerlei Tiegel mit Salben und Flakons mit Flüssigkeiten in verschiedenen Farben. Und vor einem großen geschliffenen Spiegel ragte als Hochaltar oder Opferstock dieser Privatpagode ein großer schweinsledерner Frisörstuhl. Auf dem Boden neben dem Stuhl schimmerte in sattem alten Bronzeglanz ein Spucknapf, der ganze Stolz des Barbiers: Kein anderer Frisörsalon der Stadt besaß einen vergleichbaren. Neben der Eingangstür wachte, so dass der Kunde sie im Spiegel gut sehen konnte, eine Pendeluhr über die

21 Minuten – »haargenau einundzwanzig«, brüstete sich der Barbier –, in denen er jeden Haarschnitt erledigte, ob kommisskurz oder Bubikopf. Oder à la Rodolfo Valentino, was hier draußen der letzte Schrei war.

Gleich hinter dem Laden lag eine kleine Abstellkammer, in der sich Werkzeug und nicht mehr benutzte Möbel drängten. Danach kam ein langgestreckter Raum, der als Küche und Esszimmer diente. Den Abschluss bildete der Hof.

Links vom Korridor lagen, mit hohen Fenstern hinter schmiedeeisernen Gittern zur Straße, das Empfangszimmer und das Musikzimmer. Von dem einen in den anderen Raum gelangte man durch eine schöne zweiflüglige Tür mit geschliffenen Scheiben. Wie die Türen zum Korridor trug auch sie ein Schwanenpaar in jede Scheibe eingraviert. Im Musikzimmer, das kleiner war als der Raum davor, herrschte eine stille und friedliche Atmosphäre.

An diese beiden Räume schloss sich das Schlafzimmer ihres Vaters an und, größer und hübscher eingerichtet, ihr eigenes. Tür und Fenster ihres Zimmers gingen nicht auf den Korridor, sondern auf den Hof des Hauses. Und das gefiel ihr besonders, denn wenn sie morgens aufstand und das Fenster öffnete, flutete goldenes Sonnenlicht in ihr Zimmer.

In dem ungepflasterten Hof zog sich ein Sonnendach aus Schilfrohr an der Küchenwand entlang, unter dem zwei Weidensessel und ein paar Blumentöpfe mit Pfefferminze standen, die sie hingebungsvoll wie einen Klostergarten umhegte. Unter das Sonnendach stellten sie den Esstisch an den brütend heißen Sommertagen. Aber man musste sich vorsehen, denn auch wenn der Abend noch so friedlich schien, konnten hier draußen wie aus dem Nichts Windhosen von unerhörten Ausmaßen entstehen, fielen über die Stadt her, rissen Dächer ab, trugen das Schilfrohr davon und überzogen alle Dinge dieser Erde mit einer Schicht aus salzigem Wüstensand.

Hinten im Hof, fast schon an der hohen Mauer, die an das Bordell dahinter grenzte, lag rechter Hand das Klohäuschen. Ihr Vater hatte es, seit sie bei ihm lebte, schon viermal neu aufgebaut. Die leichte Holzkonstruktion war veilchenblau angemalt und sah aus, als treibe sie in einem stillen sonnigen See. Ein richtiges Puppenhäuschen. »Das lila Zimmerchen«, nannte Golondrina es taktvoll verschämt. Für ihren Vater war es »die Philosophenkiste«.

Als am Mittag der Karren hielt, der die Eisblöcke brachte, und ihrer, in einen Jutesack gewickelt, abgeladen wurde, stand ihr Mittagessen schon auf dem langen Esstisch in der Küche. Das Haus war blitzsauber wie ein frisch aus dem Wasser gezogener Krug. Sie hatte nie gewollt, dass ihr Vater ihr eine Hilfe für den Haushalt besorgte. Jeden Vormittag brachte sie das Universum des großen Hauses selbst in Ordnung.

Nach dem Essen setzte sie sich ins dämmrige Musikzimmer und wartete auf ihre Vortragsschülerinnen. Auf Anregung ihres Vaters übte sie mit den Mädchen seit kurzem neben den Gedichten von Bécquer und anderen romantischen Autoren, die sie aus einem Buch aus dem

Nachlass ihrer Mutter herauspickte, auch welche von Víctor Domingo Silva, einem chilenischen Poeten, der vor einiger Zeit auf einer Reise durch das Minengebiet im Frisörsalon übernachtet hatte.

Verglichen mit dem Empfangszimmer, in dem sich Schränke und Sessel mit gelbem Cretonne-Bezug drängten, wirkte das Musikzimmer sehr geräumig. Darin standen nur der Flügel, zwei Stühle und ein kleiner Plattenschrank im Stil Louis XV mit dem Orthophon, der neuesten Errungenschaft der Technik: Es konnte eine Stunde Musik spielen, ohne dass man es aufziehen musste. Ein Regal mit ihrer Porzellanpuppen-Sammlung hatte ins Empfangszimmer weichen müssen, weil ihre kleinen Vortragsschülerinnen vor Entzücken den Text ihrer Gedichte vergaßen und die Gesten, die ihren Vortrag unterstreichen sollten, durcheinanderbrachten.

Das Beherrschende im Musikzimmer war natürlich der Flügel. Blitzblank stand er da in der Mitte, dunkel und feierlich. Niemals würde sie das Höllenspektakel vergessen, das in der Schule losgebrochen war, als das Instrument auf einem Maultierkarren, geschmückt mit einer riesigen roten Rose aus Transparentpapier im Schultor auftauchte. Mit ihrem Reiche-Mädchen-Gespött hatten ihre Mitschülerinnen sie das gesamte restliche Schuljahr verfolgt.

Der Flügel rief ihr auch ihre Ankunft im Norden und den Tod ihrer Mutter in Erinnerung. Von dieser langen Reise auf dem Dampfschiff waren ihr zwei Bilder für immer im Gedächtnis geblieben. Wie sich an einem kalten Abend auf hoher See all diese Menschen mit den gequälten Gesichtern auf dem schaukelnden Deck drängten und ihre Mutter vor dem sternenfunkelnden Himmel am Piano saß und mit dem anrührenden Lächeln eines kranken Engels spielte. Das andere Bild war das Piano, das mit Getöse ins Meer fiel. Der hohe Seegang ließ die Boote an diesem Morgen tanzen, und in seiner Sorge um den Leichnam seiner Frau hatte ihr Vater, der sich in seinem Kummer und Schmerz die Haare raufte, ihr Gepäck und die gesamte übrige Welt vergessen. Auf der Barkasse, die ihn an Land bringen sollte, war der Flügel nicht anständig vertäut, bekam unterwegs zur Mole plötzlich Schlagseite, rutschte über den Rand und wurde von den trüben Fluten der Bucht verschlungen. Das Boot, in dem sie bei ihrer toten Mutter saßen, fuhr dicht daneben, doch vergraben in seinen Schmerz, den Blick starr auf das wächserne Gesicht der Mutter gerichtet, bemerkte ihr armer Vater den Zwischenfall nicht oder wollte ihn nicht bemerken. Er hob nicht einmal den Kopf, als die Männer verzweifelt schrien und den Flügel festzuhalten versuchten, der beim Sturz ins Wasser seinen Deckel aufriss und in einem Haifischgrinsen die weißen Tasten entblößte.

Wie durch die Nebelschwaden eines langsamen Traums sah sie ihn noch heute über den Rand der Barkasse rutschen und mit einem düsteren Gurgelakkord schwarz in den Wassern den Meeres versinken.

Der Pfiff des Zwei-Uhr-Zugs holte sie aus den bleiernen Erinnerungen.

5

Als Bello Sandalio aus dem Zug stieg, erinnerten ihn das Menschengetümmel, der Staub in der Luft und das gleißende Sonnenlicht, das sich wie aus Kübeln über die Welt ergoss, an die fernen Sonntage seiner Kindheit: Tage, so rund und durchscheinend wie Glasmurmeln.

Er war zurück in Pampa Unión, dem gefeiertsten Ort der Atacama-Wüste. Auf dem Trittbrett des letzten Waggons stehend, strich er sich die elegante Oxford-Hose glatt, rückte seine Fliege zurecht, richtete sich zu seinen gesamten Ein-Meter-zweiundsiebzig auf, kämmte mit einer Hand sein drahtiges Haar zurück und sprang auf die Erde. Auf der anstrengenden Fahrt von Aurelia (fast eine Stunde) hatte er gegen die Bruthitze vier von diesen Bierflaschen mit Strohweste ausgetrunken, und jetzt fing der Durst in seiner Kehle schon wieder zu tanzen an.

Abgeschirmt durch sein Lächeln und mit der Trompete sicher unter dem Arm, ließ Bello Sandalio die Händler, die mit ihren Waren gegen den Zug brandeten, an sich abgleiten. Auch übergab er seinen Koffer keinem aus der Bande barfüßiger Kinder, die, grau und wuselig wie die Tauben auf einem Stadtplatz, darum rangelten, für ein paar Münzen den Leuten das Gepäck zu schleppen. Und kurz vor dem Ausgang der Station sagte er nein, danke, meine Schöne, zu einer zerlumpten Zigeunerin, die ihn um seine Hand bat, mal sehen, was die Zukunft dir bringt, Hübscher, was tust du so stolz, und machte einen Bogen um die hoheitsvollen Bolivianer, die mit Maultierfuhrwerken, Lastwagen mit Schütte und Autos mit Pritschenaufbau die Reisenden in den Ort bringen wollten. All das, ohne den Glanz seines metallischen Lächelns zu verlieren, das die Männer aus dem Konzept und die Frauen auf Gedanken brachte.

Er erinnerte sich noch, wie seine Großmutter, als er klein war, immer gesagt hatte, er habe das Lächeln seiner Tante Ninón geerbt. »Wie deine Tante Ninón, dieser Windbeutel, den ganzen Tag singen und lächeln wegen nichts«, hatte die alte Frau gesagt. Und seine Tante Ninón war, wie er später erfuhr, eine Rothaarige von eher durchschnittlicher Schönheit gewesen, besaß dafür allerdings das bezaubernde Lächeln eines sinnenfrohen Engels; ihr Lächeln war ihr einziger Schmuck, ihr liebstes Spielzeug und ihr Trumpf, der immer stach. Ein köstliches Lächeln, das sie, wie die Großmutter ihr sauertöpfisch prophezeite, wenn sie sah, wie die Tante Ninón es am Fenster an jeden daherkommenden Jungen verschwendete, schnurstracks ins Verderben führen würde. »So wie du lächelst«, sagte sie, »kannst du dir gleich eine Arbeit in einem Cabaret suchen.« Strahlend war das Lächeln seiner Tante Ninón, die es, selbst als sie schon verheiratet war, nicht lassen konnte, jeden damit zu beschenken, der sie ansah, obwohl ihr Grobian von Ehemann sie zornig auf den Mund schlug – immer auf den Mund – und sie sich eine glatte Messerschneide auf die Schwellung drücken musste, um ihre Strahlkraft zurückzugewinnen, die nach jeder Abreibung wirkmächtiger denn je schien. Bis seine Tante Ninón eines Abends mit nichts als dem Taftkleidchen, das sie am Leib trug, und mit ihrem sternenhellen Lächeln die Prophezeiung der Großmutter wahrmachte. Aus purem Vergnügen und ohne auch nur ihren Namen zu ändern – ihr eigener kam ihr gerade recht –, ging sie fort in die Straße mit den roten Laternen, sang in einem Cabaret und führte ein fröhliches Lotterleben.

Bello Sandalio lachte in sich hinein. Ein Gefühl von Zuneigung erhellte ihm jedesmal das Gemüt, wenn er an seine fidele Tante Ninón dachte. Auf dem weißen, staubigen Weg in die Stadt loderten seine Haare rot unter den Sonnenstrahlen. Auf halbem Weg zwischen dem Stationsgebäude und den ersten Häusern hatte eine Zigeunerfamilie ihre verblichenen Zelte aufgebaut. Während er im Vorbeigehen einer jungen Zigeunerin zusah, die ungerührt in der Hocke saß und pinkelte, hörte er die Glocke des Stationsvorstehers, der die Abfahrt des Zuges ankündigte. Es musste kurz nach zwei sein.

Er hatte nie eine Uhr besessen. Was ihm ebenfalls als Spleen ausgelegt wurde. Er trug auch keine Ringe und keine Uhrkette an der Weste. Noch hatte er sich je einen Goldzahn einsetzen lassen wollen, wie es unter den Dandys gerade Mode war, die manchmal sogar einen gesunden Zahn gegen einen mit Goldglanz ersetzten. »Die Trompete ist mein einziger Schmuck«, sagte er in den Bars, lächelnd im Andenken an seine Tante Ninón.

Obwohl er nicht mehr als dreißig Kilometer zurückgelegt hatte und es ringsum noch immer aussah wie auf einem zu heiß gewordenen Planeten, lag hier etwas in der Luft, das ihn elektrisierte und sein Herz höher schlagen ließ. Dort, hundert Meter weiter, schillerte und flirrte das Städtchen Pampa Unión wie ein Paradiesvogel in der Wüste und schien nicht weniger fröhlich und lebenslustig als bei seinem letzten Besuch vor über einem Jahr. Die Salpeterkrise, die am trostlosen Anblick etlicher rauchloser Schlote in den umliegenden Minen offenbar wurde, hatte dem Glanz des feierfreudigen Städtchens noch keinen Kratzer verpasst. Schon von weitem ahnte man das Treiben in den Geschäften und den Trubel auf den Straßen und spürte in der trockenen und trunkenen Luft die Anziehungskraft, die an den Zahltagen mit Macht auf die Minenarbeiter wirkte, ihren staubigen Schritt beschleunigte und dafür sorgte, dass sie sich die Lippen leckten beim bloßen Gedanken an den Mordsspaß, den sie hier in den Kaschemmen haben würden.

Fünfzig Meter vor dem Ort hielt er inne, spuckte kurz aus und setzte den Koffer ab, um sich eine Zigarette anzuzünden. Oben brannte die Sonne an einem gleißenden Himmel, ringsum flirrte der aufgeheizte Sand, und für einen Augenblick glaubte er, wenn er jetzt das Streichholz anrieb, werde die gesamte Welt in Flammen aufgehen. Ganz ähnlich hatte er sich schon einmal gefühlt: Als er zum ersten Mal mit dem Zirkus in einer Salpetersiedlung aufgetreten war, hatte die Luft derart gekocht, dass er dachte, der erste Ton aus seiner Trompete werde das Zelt in Brand setzen. Da war er gerade, nach dem Tod seiner Großmutter, von zu Hause abgehauen und hatte bei der Kapelle dieses zerlumpten »Zirkus International« angefangen. Pampa Unión gab es damals noch nicht. Bloß die Minen mit ihren Siedlungen, und die bereiste er eine nach der anderen und begleitete die armseligen Zirkusdarbietungen zusammen mit einer Kapelle aus sechs unterernährten Musikern. Bis die Primaballerina, die außerdem als Schlangenfrau reüssierte, dem Zauberer zur Hand ging, Eintrittskarten abriss und Windrädchen aus Papier verkaufte, der Manege Adieu sagte, den Verwalter von gottweißwelcher Mine heiratete und der Zirkus vor die Hunde ging. Weil er nicht zurück nach Iquique wollte, hatte er seither in den Siedlungskapellen Platzkonzerte gespielt.

Ihm lief der Schweiß, aber seine geblendeten Augen fanden bestätigt, dass die Einkaufsstraße mit ihrem Schmuck aus bunten Werbetafeln ganz die Alte war. Auf einer Länge von sieben staubigen Häuserzeilen boten ihre Läden und Marktstände Waren aus aller Welt. Hinter den Schaufensterscheiben oder einfach unter freiem Himmel der Sonne und dem Wind preisgegeben, drängten sich in einem heillosen Durcheinander die unglaublichsten Dinge. Hier gab es Fässer mit öltriefenden Sardinen und schmiedeeiserne mittelalterliche Korsetts für die Schönen der Wüste, man fand Ballen feinster, gerade aus Indien eingetroffener Seide ebenso wie fettglänzende Treter aus argentinischer Herstellung, außerdem japanisches Porzellan, italienische Hüte, Schweizer Uhren, nordamerikanische Schallplatten, deutsches Spielzeug, Tee aus Ceylon, englischen Kaschmirstoff, Perserteppiche und spanische Konserven.

Allerdings stellten diese sieben bevölkerten Häuserzeilen, das wusste Bello Sandalio sehr gut, nur die

Schokoladenseite des Ortes dar. Hinter ihrer malerischen Kulisse und dem schönen Schein von Geschäften und Buden lag eine Straße, die inzwischen General del Canto hieß und wo Kneipen, Esslokale, Pensionen oder Schnapsläden nur die Fassade lieferten für die ungezählten Bordelle, für die Pampa Unión berühmt und berüchtigt war. Freudenhäuser, in denen melancholische, direkt auf den Putz gemalte Landidyllen die Wände der Salons zierten und deren Existenz keiner der Stadtoberen je öffentlich zugab, obwohl sie alle dort ausnahmslos jeden Abend verkehrten. Und es war allgemein bekannt, dass dieselben Industriellen, die in den Leitartikeln der Zeitungen gegen den Sittenverfall wetterten, regelmäßig in diesen Stätten der Freude und Ausgelassenheit anzutreffen waren, ja, sich zuweilen sogar den Luxus gönnten, eins der Häuser für sich allein zu mieten und das Publikum für ein Wochenende auszusperren.

Und aus so einem Etablissement hatte Bello Sandalio im Jahr zuvor in einer warmen Vollmondnacht über die Dächer fliehen müssen, verfolgt vom Polizeihauptmann und zweien seiner Büttel, die, alle drei betrunkener als er, mit ihren Karabinern herumballerten, dass es eine Freude war. An das fragliche Lokal erinnerte er sich kaum noch, er war schon bei seiner Ankunft leidlich besoffen gewesen. Sicher wusste er bloß, dass es dort ein Klavier und eine kleine Bühne gab, auf der er an dem Abend von allen Musen geküsst Trompete gespielt hatte. Und er hatte nicht vergessen, dass ihm damals in dem Hinterhof, in dem er gelandet war, eine Frau zu Hilfe kam. Tatsächlich würde er nämlich ohne dieses vom Himmel geschickte kleine Weibsbild nicht wieder hier sein und nicht so quietschvergnügt zur Siesta-Stunde unter dieser Quecksilbersonne herumspazieren.

An der zweiten Ecke der Einkaufsstraße begegnete Bello Sandalio dem ersten bekannten Gesicht. Allerdings stand es auf dem Kopf.

»Hallo, Trompeter«, sagte das kopfstehende Gesicht.

»Wie geht's, kleiner Chinese«, antwortete Bello Sandalio. »Wie ich sehe, sind wir als Zirkusakrobat ein gutes Stück weitergekommen.« Der Junge hing wie eine Fledermaus an den Füßen vom Balken eines Vordachs und grinste ihn an.

»Das ist noch gar nichts«, sagte er, holte Schwung wie ein Schimpanse und landete nach einem halben Salto mortale kerzengerade auf den Füßen. Er verbeugte sich affektiert wie in der Manege und fragte in feierlichem Ernst, wobei sich das Lachen in die Winkel seiner Schlitzaugen stahl, wie Bello Sandalio die kleine Nummer gefallen habe.

»Du musst mehr Katze essen«, sagte der.

Und fügte, weil der Kleine so verdutzt schaute, hinzu:

»Das ist das Geheimnis der Zirkusakrobaten.«

Angeregt plaudernd gingen die beiden weiter die Geschäftsstraße entlang.

Yemo Pon hatte er bei seinem letzten Aufenthalt in der Stadt kennengelernt; der Junge hatte ihn zu der Pension gebracht, in der er dann ein Zimmer nahm. Er erinnerte ihn an seine eigene Kindheit als Waisenjunge in den Straßen von Iquique. Bello Sandalios Vater war ein irischer Matrose gewesen, nur kurz im Hafen, und seine

Mutter starb an den Pocken, da war er noch kein Jahr alt. Nur hatte er zum Glück eine gebieterisch fürsorgliche Großmutter gehabt, die ihn durchfütterte und ihn aufzog wie ihren eigenen Sohn. Yemo Pon schien ihm, obwohl er eine Mutter hatte, viel einsamer zu sein.

Der Junge arbeitete für das Arbeiterlichtspielhaus. Jeden Nachmittag steckte man ihn zwischen zwei Werbetafeln, auf denen in bunter Kreide der Titel des Abendfilms stand, dazu der Name der Hauptdarsteller – des Kavaliers und der kleinen Schönen – und ein zusammenfassender Satz aus der Programmvorschau. Damit wanderte er durch die Straßen. In seiner freien Zeit spielte er die Helden aus seinen Lieblingsserien nach und versuchte sich an Kunststücken, die er sich von den Artisten abschaute, wenn ein Wanderzirkus in den Ort kam. Von früh bis spät übte er die Tricks der Seiltänzer und schwang sich auf alles, worauf man sich schwingen konnte. Als Bello Sandalio ihn kennenlernte, konnte sich Yemo Pon auf der gesamten Länge der Einkaufsstraße mit den Händen an den Dachvorsprüngen entlanghangeln. Inzwischen machte er dasselbe an den Füßen hängend.

Während sie so nebeneinander hergingen, berichtete ihm der Junge von den Neuigkeiten im Ort. Er bestätigte ihm den Wechsel auf der Polizeiwache. Er erzählte stolz, dass er jetzt flüssig lesen und schreiben konnte und deshalb nicht mehr zur Schule ging. Er berichtete ihm von dem halben Dutzend Toten, die es bei Keilereien und Handgreiflichkeiten zwischen Betrunkenen in diesem Jahr schon gegeben hatte. Er schwärmte davon, dass sein Onkel Lan, der Chinese mit den Papierdrachen, neuerdings nachts leuchtende Ballons fliegen ließ. Er beschrieb ihm, noch immer fassungslos, wie eine bedrohliche, dichte Wolke aus Graumöwen auf dem Flug nach Osten einmal lautlos den Himmel über der Stadt für zweieinhalb Stunden verdunkelt hatte. Er ließ ihn mit einem Grinsen auf dem Gesicht wissen, dass während des letzten Alkoholverbots der Dicke aus der Kneipe, in der seine Mutter arbeitete, dabei erwischt worden war, wie er aus der Kleie für die Enten Chicha gebraut hatte. Und er teilte ihm zudem mit, dass sich die Pension »Doña Matilda und Töchter«, in die er ihn das letzte Mal gebracht hatte, ein neues Geschäftsfeld gesucht hatte: Sie war jetzt ein Freudenhaus. Das würde aber nichts machen, sagte er, er bringe ihn in »Die Blüte der Mädchen«, die sei sowieso besser. Sie gehöre einer Dame aus Bolivien, die Crimilda hieß, und einem Ungarn, der hieß wie ein Apache-Indianer: Jerónimo. »Seinen Nachnamen kann ich noch nicht aussprechen«, sagte er.

Und als bekäme er eine Provision dafür (was er auch tat), erläuterte er wortgewandt, die Pension besitze einen Nachtwächter, der den Gästen zu jeder Zeit die Tür öffne, jeden Monat werde unter denen, die am längsten im Haus wohnten, eine Woche Gratisaufenthalt verlost, und da der Ungar und die Bolivianerin obendrein eine der besten Ferkelzuchten am Ort besaßen, könne man bei ihnen köstliches Schwein vom Grill aus der Hausschlachtung bekommen.

Die ungewöhnliche Geschichte dieses Ehepaars hörte Bello Sandalio einige Tage später. Der Ungar war kurze

Zeit nach seiner Ankunft in Pampa Unión Witwer geworden und hatte dann in zweiter Ehe Crimilda Condori, eine beleibte Tänzerin aus dem Hochland, direkt von den Bühnenbrettern eines Bordells im bolivianischen Viertel, wo es die billigsten Puffs und Spielerkaschemmen gab, zum Traualtar geführt. Und das Mädchen, das im Milieu unter dem Künstlernamen Diavioleta Divina bekannt war, mauserte sich bei Don Jerónimo zur Bilderbuchehefrau. Tüchtig wie kaum eine zweite, verwandelte sie als frischgebackene Señora Crimilda Condori de Pletikobic in weniger Zeit, als sie einst für ihren berühmten Striptease gebraucht hatte, die Pension des Ungarn, bislang eine eher schäbige Absteige, in ein florierendes Geschäft.

Nachdem er zwei Stunden auf dem Bettüberwurf aus Cretonne geschlafen hatte, der die bolivianischen Nationalfarben trug, reinigte Bello Sandalio die Ventile seiner Trompete und ölte die Züge. Danach übte er ausgiebig. Getreu seinem Musiker-Credo durfte kein Tag vergehen, ohne dass er »Holz hackte«, wie er das Üben nannte. Das war auch sein Rat an die jungen Orchestermusiker in den Siedlungen, die bereits seinen Stil, seine Posen und persönlichen Ticks imitierten, bis hin zu seiner Art, sich zu kleiden. »Man muss nicht nur Tag und Nacht üben«, sagte er, halb ernsthaft, halb scherzend, »sondern in der freien Zeit Handtücher kauen.«

Erstaunt, dass sich niemand über den Lärm beschwert hatte, machte Bello Sandalio sich für den Tee zurecht. Er nahm eine Dusche und rasierte sich, zog seinen hellsten Anzug und sein bestes Hemd an. In Sachen Eleganz wollte er im Ort von vornherein Maßstäbe setzen. Pampa Unión musste ihm heute Nacht zu Füßen liegen. Als er angekleidet und fein säuberlich gekämmt war, holte er eine dieser Blechdosen für englischen Teekonfekt aus seinem Koffer, stellte sie aufs Bett, hob den Deckel, und wie eine Sammlung schöner bunter Schmetterlinge kam seine erlesene Kollektion schillernder Querbinder zum Vorschein. Er wählte den auffallendsten, einen mit olivgrünen Punkten, band ihn vorm Spiegel und dachte dabei vorfreudig daran, wie er den berühmtesten Spelunken des Ortes seine Aufwartung machen würde. Er hatte Zeit bis zehn am Abend. Dann würde er im Club Radical erscheinen müssen.

Als er mit seinem kleinen Freund in die »Blüte der Mädchen« gekommen war und die Besitzerin die Trompete unter seinem Arm gesehen hatte, hatte sie ihn gefragt, ob er wegen der Kapelle hier sei. Seit zwei Tagen habe sie nämlich noch einen Gast, der deswegen in der Stadt sei. Ein Herr, der die Trommel spiele. »Einer von den alten Knaben aus dem 79er-Krieg«, sagte sie. Und dann klimperte sie einmal schwer mit den Wimpern und klagte vertraulich, wie wortkarg und abweisend der Veteran doch sei, sie habe seit seiner Ankunft nur aus ihm herausgebracht, was für das Gästeregister unverzichtbar war: dass er Candelario Pérez hieß, aus Lirquén stammte und im Krieg bis in den Rang eines Unterfeldwebels aufgestiegen war. »Der alte Knabe lacht weniger als Buster Keaton«, sagte sie grinsend und offenbarte neben ihrer schiefen Zahnreihe auch ihre große Kinoleidenschaft.

Als Bello Sandalio das Esszimmer betrat, saß dort nur

ein einziger Pensionsgast am Tisch. Ein Alter mit finsterem Gesicht, der seinen Hut nicht abgenommen hatte: einen Calañeser ohne Band und mit gezackter Krempe. Statt eines Tees goss er sich Mate auf. Auf dem Boden neben seinem Stuhl stand ein emaillierter Wasserkessel auf einem Kohleöfchen aus Blech. Der Alte hatte seinen Stuhl schräg zum Tisch gestellt und saß mit locker übergeschlagenen Beinen da. Sein glanzloser Aufzug stand in herbem Kontrast zu dem blendenden Weiß der bestickten Tischdecke. Ohne Zweifel musste das der Veteran sein, der die Trommel spielte. In Höhe der Hüfte zeichnete sich unter seinem ziegenkäsefarbenen Staubmantel eine seltsame Beule ab. Wie von einer Waffe.

»Guten Tag«, sagte Bello Sandalio freundlich und setzte sich ihm gegenüber.

Ohne ihn auch nur anzusehen, nuschelte der Alte ein fast nicht zu verstehendes »Tag« und starrte weiter auf seine Mate-Kalebasse. Von Zeit zu Zeit brach er mit den knotigen Fingern ein Stück von dem Hefebrötchen ab, das auf seinem Schoß lag, und steckte es sich in den Mund. Bedächtig kaute er darauf herum und spülte es dann mit einem langen Zug an dem Trinkhalm seine welke Kehle hinab.

Bisher hatte Bello Sandalio seine Trompete auf dem Schoß gehalten. Als ihm jedoch das Hausmädchen den Tomatensalat mit einem Streifchen Leber auftrug, legte er sie unübersehbar auf den Tisch, dem Alten fast unter die Nase. Der reagierte bloß mit dem kaum wahrnehmbaren Wimpernschlag einer frierenden Eidechse.

»Ich bin wegen der Kapelle hier«, sagte Bello Sandalio im selben freundlichen Ton, den er zur Begrüßung angeschlagen hatte. »Ich habe gehört, Sie sind auch Musiker.«

Der Veteran schob seinen gezackten Hut zurecht, goss heißes Wasser in die Kalebasse, gab keinen Zucker dazu, rührte mit dem Trinkhalm aus Bronze gemächlich um, nahm einen langen, langsamen, geräuschvollen Zug, der kein Ende zu nehmen schien, hob schließlich leicht den Kopf und sah aus den Augenwinkeln zu ihm hin.

»Ja«, sagte er.

Bello Sandalio lächelte triumphierend.

»Ich habe außerdem gehört, dass Sie wegen der Anzeige in der Zeitung hier sind, dass Sie Trommel spielen und dass Sie das nicht irgendwo, sondern beim ruhmreichen 79er-Feldzug gelernt haben. Ist das wahr?«

Der Alte seufzte schwer, stellte die Kalebasse mit dem Mate vorsichtig auf dem Tisch ab – nicht dass sie das Weiß des Tischtuchs befleckte –, kaute den Rest Brot in seinem Mund, schluckte den Rest Brot hinunter, sah dem Eindringling direkt in die Augen und beantwortete alle drei Fragen auf einmal:

»Ja, ja und ja.«

Bello Sandalio hätte um ein Haar losgelacht – er schob sich mit der Gabel rasch einen Streifen Fleisch in den Mund – und sagte mit einem Augenzwinkern:

»Sieht aus, als würden wir nicht nur zusammen in einer Kapelle spielen, sondern außerdem sehr gute Freunde werden.«

»So«, schnaubte der Alte.

Als der Kriegsveteran gleich darauf vom Tisch aufstand und sich zum Gehen wandte, erhaschte Bello Sandalio einen Blick auf das, was seine Seite ausbeulte. Es war keine Pistole. Der Alte hatte unter dem Mantel eine von den Feldflaschen aus dem 79er-Feldzug umhängen. Die meisten Veteranen des Salpeterkriegs, die sich im Ort zu einem Verein zusammengeschlossen hatten, trugen irgendein Andenken an den Feldzug mit sich herum: einen Stahlhaken, ein rotblaues Käppi oder, im Winter, einen dieser dicken Mäntel mit Goldknöpfen. Der hier trug dagegen eine Feldflasche bei sich.

Bello Sandalio hätte seine Trompete darauf verwettet, dass der alte Griesgram Schnaps hineingefüllt hatte. Wieder hätte er fast losgelacht. Der hat es faustdick hinter den Ohren, dachte er. Als guter Marschmusiker geht er mit anständig Treibstoff durchs Leben.

»Wir sehen uns im Club, alter Mann«, sagte er schließlich zum Abschied.

Der Alte blieb an der Tür, die auf den Flur zu den Zimmern führte, abrupt stehen, drehte sich in aller Ruhe um, rückte seinen Hut gerade und sagte, ohne eine Miene zu verziehen:

»Mein Name ist Candelario Pérez, Jungchen.«

»Verzeihen Sie, Don Candelario. Mein Name ist Bello Sandalio. Wir sehen uns dann um zehn im Club Radical. Hoffen wir, dass die Konkurrenz nicht so groß ist.«

»Ist sie«, sagte Candelario Pérez da.

Und mit einer Stimme, die brüchig klang wie eine kaputte Trommel, und ausdruckslosem Gesicht führte er aus, sie beide mitgezählt, seien bereits zwei Trompeter in Pampa Unión eingetroffen, ein Posaunist, ein Klapphornist, zwei Hornisten, ein Pauken-, ein Beckenspieler und zwei Trommler.

»Die sind noch zu doof zum Breiessen«, schloss der Alte und verschwand im Flur.

Bello Sandalio lachte fröhlich. Der Alte gefiel ihm. Man merkte schon von weitem, dass er ein Eigenbrötler war, ein Mann, so allein wie ein Stein. Weil der Alte nämlich nicht nur stark nach Tabak roch, sondern nach Einsamkeit stank. Und wenn jemand den Geruch der Einsamkeit kannte, dann er, denn mit seinen 33 Jahren wusste er nur zu gut, dass diese hinterhältige Kuh einem den Verstand aussaugen konnte wie mit einem Matetrinkhalm.

Doch, doch, wir werden gute Freunde, der alte Knabe und ich, dachte er grinsend.

Er aß auf und verließ die Pension. Ihm blieben noch fast vier Stunden bis zu dem Termin im Club.

6

Um halb sieben am Abend hatte das Fräulein Golondrina del Rosario sich um ihren gerade von seiner Fahrt heimgekehrten Vater gekümmert und verließ jetzt, parfümiert und schneeweiß gepudert, das Haus.

Auf ihrem Weg ins Arbeiterlichtspielhaus trug das Fräulein Golondrina del Rosario – »nie war ein Frauenname treffender gewählt«, sagten sich die Leute staunend, wenn sie ihn erfuhren – ein kleines apfelgrünes Hütchen, wurde von ihrem Kleid aus Organza umweht und hielt ein mit ihren Initialen besticktes Taschentuch in Händen. Im Takt ihres langsamen wiegenden Schritts, der an einen weißen Reiher erinnerte, blitzten ihre kleinen herzförmigen Ohrringe aus Gold zart vor dem Weiß ihrer Haut. Sie war in der Kunst des Parfümierens geübt – nur die Handgelenke und einige Tröpfchen an den Saum des Kleides – und hinterließ auf ihrem Weg einen Hauch von Veilchenfrische, den die raue Abendluft dankbar aufnahm und verteilte.

Elegant wich das Fräulein Golondrina del Rosario den Pfützen mit Waschwasser aus, das die Leute vor ihre Haustür schütteten, um sich der abendlichen Staubwirbel zu erwehren, machte einen Bogen um die Meuten herrenloser Hunde, die an den Straßenecken herumlungerten – seit den Vorfällen auf dem Friedhof gruselte es sie vor den Hunden – und lächelte und grüßte nach allen Seiten auf ihre natürliche, freundliche Art.

Und ausnahmslos alle erwiderten ihren Gruß in dem ehrerbietigen Tonfall, der in kleinen Ortschaften eigentlich dem Herrn Lehrer und dem Herrn Doktor vorbehalten ist. Weil nämlich, da waren sich die Leute einig, seit sie mit Auszeichnung ihren Abschluss bei den Nonnen gemacht und ihr Vater sie nach Pampa Unión gebracht hatte, um hier zu leben, niemand mehr für das kulturelle Leben und das Gemeinwesen im Ort getan hatte als das Fräulein Golondrina del Rosario.

Ihre letzte Großtat war der Bau der Friedhofsmauer gewesen. Sie hatte das Komitee gegründet, um die für den Bau erforderlichen Mittel aufzutreiben. Unter ihrer Regie veranstaltete das Komitee »Friedhofsmauer jetzt« Tanzvergnügen im Vereinslokal der Fuhrleute und Maskenbälle im Club Radical, zeigte Filme im Arbeiterlichtspielhaus und lud zu kunstsinnigen Abenden in die Aula der Grundschule, wo die begabtesten ihrer Schülerinnen erstmals ihre Vortragskunst zur Aufführung brachten. Sie gab sogar selbst ein Klavierkonzert mit den erlesensten Werken von Chopin.

Was auf dem Friedhof geschah, hatte lange Zeit alle Welt in Angst und Schrecken versetzt. Als in Pampa Unión zum ersten Mal jemand starb, war den Einwohnern klar geworden, dass der Ort keinen Friedhof besaß. Also nahm man die Umgebung in Augenschein und entschied sich, den Toten auf einem Gelände hundert Meter nordwestlich des Ortes zu begraben. Die freie Fläche im Wüstengeröll wurde einfach ohne Tamtam zum Friedhof erklärt. Doch wenig später raubten makabre Zwischenfälle allen die Ruhe. Die Hunde fingen nämlich an, nach den Vergrabenen zu buddeln. Immer wieder geschah es, dass man jemanden beisetzte, und er dann Tage später hier und da verstreut wieder an der Erdoberfläche auftauchte. Die herrenlosen Hunde hatten Pampa Unión schon in den Gründungsjahren heimgesucht, doch verschärfte sich die Lage, als die ersten Minen im Umkreis schlossen. Die Leute zogen fort, die Tiere wurden Gottes Obhut anempfohlen, durchstreiften wie Wölfe in großen hungrigen Meuten die Gegend und landeten am Ende unweigerlich in den Straßen der nicht umfriedeten Stadt.

Ein grausiger Vorfall rüttelte die Bevölkerung dann endgültig auf. An einem Frühlingsmorgen fand ein später Schluckspecht, als er im Licht der aufgehenden Sonne das letzte, am Stadtrand gegenüber dem Gottesacker gelegene Bordell verließ, die Leiche einer Frau, die man tags zuvor mit den kostspieligsten Ehren zu Grabe getragen hatte. Die ehrwürdige Greisin, Großmutter von einem der reichsten Händler der Stadt, hätte eigentlich in der Erde ruhen sollen, bis das Mausoleum der Familie errichtet wäre. Nun lehnte ihr Leichnam mit Schreckensmiene, das teure Totenhemd von Reißzähnen zerfetzt, schlaff an der Seitenwand des Freudenhauses, wohin die wilden Horden grabschändender Hunde ihn gezerrt hatten.

»Heutzutage kommt so etwas ja dank dem Einsatz des Fräuleins Golondrina del Rosario nicht mehr vor«, sagte der Inhaber der Schneiderei La Rioja, wenn er sie wie eine Engelserscheinung auf der Straßenseite gegenüber vorbeigehen sah.

»Heutzutage, nur dass Sie es wissen, mein Bester«, erläuterte er dann, nachdem er ihr ein Weilchen nachgeschaut hatte, »heutzutage haben wir eine dicke Mauer aus Salpeterbrocken und Geröll um den gesamten Friedhof, 320 auf 75 Meter. Und dazu haben einige Kaufleute drei große schmiedeeiserne Tore finanziert.«

Seit kurzem rührte das Fräulein Golondrina del Rosario die Trommel, damit endlich der Stadtplatz fertiggestellt wurde. Bisher war das, was sich »Plaza« schimpfte, nur eine Brache voller Steine und Müll mit einem Maschendrahtzaun ringsum, in den die Kinder überall Löcher gerissen hatten, um auf dem Gelände Eidechsen zu jagen. Nur zweimal im Jahr erweckten die Schüler der Stadt den Platz zum Leben, befreiten ihn erst mühsam vom Müll und gedachten dann der Seeschlacht von Iquique und der Unabhängigkeit des Landes. In der übrigen Zeit war der Musikpavillon in der Mitte das Einzige, was auf dem öden Gelände an einen Stadtplatz erinnerte.

Sie verlangte nur dreierlei. »Das Mindeste, was ein Stadtplatz haben sollte, der diesen Namen verdient«, wie sie sagte: ein paar Bäume, ein paar Bänke und ein paar Spielgeräte für die Kinder. Durch die neu erscheinende Lokalzeitung waren ihre Bemühungen, wie sie fand, erheblich erfolgversprechender geworden. *Die Stimme der Wüste* hatte sich als starke Verbündete erwiesen. Neben den lokalen und nationalen Neuigkeiten (und einer Seite, auf der, mit Vignetten verziert, Gedichte und Gedanken der Leser erschienen) druckte die Zeitung mittlerweile Vorschläge zur Verbesserung des Zusammenlebens im Ort und Klagen gegen die korrupte Obrigkeit.

Während das Fräulein Golondrina del Rosario nun im Gehen das lodernde Abendrot über den Dächern betrachtete, dachte sie, dass ihre wichtigste Schlacht, die sie schon führte, seit sie in den Ort gekommen war, aber weiterhin dem Bau einer Kirche galt. Pampa Unión war für sie der womöglich einzige Ort auf der Welt, wo die Dächer nicht von einem Kirchturm überragt wurden. Der einzige, dessen Bewohner noch nie das Angelusläuten gehört hatten oder von den Glocken zur Sonntagsmesse gerufen wurden. Noch nie hatte man hier für einen Verstorbenen die Totenmesse gelesen und ihm zum letzten Geleit die Totenglocke geläutet. Für sie war es schlicht ein Jammer, dass sie an einem Ort leben musste, der dieser »geistlichen Artillerie« entbehrte, wie eine der Nonnen in der Schule die Kirchenglocken nannte.

Als sie beim Arbeiterlichtspielhaus ankam, bog eben die hagere, zwischen die Werbetafeln geklemmte Gestalt von Yemo Pon um die Ecke. Golondrina del Rosario begrüßte den Jungen und wuschelte ihm liebevoll durchs Haar. Sie wusste, dass er keinen Vater hatte und seine Mutter als Kellnerin in einem Lokal mit Alkoholausschank arbeitete. Und weil sich der Kleine neben seiner Arbeit für den Kinobetreiber ein paar Münzen als Laufbursche dazuverdiente, heuerte sie ihn stets als Botenjungen an oder ließ ihn auf dem Markt kleinere Besorgungen machen. Und häufig brachte sie ihn mit dem Einverständnis ihres Vaters zum Essen mit nach Hause.

Sie wollte gerade zusammen mit dem Jungen ins Kinofoyer gehen, da trat mit unterwürfigem Blick eine der Süßigkeitenverkäuferinnen zu ihr hin.

»Es ist ein Telegramm von Felimón gekommen«, sagte die Frau und lächelte verhuscht.

Die Decke über ihrem Korb, ihre Schürze und auch das Tuch, mit dem sie ihr Haar bedeckt hatte, waren aus Mehlsäcken geschnitten.

»Ach ja? Und wie geht es dem Herrn Otondo?« Golondrina del Rosario gab sich alle Mühe, interessiert zu klingen.

»Er schreibt, er kommt Anfang August mit dem Dampfer Quito heim.«

Das Fräulein Golondrina del Rosario sagte, das sei schön für sie, sie vermisse ihren Bruder ja sicher. Und nach einem Blick auf ihre Armbanduhr entschuldigte sie sich höflich und verschwand ins Kinoinnere.

Felimón Otondo hatte sich ihr erst vor kurzem als Verehrer zu erkennen gegeben. Er war Boxer im Halbschwergewicht, entsprechend massig, dickfellig und schroff, und wohnte in ihrer Häuserzeile, nur zwei Türen weiter. Vor zwei Monaten war er nach Valparaíso gegangen, um dort mit seinen Fäusten sein Glück zu machen. Er träumte davon, chilenischer Champion zu werden und dann in allen Winkeln Europas Triumphe zu feiern wie Quintín Romero, den er als Boxer grenzenlos bewunderte und über den er jede noch so belanglose Kleinigkeit wusste, die je ein Sportmagazin über ihn geschrieben hatte. Die Wände seines Zimmers waren, wie er einmal stolz erzählte, mit Zeitungsausschnitten über den Landeschampion tapeziert, den seine Anhänger nur »Löwe der Anden« nannten.

Obwohl sie in einer Häuserzeile wohnten, hatte Felimón Otondo es nie gewagt, Golondrina del Rosario anzusprechen, bis sie kurz vor seiner Abreise nach Valparaíso eines Tages (es hingen weiße Wolken am Himmel) aus der Schule kam, wo sie den Mädchen ein Gedicht beigebracht hatte, das auf die Seeschlacht von Iquique anspielte. Als sie an seinem Haus vorüberkam, passte Felimón Otondo sie ab. Erst grüßte er sie heiser, hielt ihr mit Hundeblick eine Seite der Zeitung *El Abecé* aus Antofagasta hin und bat sie, ihr vorzulesen, was da mit Bleistift umkringelt war. »Ich bin nie zur Schule gegangen«, sagte er. Das rührte sie. Bei der markierten Notiz handelte es sich um die Herausforderung eines Boxers aus der Minensiedlung Aconcagua. Mit ihrer zarten, an Lyrik geschulten Stimme las sie die Überschrift: »Herausforderung zu einem Boxkampf«. Dann räusperte sie sich sanft und fuhr fort:

»Hiermit erlaube ich mir, den Profiboxer Felimón Otondo aus Pampa Unión …«

»Das bin ich«, unterbrach er sie ernst.

»… zu einem Kampf unter folgenden Bedingungen zu fordern: zehn Runden nach englischen Regeln, auszutragen am 10. des laufenden Monats in Aconcagua oder in Pampa Unión. Mein Gewicht beträgt 83 Kilo und 450 Gramm im Ring.«

Sie sah von dem Blatt auf und schloss:

»Unterzeichnet: Pedro Zabala.«

»Perucho Zabala! Dieser kleine Krötentöter!«, tönte

Felimón Otondo und nahm die Zeitung mit seiner Pranke wieder an sich.

Von diesem Tag an wartete er jeden Abend nach der letzten Vorstellung auf sie. Er brachte sie bis vor ihre Haustür und erzählte ihr dabei von Schlägen unter die Gürtellinie, Leberhaken und nach Punkten verlorenen Kämpfen oder legte ihr die Unterschiede in der Technik eines Fliegengewichts und eines Halbschwergewichts dar. In gewissem Sinn war sie ihm dankbar dafür, denn nach Einbruch der Dunkelheit traf man in den Straßen viele obszöne Säufer und Großmäuler von auswärts. »Wenn ich dabei bin, belästigt Sie keiner«, sagte Felimón Otondo, ließ dabei mit Killerblick seine 85 Kilo und 350 Gramm Muskeln spielen und boxte sich hart mit der Faust in die flache Hand.

Das Fräulein Golondrina del Rosario kam für gewöhnlich früh zur Vorstellung. So konnte sie noch den Staub von dem altersschwachen Klavier wischen und einen Blick in die Programmvorschau werfen. An diesem Abend lief ein chilenischer Film mit dem Titel *Ledige Mütter*. Und als Leckerbissen für die gebildeten Leute im Ort wurde der zweite Teil der Serie *Die Elenden* gezeigt, nach dem gleichnamigen Roman des großen Victor Hugo. In einem Artikel vom vergangenen Samstag hatte *Die Stimme der Wüste* die Serie als eine der schönsten und bewegendsten Werke des französischen Kinos bezeichnet, »mit eindrucksvollen Bildern und ergreifenden Szenen, die speziell dafür geschaffen scheinen, damit die hiesige Künstlerin am Klavier, das Fräulein Golondrina del Rosario, ihr unvergleichliches Talent für die Untermalung von Filmen zu voller Entfaltung bringen kann.«

Tatsächlich war das Programm das Beste, was man seit langem hier gesehen hatte. Erst vor knapp zwei Wochen war sie mit dem Kinobetreiber wegen der schlechten Qualität der Filme, die in letzter Zeit gezeigt wurden, heftig aneinandergeraten. Die Konzession für das Filmtheater sei der Chilenischen Arbeiterföderation für kulturell wertvolle Veranstaltungen erteilt worden, hatte sie gesagt, schließlich gebe es ansonsten in Pampa Unión keine Orte der unverdorbenen und erbaulichen Zerstreuung. Aber offenbar gehe es den Betreibern inzwischen ausschließlich ums Geld, deshalb zeigten sie diese alten Kopien und boten Vorstellungen ohne jeden künstlerischen Wert. Man erinnere sich bitte an die erstklassigen Künstler, die früher direkt aus der Hauptstadt hierher geholt worden waren. Selbst sie habe hier noch Chansonetten und Operninszenierungen aus dem fernen Ausland gesehen. Sogar die Truppe des Folies-Bergère aus Paris habe einmal auf der Bühne des Arbeiterlichtspielhauses gastiert. Und den kleinlauten Kinobetreiber weiter in die Mangel nehmend – bisweilen legte das Fräulein Golondrina del Rosario denselben kämpferischen Furor an den Tag wie ihr Vater –, hatte sie darauf beharrt, die Filme, die hier gezeigt würden, seien nicht nur von fragwürdigem künstlerischen Wert, sondern obendrein in hundsmiserablem Zustand für die Projektion. Und falls der Herr Kinobetreiber es noch nicht mitbekommen habe, sie kriege die Filmrisse am eigenen Leib zu spüren, und das Geschrei und die gellenden Pfiffe seines ungehobelten Publikums würden ihr die Nerven noch endgültig ruinieren.

Und dann war da noch etwas, von dem hatte das Fräulein Golondrina del Rosario erst neulich erfahren, aber das würde sie dem Herrn Filmmogul demnächst auch unter die Nase reiben. Dass der nämlich, bloß um ein paar Peso zu sparen, die Filme nicht mehr direkt in Antofagasta lieh, sondern in Untermiete von den Kinos der umliegenden Salpetersiedlungen bekam. Und weil die Filme gewöhnlich für einen Tag ausgeliehen wurden und die Vorführzeiten sich überschnitten, mussten die Rollen, sobald sie in dem einen Kino abgespielt waren, ins nächste gebracht werden. Und wenn das Auto oder der dafür gemietete Bus sich verspätete oder sich in einer Sandkuhle auf der Piste festfuhr, krakeelten die wartenden Zuschauer, dass es schlicht nicht zu ertragen war. Und das war noch gar nichts, oft genug wurden die Rollen nämlich in dem anderen Kino vertauscht und dadurch geriet die Filmhandlung zu einem heillosen Kuddelmuddel, bei dem kein Mensch durchblickte. In diesen katastrophalen Fällen wurde dann nicht nur geschrien und gepfiffen, sondern ein paar fingen in ihrer Wut auch zu trampeln an und warfen die Bänke um, während sie, die Nerven gespannt wie Violinsaiten, ihre liebe Not hatte, dem Szenengewirr auf der Leinwand musikalisch einen Sinn abzuringen.

Das Fräulein Golondrina del Rosario wedelte den Wüstenstaub vom Klavier, der unvermeidlich durch die Ritzen zwischen den Wellblechplanken drang, und musste dabei erneut an die Sache mit dem Konzert denken. Welches Werk von Chopin – Polonaise oder Nocturne? – wäre für ein Staatsoberhaupt wohl am besten geeignet? Sie dehnte ihre ineinander verschlungenen Finger und setzte sich auf dem Hocker zurecht. Mit einer nervösen Handbewegung, als hätte sie sich jäh erinnert, nahm sie den Hut ab und legte ihn aufs Klavier (sie hatte das schon oft vergessen, und irgendein Flegel saß immer im Saal und brüllte mitten in der Vorstellung, der »Blumentopf« oder die »Obstschüssel« der Pianistin sei im Bild).

Ihre zarten Finger legten sich auf die Tasten und begannen sogleich ohne ihr Zutun, wie von selbst, ohne einen weiteren Gedanken an Chopin, jene Melodie zu spielen, die ihre Erinnerung an das Lüsternste weckte, was ihr in ihrem untadeligen Leben eines keuschen Fräuleins widerfahren war: dieser leidenschaftliche Fehltritt in einer schlaflosen Mondnacht.

Und alles hatte mit dieser Melodie begonnen, zauberhaft paraphrasiert von einer Trompete. Über das beständige Rumoren der feiernden Stadt hinweg war der Klang dieser wundervollen Trompete aus dem Salon des Freudenhauses, das hinten an die Hofmauer grenzte, zu ihr geweht. Die Luft in jener Februarnacht war warm gewesen wie der Hauch eines Mannes an ihrem Hals, und diese Musik, die ein sexuelles Lodern war und sie im Innern restlos in Brand setzte, war schuld an ihrem süßen, sündigen Ausrutscher. »Seither ist Sommer in meiner Seele«, sagte sich, von romantischen Gefühlen erfüllt, das Fräulein Golondrina del Rosario.

7

Als der Film begann und gleich mit den ersten Bildern das Klavier einsetzte, reckte Bello Sandalio den Hals, um von seinem Platz aus einen Blick auf den Pianisten zu erhaschen. Er hatte den Kinosaal betreten, als gerade das Licht ausging, und hatte nicht sehen können, wer am Klavier saß – normalerweise das Erste, worauf er achtete. Im flackernden Filmschein kam es ihm vor, als gehörte die Silhouette, die sich seitlich neben der Leinwand bisweilen kurz abzeichnete, einer Frau. Aber es konnte auch ebenso gut ein Musiker von dieser feinsinnigen Sorte sein, bleich wie der Mond und mit wallendem Haar wie im Zeitalter der Romantik.

Zehn Minuten zuvor, er stand mit seiner Trompete unter dem Arm in einer Kneipe gegenüber dem Filmtheater und trank ein Bier, war der zwischen seinen Schildern eingeklemmte Yemo Pon aufgetaucht. Angekündigt wurde der chilenische Film *Ledige Mütter*. Eine große nationale Produktion mit Edmundo Fuenzalida und Rebeca de Barraza in den Hauptrollen.

Dem Trompeter fiel ein, dass er schon lange nicht mehr im Kino gewesen war. Er blickte sich um: Über dem Ort lag eine verwaschene Montagsschläfrigkeit, das Bier war lauwarm, und bis zu dem Termin wegen der Kapelle waren es noch drei Stunden. Außerdem klang der Titel des Films vielversprechend. Laut Werbetafel war er in Antofagasta gedreht und behandelte Fragen von großer gesellschaftlicher Tragweite. »Eine einheimische Version des deutschen Leinwanderfolgs *Verlorene Töchter*«, war in bunten Kreidebuchstaben auf die Tafel gemalt.

Die Vorstellung würde jeden Moment beginnen. Bello Sandalio stürzte das restliche Bier hinunter und ging über die Straße zur Wellblechbaracke des Arbeiterlichtspielhauses. Außerdem, dachte er, während er die Straße überquerte (und wunderte sich über diesen Gedanken), bewahrt mich das Kino davor, dass ich mich beim Warten auf das Vorspielen volllaufen lasse.

Auf seinem Platz in der vorletzten Reihe merkte Bello Sandalio trotz der lausigen Akustik des Saales schon bei den ersten Akkorden, dass der Mann oder die Frau am Klavier ein echter Musiker war. Das war nicht bloß ein »Kinoklimperer«, wie diese Leute oft abschätzig genannt wurden. Natürlich trugen die Tappeure selbst oft erheblich zu diesem Urteil bei, gab es unter ihnen doch wirklich erbärmliche Gestalten, die einen Film wie den anderen behandelten und denen nichts einfiel als ein paar abgenutzte Melodien, die einem längst zu den Ohren herauskamen. Das immer gleiche Tastengejammer für Momente seelischer Bedrängnis, ein schmachtender Walzer für die Liebesszenen, ein Galopp der Akkorde in den unvermeidlichen Verfolgungsjagden von Indianern zu Pferd. So dass ihre Musikbegleitung ermüdend eintönig und mechanisch wirkte. Und wahrscheinlich taten es deshalb einige Kinobetreiber in den Salpetersiedlungen neuerdings den städtischen Filmtheatern gleich und engagierten kleine Orchester, um die Filme zu begleiten. Bei den Uraufführungen großer Produktionen warb man schon vollmundig damit, das Werk werde mit »schönen ausgewählten Stücken« untermalt, dargeboten von einem kompletten Orchester vorzüglicher Konservatoriumsmusiker. Doch auch wenn diese zusammengewürfelten Orchester sich redlich mühten, das Niveau des Repertoires durch Opernmelodien, Kammermusikstücke und Ausschnitte aus klassischen Symphonien zu heben, hatte das, was sie spielten, oft mit der Handlung und den Bildern auf der Leinwand nichts zu tun. Durch ihre ungereimten Arrangements entstand nicht selten ein überraschendes Spannungsfeld zwischen der Musik und dem Geschehen auf der Leinwand. So kam es beispielsweise vor – und er hatte das mehr als einmal erlebt –, dass gerade wenn der Bösewicht die Heldin mit den schreckensrunden Augen in den Abgrund stoßen will, die erste Geige eine bewegende Melodie voller Schmelz und Schmacht anstimmte. Oder eine romantische Elegie setzte genau in dem Moment ein, wenn ein brennendes Haus apokalyptisch in sich zusammenfiel. Oder der unter die Haut gehende Chor der Engel aus dem Faust legte in seiner gesamten Größe und Erhabenheit los, wenn die Filmschurken gerade den Tresor in die Luft jagten.

Allerdings hatte Bello Sandalio auch schon etliche Kinopianisten gehört, die ihre Kunst sehr wohl verstanden – so wie dieser hier, der gerade mit großem Feingefühl jede Szene des Films untermalte. Die meisten von ihnen arbeiteten in jämmerlichen Provinzkinos, und oft waren sie genauso abgerissen und verhungert wie der kleine Mann mit Melone, Stock und Oberlippenbärtchen, dessen respektloses Treiben sie musikalisch begleiteten. Sie waren echte Märtyrer an den Tasten, saßen in einem halsverrenkend ungünstigen Winkel vor der Leinwand, konnten kaum sehen, was sich da so dicht vor ihrer Nase abspielte, und mussten wahre Wunder an Einfühlungsvermögen und Voraussicht vollbringen, um zu den rasch wechselnden, stummen Szenen die passende Musik zu finden. Ihre geübten Finger schlugen zu jeder Filmsequenz den richtigen Ton an. Ihnen war beispielsweise klar, dass die Liebesszene zwischen einem Kavalier und einem keuschen Mädchen in einem bukolischen Pinienwald niemals mit derselben Musik unterlegt werden durfte wie das halbseidene Liebesgeplänkel in einem Pensionszimmer. Aber das war natürlich auch eine Frage der musikalischen Bildung. Der Pianist, der hier gerade spielte, davon war Bello Sandalio überzeugt, würde die vorgestellte romantische Szene im Pinienwald mit dem Liebestraum von Liszt begleiten. Daran hatte er nicht den leisesten Zweifel; ob es nun ein Mann war oder eine Frau. Obwohl er wegen der Art des Anschlags mittlerweile seine Trompete darauf verwettet hätte, dass es eine Frau war.

Als die Vorstellung endete und er sehen konnte, dass tatsächlich eine Frau am Klavier saß, war er dennoch überrascht. Weil sie nämlich noch dazu bildhübsch war, was man nach seiner Erfahrung von Klavierspielerinnen nur selten behaupten konnte. Und auch wenn ihm der Film nicht besonders gefallen hatte (er erzählte die Geschichte einer jungen Schneiderin, die vom Sohn des Fabrikbesitzers um ihre Unschuld betrogen und schwanger wird; und die Schwester des Verführers, die deswegen erst nur Häme für das Mädchen übrig hat, gerät kurz darauf selbst an einen Unhold, der keinen Deut besser ist als ihr Bruder, und wird ebenfalls ledige Mutter); auch wenn er also nicht sonderlich angetan und die Sitzbank obendrein büßerhaft hart gewesen war, hatte die Musik Bello Sandalio dennoch verzaubert. Die Begleitung war nämlich nicht nur ausgewogen, die gewählten Partien passten auch jeweils perfekt zu den sieben Akten, aus denen der Film bestand. Die spannungsreichen Szenen wurden von tremolierenden Läufen und chromatischen Tonleitern unterstützt, daneben kamen Trauer- und Hochzeitsmärsche und Sonaten höchst sinnreich zum Einsatz und all das sehr einfühlsam und mit großem Können.

Während die Zuschauer den Saal verließen, blieb Bello Sandalio noch eine Weile auf seinem Platz sitzen. Er wollte sich die Dame am Klavier gern aus der Nähe ansehen. In den Lichtungen des Zuschauerstroms sah er sie von hinten, wie sie sich ein zierliches, schleierumwehtes Hütchen aufsetzte. Als das Saallicht angegangen war und sich seine Vermutung, es müsse sich um eine Frau handeln, bestätigte, hatte er, noch ohne ihr Gesicht zu sehen, geahnt, dass sie schön sein musste; weil diese große, schlanke Frau von einem zarten Schimmern umgeben war, das ihre Schönheit schon aus der Ferne erkennen ließ. In seinem Leben als unverbesserlicher Bohemien war es ihm mehr als einmal vergönnt gewesen, einer Frau zu begegnen, die vom eigenen Glanz wie von einer zweiten Haut umhüllt war: Sie waren ein einziges Verhängnis.

Als das Gedränge sich aufgelöst hatte, musste er feststellen, dass die Dame nicht mehr am Klavier stand. Rasch ging er hinaus, konnte sie aber auch dort nirgends entdecken und war enttäuscht. Als er jedoch eine Stunde später nach einem kurzen Streifzug durch die Spelunken an der Calle Larga den Club Radical betrat, fiel sein Blick als erstes – und er zweifelte keinen Augenblick daran, dass sie es war – auf die Pianistin aus dem Arbeiterlichtspielhaus.

Hinter einem Schreibtisch saß in grazilster Haltung seine »Dame am Klavier«, wie er sie inzwischen nannte, und war damit beschäftigt, die Anmeldung der Musiker aufzunehmen. Er hatte sich wahrlich nicht geirrt: die Frau war ein Gedicht. Da sie völlig davon in Anspruch genommen war, die Angaben der zwei Handvoll Blechbläser und Trommler aus den verschiedenen Salpetersiedlungen im Bezirk zu notieren, konnte er sie geradeheraus und ungeniert anschauen. Nach einer Weile wurde ihm dabei wie aus heiterem Himmel mulmig zumute. Die Frau kam ihm plötzlich irgendwie bekannt vor. Irgendwo hatte er sie schon einmal gesehen. Vor ihrem Auftritt im Kino natürlich.

Bello Sandalio war als einer der Letzten in den Club gekommen. Drei der Bewerber, ein Posaunist und zwei Hornbläser, waren bereits vorschriftsmäßig angemeldet, saßen plaudernd in einer Ecke, die Instrumente neben sich auf dem spiegelblanken Parkett, und taten, als seien sie, anders als die, die noch vor dem Schreibtisch warten mussten, vollkommen Herr der Lage. Der Posaunist, der als Erster an der Reihe gewesen war, hatte unaufgefordert (das Fräulein war nur für die Anmeldung zuständig) als kleine Kostprobe seiner Virtuosität ein paar Takte gespielt. Danach hatten die beiden Hornisten, die, wie sich später herausstellte, eng befreundet waren, beide aus Chacabuco stammten und den Posaunisten seit langem kannten (sie hatten schon in etlichen Konzertpavillons miteinander gespielt) es ihm aus purem Vergnügen gleichgetan.

Mit seitlich umgehängter Trommel, die Stöcke in der Hand, beugte sich jetzt der Veteran aus dem 79er-Krieg über den Schreibtisch des »verehrten Anmeldefräuleins«, wie er sie bei der Begrüßung genannt hatte. Nachdem er alle Angaben gemacht hatte, blieb er weiter vor dem Tisch stehen, als wartete er auf etwas. Die Dame am Klavier glaubte zu erraten, was er wünschte. Immerhin hatten die anderen ja auch gezeigt, was sie konnten. Also bat sie ihn freundlich, fast sanft, er möge doch so gut sein und einen Trommelwirbel hören lassen. Freudig hob der Alte die Hand zum Salut, hakte die Trommel am Hosenbein ein, schob die Feldflasche unter seinem Mantel nach hinten, wo sie nicht störte, nahm im Profil zu ihr Haltung an, warf ihr einen Blick zu, als bitte er um ihre Erlaubnis, und legte einen Wirbel hin, dass der Saal wackelte. Gleich darauf führte er im Takt eines Militärmarschs ein paar martialische Paradeschritte vor, die von den Musikern mit großem Gejohle quittiert wurden. Sie schenkte ihm ein warmherziges Lächeln.

Dabei war das Fräulein Golondrina del Rosario für diese Aufgabe ursprünglich gar nicht vorgesehen gewesen. Das Empfangskomitee für den Präsidenten hatte Jacalito den Lehrer – er unterrichtete Klavier und alte Tänze – damit betraut. Der sollte sich die Bewerber anhören und außerdem die Leitung der Kapelle übernehmen, war aber heute bedauerlicherweise unpässlich. Als man Golondrina del Rosario darum bat, einzuspringen, dachte sie, das könnte vergnüglich werden.

Nach dem Trommler war der Klapphornist an der Reihe. Er hieß Tirso Aguilar, war 38 Jahre alt und kam aus der Salpetersiedlung Anita. Er habe, sagte er, noch nie in einer Kapelle gespielt. Der Mann trug sein weißes Haar in der Mitte gescheitelt, roch stark nach Kampfer, schaute auf gewinnende Weise arglos in die Welt und hob nun zu den ersten Takten einer Mazurka an, was er gut machte, ohne Firlefanz und außermusikalisches Getue. Das Fräulein war angetan.

Danach war die einzige große Trommel im Raum an der Reihe. Als der Mann vor den Schreibtisch trat, wurde er wie ein alter Bekannter begrüßt. Er war dünn, hatte ein aschfahles Gesicht und einen schlurfenden Gang, die linke Hand fehlte ihm ganz, an der rechten besaß er nur noch Daumen und Zeigefinger, zwischen denen er den Schlägel hielt. Das Fräulein schrieb in ihr Heft, fast ohne ihn etwas zu fragen. Danach führte der Mann, der um die fünfzig sein musste, zur allgemeinen Erheiterung ein paar Schritte eines religiösen Tanzes vor, zu dem er kräftig die Trommel schlug.

Während der Trommler vorn herumsprang, drehte der kleine Mann mit den Becken, der unmittelbar vor Bello Sandalio stand, pausenlos redete und seine Bronzebecken herumwirbeln ließ, sich zu ihm um und erklärte ihm, der Tänzer heiße Cantalicio del Carmen, sei eine sehr bekannte Persönlichkeit im Ort und spiele und tanze in einer Bruderschaft zu Ehren der Jungfrau von Tirana. »Das ist der berühmte Trommelteufel«, sagte er.

Nach dem Trommler kam die Reihe an den anderen Trompeter im Saal. Ein Dickwanst mit Pomade im Haar, gestreiftem Anzug und einer schrillen Krawatte, an der eine blaue Brosche prangte. Mit seinem überheblichen und großspurigen Gebaren war er nicht zu übersehen. Er sagte, er heiße Eraldino Lumbrera, sei ledig, habe im Ausland Musik studiert und die erste Trompete in der Real Jazzband von Antofagasta gespielt. »Eine der besten Jazzbands im gesamten Norden«, sagte er. Und schob großkotzig hinterher:

»Um nicht zu sagen *die* beste.«

Danach hob er unaufgefordert an zu erklären, warum er die Jazzband verlassen hatte. Die Dame am Klavier notierte, was sie wissen musste, und hörte ihm dann mit abwesender Miene zu. Als er geendet hatte, stellte er seinen Instrumentenkoffer auf den Schreibtisch und entnahm ihm mit großer Geste wie ein Budenzauberer, der das Kaninchen aus dem Hut zieht, seine blitzblanke Trompete. Während er zu einem lebhaften Onestepp ansetzte und dazu die Beine in ein paar affigen Tanzschritten schwang, trat Candelario Pérez, die Marschtrommel noch umgeschnallt, zu Bello Sandalio, schenkte ihm eine dicke Wolke aus Tabakduft und flüsterte ihm ins Ohr:

»Der ist noch zu doof zum Breiessen!«

Dann war ein Junge dran, der sich als Róbinson Monroy vorstellte. Er wohnte wie der Trommelteufel im Ort und hatte das Trommeln bei den Pfadfindern gelernt. Das Fräulein an der Anmeldung unterbrach ihn freundlich und fragte, wie alt er sei. »Tut mir leid, mein Junge«, sagte sie, »ich bin angewiesen, keine Minderjährigen zu nehmen.«

Während der Junge sichtlich beschämt abging, sah das Fräulein Golondrina del Rosario zu den beiden verbleibenden Musikern hin, und ihr Blick begegnete zum ersten Mal dem von Bello Sandalio. Der Trompeter, der sie in der gesamten Zeit keinen Moment aus den Augen gelassen hatte, sah deutlich, wie Verwirrung in ihrem Gesicht aufblitzte und im Zickzack darüber hinweglief. Das gab seinem Verdacht, dass er die Schöne schon irgendwo gesehen hatte, neue Nahrung. Er kam nur partout nicht darauf, wo.

Der kleine Mann mit den Becken, der im Gesicht von Pockennarben gezeichnet war, eine schmutzigbraune Schiebermütze trug und Bello Sandalio schon länger mit seinen abfälligen oder beifälligen Bemerkungen über die anderen Musiker auf den Wecker fiel, trat vor und sagte, jetzt sei es Zeit für einen echten Musiker. Er begrüßte ergeben die »bezaubernde Verehrteste«, schob dann sogleich, noch bevor er etwas zu seiner Person gesagt hatte, die Riemen seiner Becken zurecht, begann sie wie toll gegeneinander zu schlagen und begleitete jeden Schlag mit zirkusreifem Hokuspokus und Trara. Als seine Vorführung beendet war, baute er sich vor dem Schreibtisch auf und fragte grinsend:

»Wie war ich, Verehrteste?«

Sie lächelte ein bisschen und bat ihn um seinen Namen.

»Maturana Ponce«, antwortete er wie aus der Pistole geschossen. »Ich bin gerade 35 geworden, bin allein wie die Sonne und zur Zeit Mitglied der Minenkapelle von Pinto, möchte mich aber gern endgültig hier in der Stadt niederlassen und …«

»Bitte entschuldigen Sie, mein Herr«, unterbrach sie ihn ausgesucht höflich. »Zunächst brauche ich Ihren Namen.«

»Wie gesagt, Verehrteste: Maturana Ponce«, sagte der Beckenspieler, noch immer grinsend.

»Das scheinen mir Ihre beiden Nachnamen zu sein«, gab sie zurück und warf dem Rotschopf mit der Trompete einen verstohlenen Blick zu. »Ich brauche auch Ihren Vornamen.«

Bello Sandalio kam sie jetzt nicht nur erhitzt, sondern geradezu zittrig vor, aufgewühlt. Allerdings hätte er nicht sagen können, ob das an ihrem Blickkontakt lag oder an den Scherereien, die ihr der Mann mit den Becken gerade bereitete.

»Hören Sie, Verehrteste«, sagte der Beckenspieler schnell. »Alle Welt kennt mich hier als Maturana Ponce.«

»Das mag ja sein, aber ich brauche Ihren Vornamen.«

»Muss das wirklich sein?«

»Ja, das muss sein.«

Umgeben von erwartungsvoller Stille hörte der Mann zu grinsen auf, blickte aus den Augenwinkeln um sich, lehnte sich so weit wie möglich über den Tisch und sagte leise, damit die anderen es nicht hörten:

»Aubergine.«

In das allgemeine Gelächter hinein erwiderte sie, mit einem fragenden Blitzen in den Augen, sehr gefasst:

»Verzeihung, mein Herr, ich habe Sie nicht richtig verstanden.«

»Ich heiße Aubergine, Verehrteste. Aubergine Maturana Ponce«, wiederholte der Beckenspieler gequält.

Mit unerschütterlichem Gleichmut schrieb das Fräulein Golondrina del Rosario den Namen in das Heft und entließ den Mann dann. Aubergine Maturana Ponce schlug lärmend seine Becken gegeneinander und gesellte sich zu den anderen.

Obwohl jetzt die Reihe an ihm war, trat Bello Sandalio nicht gleich nach vorn an den Tisch. Unverwandt ruhte sein Blick auf der Dame am Klavier, während er wartete, dass sie ihrerseits zu ihm hinsah und ihm irgendein Zeichen gab. Als sie endlich den Blick hob und ihm bedeutete, er solle nähertreten, bebte sie am ganzen Leib. Wie sie ihn nun vor sich hatte, nur einen halben Meter vor ihrer Nase, war jeder Zweifel ausgeschlossen. Er war es. Natürlich war er es. Zwar hatte sich in jener Nacht alles im Dunkeln abgespielt und am deutlichsten waren ihr noch sein Blick und sein Atmen eines gehetzten Tieres im Gedächtnis, aber daneben gab es dieses eine Detail; ein Detail, das sie damals entzückt hatte. Hier draußen trugen nur noch sehr wenige Männer Fliege – ein so romantisches Accessoire.

Als er durch die Tür gekommen war, hatte ihr Herz, noch ehe sie ihn tatsächlich erkannte, einen Salto mortale geschlagen. Später dann, während sie völlig durcheinander und zitternd vor Schreck darum rang, gegenüber dem armen Kerl, den sie vor sich hatte, möglichst unbefangen zu wirken (wie um alles in der Welt konnte man einen Christenmenschen auf den Namen eines Gemüses taufen?), hatte sie bei sich zu Gott gefleht, er möge irgendeine Katastrophe über die Welt senden, irgendein Unheil, die sieben ägyptischen Plagen beispielsweise, eine nach der anderen, wenn sie nur nicht diesen rothaarigen Trompeter befragen müsste, der sie da aus seinen gelben Augen anstarrte.

Aber jetzt stand er vor ihr, hatte sich in voller Größe frech vor sie hingestellt und ihre letzten Zweifel mit einem einzigen Lächeln weggewischt. Er war es. Natürlich war er es. Ihr fahrender Musiker, ihr Feuertrompeter, ihr geliebtes Verhängnis. Sie glaubte, der Kopf müsse ihr bersten. Etwas Eigentümliches kam über sie. Es fühlte sich an, als würde ein zarter Wirbel aus Licht ihr unter die Röcke greifen, ihr Kleid bauschen und sie ein paar Millimeter vom Stuhl heben. Und dieser Rotschopf stand bloß da, stand vor ihrer Nase und tat nichts, als sie raubtierhaft anzulächeln wie ein sommersprossiger Faun. Und dabei durfte sie dem Herrgott noch dankbar sein, dass er sie nicht wiedererkannt hatte, das merkte sie jetzt sehr genau an der Art, wie er ihr seinen Namen sagte: Bello Sandalio, hörte sie ihn sagen, und seine Stimme war wie ein Schnurren. Die Tonlage eindeutig ein Bariton; rau, zugleich kraftvoll und lebhaft, eine Stimme mit Musik darin, dachte sie erstickt. Kaum vernehmlich hörte sie sich selbst, nachdem sie seinen Namen und die anderen Angaben notiert hatte, zu ihm sagen, besten Dank, das sei alles, er könne dann gehen, aber dieser vermaledeite Trompeter zeigte ihr bloß weiter wie eine hungrige Raubkatze sein blitzendes Gebiss und fragte honigsüß, ob er denn nicht eine Kleinigkeit für sie spielen solle, und sie, die schreiende Unvernunft, hörte sich jetzt antworten, ja, bitte, er solle kurz anspielen, was immer er wolle, betete indes bei sich, Heiligemuttergottes, Jungfrauvolldergnaden, es möge das eher unwahrscheinliche Wunder geschehen, dass seine Trompete verstopft wäre, stumm bliebe, nicht funktionierte, denn sie spürte genau, sie würde ohnmächtig vom Stuhl sinken, sollte er diese Melodie anstimmen, zu der Bello Sandalio jetzt, noch immer ohne sich zu erinnern, wo zur Hölle er diesem erlesenen Weibsstück schon einmal begegnet war, mit einem klaren, warmen Ton anhob, demselben feurigen Ton jener Sommernacht, in der sie die süßeste Sünde ihres Lebens begangen hatte. Und genau wie in jener Nacht spürte sie auch jetzt, wie ihr Blut zu Schokolade gerann, ihre Seele zerfloss, diese Melodie ihr Herz blähte, als wäre es aus flüssigem Glas gemacht und würde von ihm mit dem Atem der Musik nach Belieben geformt. Und wie in einem Traum, als bewegte sie sich in einer Blase aus geschmolzener Musik, sah sie sich jetzt selbst, sah, wie sie umständlich auf die Füße kam, ihren Schal raffte und ihren Hut, um von dort zu fliehen, um nach Hause zu laufen, dort unter die Bettdecke zu kriechen und sie bibbernd über den Kopf zu ziehen. Ehe sie draußen war, hörte sie sich eben noch zu den Musikern sagen, die erste Probe sei für den morgigen Nachmittag angesetzt, hier im Salon, und sah sich dann weiter wie durch einen honigsüßen Seim auf den Ausgang zustreben, spürte seinen Blick durch ihr Rückenmark kribbeln, erriet, dass ihr wandernder Geliebter hinter ihr herkommen würde, spürte, wie ihr geschmolzenes Herz jäh zu einer gläsernen Taube erstarrte, als sie auf der Türschwelle seine branntweinraue Stimme galant sagen hörte, ob das Fräulein ihm vielleicht die Ehre gewährte, sie nach Hause geleiten zu dürfen, und dann, eine endlose Sekunde später, hörte sie ihre eigene Stimme – hörte sie wie eine kaum vernehmliche Radioübertragung von einem fernen Stern – nein sagen, diese elende Idiotin, nein danke, diese dämliche Kuh, das sei sehr freundlich, aber ihr Herr Vater warte gleich hier ein Stück weiter auf sie. Und als sie dann zitternd wie ein dummes Mädchen bei seinem ersten Gedichtvortrag vor Publikum endlich draußen war, spürte sie erneut, wie dieses Licht oder die linde Luft ihr Kleid bauschte – als urinierte sie Dampf – und machte sich hastig auf den Weg nach Hause, war so gefangen in ihrer Verzückung, dass sie in die Pfützen aus Schmutzwasser trat, als wären sie nur Trugbilder, und kopflos in die Meuten herrenloser Hunde hineinlief, die ihren Weg kreuzten, ohne dass sie viel von all dem wahrnahm, einzig darauf bedacht, möglichst schnell den sicheren Hafen ihres Zimmers zu erreichen, in das erst der Hauch ihrer erschreckten Seele wehte, den Bruchteil einer Sekunde später gefolgt von ihrem Körper, einem armen, hilflosen Tierchen.

Als ein einziges zitterndes Etwas stürzte sie bäuchlings auf die Überdecke aus Atlas auf ihrem schmiedeeisernen Bett und fragte sich noch immer, Heiligemuttergottes, wundertätigste Jungfrauvombergkarmel, wie sie es geschafft hatte, nicht vor Schreck ohnmächtig zu werden in den viereinhalb endlosen Häuserzeilen zwischen dem Club Radical und ihrem Zuhause.

8

In jener Februarnacht war Bello Sandalio nach einer ausgelassenen Sauftour durch ein halbes Dutzend Kaschemmen in dem Bordell »El Gato Flaco« gelandet. Er war seit drei Tagen in Pampa Unión und hatte seither, stets begleitet von seiner Trompete, ohne Pause durchgefeiert, bei Tag und bei Nacht.

In jener Februarnacht war das Fräulein Golondrina del Rosario später als sonst nach Hause gekommen. Der Film (über eine verbotene Liebe) und die Hitze im Kinosaal hatten ihre Sinne so stark gereizt, dass sie nach der Vorstellung, vom Mond beschienen, noch langsam durch die belebte Einkaufsstraße geschlendert war. Begierig war sie vor den Schaufenstern stehen geblieben, hatte ein Weilchen der Musik des Electrola-Grammophons aus der Konditorei Matta gelauscht – einem neuen Apparat, den der Konditor sich erst neulich angeschafft hatte – und hatte sich in zwei Geschäften nur zum Vergnügen Seidenstoffe und Spitzen zeigen lassen.

Bello Sandalio hatte vor, fürs Erste in der Stadt zu bleiben. Sein Erspartes würde schon mal für einen Monat reichen. Nicht eingerechnet das, was er verdienen konnte, wenn er in irgendeinem Etablissement als Musiker anheuerte. In den drei Tagen, die er jetzt schon feierte, hatte er getrunken wie einer, der sich in der Wüste verlaufen hat, hatte ungefragt in fast jedem Schuppen entlang der Calle Larga gespielt und mehr als eine Frau »zum Klingen gebracht«, so wie diese Brünette dort hinter der Theke vom Gato Flaco, deren Haut wie seine Trompete schimmerte und die ihn schon die ganze Zeit ansah.

Der Film, den das Fräulein Golondrina del Rosario am Abend begleitet hatte, hieß *Die aus Liebe starb*. Und feinfühlig, wie sie war, hatte sie mit Tränen in den Augen am Klavier gesessen und besser gespielt denn je. Auch wenn sie zweimal, weil die Geschichte der Liebenden sie so sehr fesselte, nur gebannt auf die Leinwand geschaut hatte, dabei das Spielen vergaß und das Publikum unflätig zu pfeifen begann. Doch nichts hatte diesen Zustand der Gnade zu zerstören vermocht, in dem sie das Kino verließ. Als sie sich jetzt fürs Zubettgehen zurechtmachte, wanderten ihre Gedanken zurück zu den romantischsten Szenen des Films. Mit glühenden Wangen und dem Gefühl, die Luft in ihrem Zimmer stehe ringsum in Flammen, betrachtete sie sich länger als nötig nackt vor dem Spiegel.

Der Februar brachte in jener Nacht Eisen zum Schmelzen. Sturzbetrunken kletterte Bello Sandalio irgendwann, als der Pianist kurz pausierte, auf die kleine Bühne, klimperte ein bisschen auf den Tasten herum, spuckte kurz aus und hob seine Trompete an die Lippen – sein Unterkiefer senkte sich perfekt, das Mundstück saß wie angewachsen, sein Brustkorb hob sich, bis der Hemdstoff darüber spannte. Als er zu spielen begann, tauchten die kraftvollen, goldenen Phrasen die Atmosphäre jäh in helles Licht und fluteten den gesamten Raum mit Klang. Die Luft vibrierte. Der Pianist, ein kränklich wirkender Krauskopf im Frack, kam zurück auf die Bühne und versuchte ihm in bester Jazzmanier zu folgen. Es war lange her, dass der Trompeter mit solcher Leidenschaft gespielt hatte. Die Nacht war wie dafür gemacht, sie mit Musik in Brand zu setzen, und er, vom Alkohol beseelt, von der Musik entflammt, war ein heißblütiger Kirmesgaukler, der Feuer spie. Niemand im Lokal sagte einen Ton. Mit Gänsehaut spürten die Mädchen die Musik warm ihren Rücken hinabrinnen, sie war wie dickflüssige, goldene Farbe, die in das schmutzige Milieu dieses billigen Schuppens geschwappt war; es fühlte sich an, als könnten sie einen Finger heben, ihn in Musik tunken und sich Lippen, Nägel, Lider mit Gold bestreichen. Ein paar von ihnen weinten, ohne es zu merken. Für einen Moment waren sie so erhaben und rein wie diese alles durchdringende Musik, die hier die Essenz der Nacht bloßlegte.

Das Fräulein Golondrina del Rosario saß auf dem Bett, hatte ihr Fenster zur Nacht und zum Mond hin geöffnet und einen Gedichtband zur Hand genommen. Er trug den Titel *Crepusculario* und stammte von einem jungen chilenischen Dichter. Als sie sich eben, das Buch an ihre Brust gelegt, leise vorsagte: »Der Falter flattert, er flattert auf und davon«, wehte die warme Nachtluft

Fetzen von Musik in ihr Zimmer. Jemand spielte Trompete. Die Melodie drang in ihr Ohr wie ein Schwall flüssigen Goldes, brennend, kosmisch; als schmölze die Nacht selbst zu reiner Musik, zur Musik einer Trompete. Um besser hören zu können, schloss sie die Augen und löschte das Licht. Der Ton war warm und funkelnd; die Melodie schön und fremdartig, anziehend wie der Mond. Benommen stand sie vom Bett auf, streifte ihr rosa Nachthemd über und trat hinaus auf den Hof. Der Hof war ein vom Mondlicht überfluteter Brunnen. Sie ging dem Klang entgegen zum Klohäuschen, das hinten träumerisch in den Fluten trieb. Ihr war, als spielte die Trompete für sie ganz allein. In ihrer Verzückung wäre sie am liebsten auf die Mauer geklettert, die sie von dem Bordell trennte. Zu gern wollte sie einen Blick auf den Mann oder den Engel erhaschen, der zu solchem Spiel fähig war, ihren Sinnen schmeichelte, sie verführte, sie um den Verstand brachte. Sie war restlos außer sich.

Als Bello Sandalio zu spielen aufhörte und an seinen Tisch zurückging, wartete dort die Brünette auf ihn. Mit einem Tablett in der Hand schmiegte sie sich wie eine rollige Katze an ihn, bot ihm einen Schnaps an, oder was immer du möchtest, mein Süßer. Die Frau wurde Cocoliche genannt und galt als eine der unersättlichsten Huren der Stadt. Mit ihren Kurven und ihrem Hüftschwung und dem archaischen Funkeln ihrer schwarzen Augen war sie zur Favoritin des örtlichen Polizeihauptmanns geworden, der sich gerade an einem der ins Dunkel getauchten Tische hinten im Lokal betrank. Nachdem sie

Bello Sandalio den Schnaps serviert hatte, sah sie ihn weiter an, legte ihr gesamtes Können in diesen Blick und bat ihn dann unter dem aufreizenden, weil ach so harmlosen Vorwand, sie habe keine Hand frei, er möge doch so gut sein und ihr die Strippe rausziehen, Schätzchen, das sei doch arg unbequem. Bello Sandalio hob fragend die Augenbrauen, worauf sie schnurrte:

»Mein Schlüpfer. Er ist in die Spalte gerutscht, Herzchen!«

Die Cocoliche machte diese Probe bei jedem Mann, der ihr attraktiv erschien. Sie sagte, wer es wagte, ihr unter den Augen dieses Esels von Hauptmann den Schlüpfer aus der Spalte zu fummeln, der wäre ihr Traumprinz. Bello Sandalio zeigte sich nicht weiter beeindruckt, ließ sein unerschütterliches eiskaltes Lächeln sehen, legte die Trompete auf den Tisch, strich sich das Kupferhaar nach hinten, und unter den erwartungsvollen Blicken der versammelten Gästeschar schob er langsam, wie eine Schlange, die sich lüstern einen Stamm hinaufwindet, seine von Sommersprossen übersäte langgliedrige Hand unter das hautenge Kleid aus blauem Samt, in das sich die Cocoliche für diese Nacht gezwängt hatte.

Als die Musik verstummte, kam es dem Fräulein Golondrina del Rosario vor, als wäre jäh alle Luft aus der Nacht entwichen. Das heisere Rummelplatzrumoren, das über dem Ort lag und sich anhörte wie das Summen eines riesigen, geilen Insekts, schien ihr gänzlich hohl und leer ohne den Zauber der Trompete. Noch benommen, einen verklärten Schimmer in den Augen, trat sie zurück ins Dunkel ihres einsamen Zimmers. Trotz der warmen Nacht zitterte ihr Leib wie in einem Tremolo. Sie legte sich auf ihre Überdecke aus Atlas. Der Mond hatte den Rahmen ihres Fensters verlassen; nur sein Abglanz sammelte sich noch wie schlafloses Wasser in ihrem Zimmer. Hastig schob sie ihr Nachthemd hoch und betastete sich, als wäre sie ihr eigenes Musikinstrument, suchte begierig nach ihren empfindsamen und klingenden Stellen. Musik und Poesie hatten ihr von jeher die Sinne für einen immer neuen Taumel geöffnet. Im Schlafsaal der Schule hatte sie sich häufig nachts nach dem Rosenkranzgebet einer bebenden Lust an ihrem heranreifenden Körper hingegeben, flüchtig wie ein Lichtreflex, und sich dabei Gedichte von Amado Nervo vorgesagt. Wenn sie in der Hitze des Mittags Klavier übte und die Musik eine kaum zu bändigende Sinnlichkeit in ihr weckte oder wenn die Nonne im Biologieunterricht – Pistill, Korolla und Gynäzeum benennend – über die Bestäubung der Blumen sprach und ihre Mitschülerinnen genierlich kichernd die Köpfe zusammensteckten, dann hatte sie sich oft gewünscht, sie wäre weniger sittsam, weniger das keusche Mädchen, die unberührte junge Dame. In diesen Momenten, die Heilige Mutter Gottes möge ihr verzeihen, träumte sie davon, nur ein klein wenig leichtfertiger im Geiste zu sein. So wie ihre Mitschülerinnen. Etwas verschwenderischer beim Lächeln vielleicht, so wie Zenobia Viterba; in enger sitzenden Kleidern, so wie Odette Alcántara; mit kühnerem Blick, so wie Manova Sofía; lasziver in den Gesten, so wie Bélgica Castro; sprunghafter im Denken, so wie Emperatriz López. Nur ein bisschen weniger züchtig, heilige Mutter Gottes, mehr verlangte sie ja gar nicht; ein bisschen weniger Meerjungfrau und mehr Sirene.

Als der Polizeihauptmann aus dem Dunkel der hinteren Tische auftauchte und sich wütend und betrunken auf ihn stürzte, packte Bello Sandalio einen Stuhl, schlug beim ersten Versuch zwar ins Leere, landete beim zweiten aber eine Breitseite auf seinem Rücken. Der Hauptmann krachte längelang auf einen Tisch. Gläser und Flaschen gingen klirrend zu Bruch, die Mädchen kreischten, und Bello Sandalio schnappte sich seine Trompete und stürzte zur Hintertür hinaus in den Hof. Über einen Haufen Tonnen vor einer Mauer kletterte er hoch auf die Dächer, hatte den Hauptmann dicht auf den Fersen und dazu zwei von seinen »Kadetten«, wie der seine Untergebenen nannte, die er anbrüllte, sie sollten sich sputen. Kurz duckte sich der Trompeter auf den Planken aus Wellblech, sah sich um, zögerte. Gleich wäre alles zu spät, sie würden ihn kriegen, er trat an eine Mauer, schloss die Augen und sprang in den Hof eines Wohnhauses. Unten fand er sich von der Hofmauer umschlossen wie in einem Schacht, oben hörte er seine Verfolger näherkommen, er saß in der Falle. Kein Ausweg. Wenn sie ihn schnappten, würde sich dieses Schwein von einem Hauptmann bestimmt nicht die Mühe machen, ihn erst in eine Zelle zu sperren, er würde ihn gleich hier ohne langes Federlesen abknallen und liegen lassen wie einen räudigen Hund. Er dachte schon, es sei alles zu spät, auf den Dächern krachten die ersten Gewehrschüsse, da öffnete sich plötzlich neben ihm in der Hofmauer die Tür zu einem Zimmer, und auf der dunklen Schwelle erspähte er die Silhouette einer Frau.

Als das Fräulein Golondrina del Rosario den Lärm auf den Dächern und das drohende Rufen hörte, im Namen des Gesetzes stehen zu bleiben, bekreuzigte sie sich ängstlich und trat, mit nichts als ihrem hauchzarten Seidennachthemd angetan, an das geöffnete Fenster, um zu sehen, was da vor sich ging. Auf der Mauer hinten im Hof sah sie einen Mann stehen, der verzweifelt um sich blickte und nicht wusste, ob er springen sollte. Was sie in diesem Moment jedoch am meisten schaudern ließ, mehr noch als die Situation selbst, war das, was der Mann in der Hand hielt. Eine Trompete! Eine Trompete, die jetzt kurz aufblitzte, als er sich behände von oben herabschwang. Obwohl er hart aufkam und sich abrollen musste, hielt er das Instrument sicher gegen seinen Körper gepresst, damit es unbeschadet blieb. Da öffnete sie dann, nur Augenblicke bevor ihr Vater mit einer Karbidlampe in der Hand auf den Hof trat, ihre Tür und winkte den Mann zu sich herein. Während ihr Vater draußen mit den Polizisten herumstritt, die um jeden Preis in sein Haus eindringen wollten, zitterte sie in den Armen des Mannes, der sie an sich drückte und ihr mit einer Hand den Mund zuhielt. Als die Polizisten endlich abzogen und ihr Vater von draußen fragte, ob bei ihr alles in Ordnung sei, zog der Mann, das Gesicht so dicht vor ihrem, dass sie seine Augen im Dunkeln golden schimmern sah, sachte die Hand von ihrem Mund,

und sie konnte mit erstickter Stimme antworten, ja, Vater, es ist alles bestens.

Bello Sandalio sagte sich, was er da für ein verdammtes Schwein hatte, dass die Frau, die in der Tür aufgetaucht war, nicht wie eine Wahnsinnige zu schreien begann, sondern ihn eilig zu sich ins Zimmer winkte. Als er dann gleich darauf die Polizisten von der Mauer herab mit dem streiten hörte, der zweifellos der Hausherr war, hielt er die Frau fest in seinen Armen und legte ihr eine Hand auf den Mund. Nicht dass dieser Goldschatz es sich im letzten Moment anders überlegte und ihn doch noch verriet. So dicht aneinandergepresst, merkte Bello Sandalio, dass die Frau außer ihrem seidenen Nachthemd und einem intensiven Veilchenduft nichts am Leib trug. Als die Polizisten endlich maulend über die Dächer verschwanden und der Vater zurück ins Haus gegangen war, hielt Bello Sandalio noch immer, nun jedoch sanfter, die Frau in den Armen, und in der mondschimmrigen Dunkelheit des Zimmers, einer Dunkelheit wie auf dem Meeresgrund, zitterte sie in seiner Umarmung wie ein Fischlein mit langem Haar.

In den Armen dieses Mannes und so leicht bekleidet, wie sie war, fühlte das Fräulein Golondrina del Rosario, dass ihr gleich vor Angst die Sinne schwinden würden. Die Luft in ihrem Zimmer wurde plötzlich diesig, zäh, sämig. Sie merkte, wie ihr Atem stockte, sie rang nach Luft, musste sofort zurück an die Oberfläche. Noch dazu versetzte die warme Bierfahne, die dieser Rohling ihr ins

Gesicht hauchte, sie in einen Taumel, von dem sie nicht wusste, ob es Ekel oder Wollust war. Sie wollte ihm sagen, die Gefahr sei ausgestanden, er könne getrost seiner Wege gehen, aber die Worte blieben wie warmer Kaugummi an ihrem Gaumensegel kleben. Im Dunkeln war ihr, als würde der Mann lächeln, das Lächeln eines wilden Tigers, der im Unterholz lauert. Und obwohl sie vollkommen sicher war, dass auch er die Gefahr für gebannt hielt und wusste, er konnte gehen, ließ dieser Unhold sie nicht los; auch wenn er, zugegeben, die Klammer seiner sehnigen Arme ein bisschen gelockert hatte. Dem Fräulein Golondrina del Rosario wurde jäh klar, dass eine anständige Dame in ihrer Lage zumindest geschrien hätte, und sie war noch nicht mal auf die Idee gekommen. Wie entsetzlich, wieso ließ sie das geschehen, sie verstand sich selbst nicht, obwohl, im Grunde … Aber nein, das wollte sie gar nicht denken. Gefangen in den Armen des knochigen Trompeters, spürte sie, wie sich sein rauer Adamsapfel hart in ihre Wange grub. Und diese virile Berührung raubte ihr den Verstand.

Bello Sandalio sagte sich, er könne hier nicht verschwinden, ohne der Frau, die in seinen Armen noch immer zitterte, für ihre gute Tat zu danken. In der Dunkelheit sah er nicht, ob sie wirklich hübsch war, aber sie fühlte sich wohlproportioniert an. Er beugte sich ein wenig zu ihr herab und küsste sie sachte auf die Lippen: Ihre Lippen waren heiß. Er stellte die Trompete auf den Boden, drängte die Frau gegen das Holz der Tür und umfasste mit beiden Händen ihre Brüste: Ihre Brüste waren voll und fest wie zwei umgedrehte Gläser. Danach wanderte er ihre Haut hinab und fand sich bestätigt, ja, er hatte sich nicht geirrt, sie besaß einen feingliedrigen, schönen Körper. Er hätte sie hochheben und zu dem Bett tragen können, das sich wie ein in den schweren Wogen des Meeres treibendes Boot gegen die Rückwand des Zimmers abzeichnete, aber die drei Schwimmzüge bis dorthin hätten den Zauber womöglich gebrochen, ihre Leiber hätten aneinander abgleiten, sich voneinander lösen, sich verlieren und nie mehr wiederfinden können. Und so schien ihm das hier, zusammen als zwei aufrechte Schiffbrüchige gegen die Planken der Tür gepresst, eine dem Abenteuer dieser Nacht angemessene und würdige Stellung. Erprobt in tausend Gefechten, hatte er nach einem kurzen Scharmützel mit dem Oberschenkel jeden Widerstand überwunden. Er spürte, wie sich die langen Fingernägel der unbekannten Schiffbrüchigen in seine Brust gruben. Er sagte nichts, und sie schien stumm. Und so entspann sich dieser Kampf wie zwischen zwei blinden Krustentierchen unter dem dumpfen Keuchen eines Sturms und durchzuckt von jähem Schluchzen.

Während der Trompeter sie fest in seinen Armen hielt, hätte das Fräulein Golondrina del Rosario nicht sagen können, was versengender war: die Haut des Mannes an ihrer Brust oder die metallische Berührung der Trompete im Rücken. Als er sie mit seiner sandpapiernen, bierherben Zunge küsste, wusste sie, dass das menschliche Herz sich wandeln und wilde Sprünge vollführen kann wie ein toll gewordenes Seepferdchen. Ihr Bauch, ihre

Lenden, ihre Knie und jedes ihrer bebenden Glieder füllten sich mit Gischt. Diese derbe Zunge, die dem Dreieck zwischen Mund, Hals und Ohr entlangschleckte, und diese Hände, die ihre verdatterte Haut hinab und hinauf wanderten – ihre Brüste auspressten, die Wölbung ihrer Pobacken kneteten – taten all das wirklich, was sie sich in ihren lüstern schlaflosen Nächten erträumt hatte. Ihr war, als wüsste ihr »wandernder Geliebter« (sie gab sich ihm hin »wie die Nymphen sich hingaben dem Wanderer einst auf den alten Pfaden«) die Brüste in ihren Brüsten zu erspüren, das Ohrläppchen im Ohrläppchen, die Haut in ihrer Haut und all nur mit den Spitzen seiner Fingerspitzen. In einem sich windenden Wirrwarr der Verderbtheit bebte jeder Teil ihres Leibes, zuckte, zog sich zurück und schwoll an wie die empfindlichen Fasern einer Unterwasserpflanze. Und als dieser Barbar von einem Trompeter sie bestäubte, spürte sie, wie sie heillos versank, und klammerte sich mit Klauen und Zähnen in den Tang seiner Brust. Ein heißer Mond barst in ihrem Innern, und zugleich zündete in ihrem Kopf ein Feuerrad der flammendsten Liebesverse aus ihren einsamen Nächten im Internat, wenn sie mit perlendem Herzen unter der Decke ihre feuchten Sphären ertastete. Und auch wenn ihre Lippen keine Worte formten, sprachen doch ihre schimmernden Knochen für sie.

Ehe er ging, streichelte Bello Sandalio sanft ihr langes Sirenenhaar. Diese Frau war die reinste Leidenschaft. Er küsste sie auf den Mund und sagte sich, jedes Wort von ihm würde den Zauber brechen und die Wasserschnecken und Seepferdchen verscheuchen, die noch immer durch die Tiefsee dieses Zimmers trieben. Er nahm seine Trompete, strich sich das Haar zurück und ging hinaus. Geschmeidig wie ein roter Kater, der auf den Wellblechdächern der Hinterhöfe zu Hause ist, kletterte er auf die Mauer und verlor sich in den Weiten der Wüstennacht. Der Vollmond glitzerte auf seiner Trompete wie ein lautloses Liebeslied.

Das Fräulein Golondrina del Rosario tauchte als Sirene aus den Fluten, das Haar voller Seesterne. Und weil sie die rettende Küste noch nicht deutlich vor sich sah, trieb sie noch ein bisschen amphibienschläfrig in einer zähen Woge aus Meeresalgen. Sie wollte nichts sagen, während sie vor Liebe starb; sie konnte nichts sagen. Sie wollte auch nicht denken. Aber als sie sah, wie dieser Schuft von einem Trompeter sich die gepunktete Fliege zurechtschob, und kurz darauf hörte, wie er leichtfüßig, einem mittelalterlichen Barden gleich, die mondbeschienene Mauer überwand, und sich dann vorstellte, wie er mit seiner Feuertrompete eine leuchtende Spur hinter sich herzog, deklamierte sie für sich dramatisch, tragisch, lyrisch: »Glühend sind wir voneinander geschieden wie zwei Gestirne, die sich einmal in tausend Jahren am Himmel begegnen …«

9

Nach drei Tagen Probe spielte die Kapelle, obwohl ihr offizieller Direktor noch immer nicht aufgetaucht war, die Nationalhymne bereits nahezu perfekt.

Der älteste Apotheker am Ort, seines Zeichens Präsident des Empfangskomitees Seiner Exzellenz – der Besuch des Staatsoberhaupts war in sechzehn Tagen vorgesehen –, versprach angesichts des weitgehend reibungslosen Miteinanders der Musiker, dass er alles Notwendige in die Wege leiten werde, damit die Kapelle am kommenden Sonntag im Musikpavillon debütieren konnte.

Er sagte außerdem, sofern sie ihre Sache beim Besuch des Herrn Präsidenten gut machten, könne die Kapelle auf Dauer weiterbestehen. Neben den Platzkonzerten würde sie bei den Bällen der Gesellschaft spielen können, eine tragende Rolle beim Frühlingsfest übernehmen, bei den Boxkämpfen für Stimmung sorgen und natürlich die Beerdigungen begleiten. Obendrein feiere in Pampa Unión jede Zuwanderergemeinde den Nationalfeiertag ihres jeweiligen Heimatlandes mit großem Tamtam. Die Entdeckung Amerikas und den Sturm auf die Bastille eingeschlossen. Selbst die Machtübernahme Benito Mussolinis biete hier Anlass für ein Fest.

»Wie ihr seht, Jungs, Arbeit gibt es genug«, sagte der Apotheker väterlich.

Auf sein Geheiß sollte die Kapelle mindestens drei Stunden am Tag proben. Für die erste Probe gab er ihnen einen der Salons im Club Radical. Nur steckte er dummerweise gegen Ende der Probe seine Nase dort hinein. Ein stinkender Kippenteppich lag über dem spiegelblanken Parkett, und leere und halb geleerte Flaschen – Bier, Wein, Schnaps – standen überall verstreut. Für den nächsten Tag besorgte er ihnen einen Raum im Vereinsheim der Fuhrleute. Besser, dieser liederliche Haufen Saufnasen probte dort, möglichst weit entfernt von seinen blitzsauberen Clubräumen.

Schon am Abend nach der ersten Probe hatten sich die Musiker zu zwei Gruppen zusammengefunden, die bis zum Morgengrauen fröhlich durch die Kneipen zogen. Die eine Gruppe bestand aus den beiden befreundeten Hornisten und ihrem Kumpel mit der Posaune. Zu der Gruppe von Bello Sandalio gehörten der Trommelteufel, Gine Maturana, wie sie den Beckenspieler mittlerweile nannten, der Klapphornist Tirso Aguilar und Candelario Pérez, der Alte mit der Marschtrommel.

Eraldino Lumbrera, der dicke Trompeter mit der blauen Brosche an der Krawatte, hatte sich keiner der beiden Gruppen angeschlossen. Nach der Probe verstaute er sein Instrument im Koffer und sagte mit einem anzüglichen Augenzwinkern, in einem der Freudenhäuser gleich hier ums Eck warte eine liebeshungrige kleine Stute auf ihn.

Er salbaderte nur in einem fort über seine musikalischen Fähigkeiten und ging den übrigen Musikern damit gehörig auf die Nerven. Sie rollten schon die Augen. Am unsäglichsten fanden alle, dass er sich beim Spielen ein Tuch über die Finger legte. Damit, wie er selbstgefällig tönte, kein Anfänger sich etwas abgucken und seinen Stil kopieren konnte.

»Dieses Großmaul macht mehr Wirbel um sich als ein ganzer Fanfarenzug«, sagte Gine Maturana auf ihrer Sauftour am ersten Abend.

»Das mit der Jazzband, das ist doch ein Ammenmärchen«, raunzte der alte Marschtrommler.

Der Trommelteufel war an diesem ersten Abend nur auf ein schnelles Bier mitgekommen. Mit den beiden Fingern seiner einzigen Hand hatte er die Flasche in die Zange genommen, sie in zwei langen Schlucken geleert und sich dann entschuldigt, weil seine Frau allein daheim sei und kurz vor der Geburt ihres dritten Kindes stehe. »Die ersten beiden sind mir nach drei Tagen gestorben«, sagte er düster. Und dass diesem Kind, so hoffe er, mit dem Beistand der Heiligen Mutter Gottes ein langes und gesundes Leben beschieden wäre.

Anders als der Trommelteufel trank Gine Maturana an diesem Abend sogar noch die Luft aus den Flaschen. Dabei plapperte er redselig wie je von einem seiner letzten Aufenthalte in der Stadt, als er eine Nacht in der Arrestzelle der Polizeiwache verbringen und am eigenen Leib erfahren musste, wieso der Polizeihauptmann hier den Spitznamen »Mistwasser« trug. Im Morgengrauen hätte sich ihm fast der Magen umgedreht. Da hätte der Hauptmann ihm nämlich, unterstützt von zwei Uniformierten, die ihn im Schwitzkasten hatten, etwas von diesem widerlichen Gesöff eingeflößt, und das sei nichts anderes gewesen als Pferdemist mit Wasser.

»Dieser Schweinehund macht das mit jedem, den er zum Ausnüchtern einsperrt«, erzählte er. »Er sagt, das ist die beste Medizin gegen Brummschädel.«

Gine Maturana lachte von allen am meisten; außer den tiefen Pockennarben, die seine Gesichtszüge verunzierten, hatte er widerborstiges schwarzes Haar und Ohren groß wie Kohlköpfe. An diesem Abend war er, als die Stimmung eben ihren Höhepunkt erreichte, aus heiterem Himmel in Tränen ausgebrochen wegen seiner Liebe zu einer dickbusigen Minenladenverkäuferin, die in Pinto auf ihn wartete. Danach hatte er hicksend und rülpsend auf den Tisch gehauen und aus vollem Hals geschrien:

»Ich heiße Aubergine und Schluss!«

Und hatte dann noch mit einem herausfordernden Blick in die Runde gelallt:

»Und wenn das einem nicht passt, soll er bloß herkommen!«

Tirso Aguilar, der Klapphornist, sah an diesem Abend nur mit großen, staunenden Augen dem Hüftschwung und der obszönen Anmut der Frauen zu, die einen »so liebevoll umgarnen«, warf, betört von so viel Freizügigkeit, mit seinem Geld um sich wie ein Scheich und lud jede, die ihn anlächelte, auf einen Drink und teure Zigaretten ein. Als er am Tisch erzählte, er sei zum ersten Mal in seinem Leben in so einem »Haus«, sahen alle ihn fassungslos an, bloß der alte Marschtrommler zuckte die Achseln und sagte, man habe auch schon Pferde kotzen sehen.

Vier Jahre war Tirso Aguilar verheiratet gewesen,

ohne dass sie Kinder bekommen hätten, dann hatte seine Frau ihn Knall auf Fall wegen eines Siedlungsaufsehers verlassen. Das war jetzt drei Wochen her. Weil er nicht länger Lieblingsthema der Waschweiber sein wollte und die spöttischen Blicke der Nachbarn nicht ertrug – »die beiden Turteltäubchen sind noch dazu in meine Häuserzeile gezogen, nur vier Türen weiter« –, nutzte er die Anzeige in der Zeitung, bat beim Unternehmen um seine Entlassung, packte einen Koffer mit Kleidung, nahm sein Klapphorn und ging. Er hatte nie zuvor in einer Kapelle gespielt und nie auf der Bühne gestanden. Zwar übte er zu Hause in der Minensiedlung Anita jeden Abend, aber vor dem Publikum hatte er sich immer gefürchtet. Nicht mal zu den Tänzen beim Frühlingsfest war er aufgetreten. In weiser Voraussicht hatte er sich jedoch kürzlich einen Anzug für die Bühne schneidern lassen – »das Sakko mit Glitzer und allen Schikanen« – und hatte sich geschworen, dass er, komme was da wolle, bei nächster Gelegenheit auf der Bühne stehen würde.

Bei dem alten Marschtrommler zeigte sich an diesem Abend, dass die Flecken auf seinen Zähnen und sein penetranter Tabakgeruch nicht vom Ketterauchen, sondern von Schlimmerem kamen: Er nahm sich eine Zigarette, riss das Papier auf, bröselte den Tabak in seine Handfläche, kippte ihn sich in den Mund und kaute dann bedächtig darauf herum wie auf einer Kugel Kokablätter. An diesem ersten Abend aß er ein halbes Päckchen Faros. Neben seiner Vorliebe für ungebräuchliche Sprichwörter und Redewendungen, die er, zuweilen ohne jeden Zusammenhang, ins Gespräch streute, offenbarte er an dem Abend auch, dass Alkoholgenuss ihn zu Vertraulichkeiten verleitete, ja, er gab sogar ein paar seiner Heldentaten aus den ruhmreichen Tagen des 79er-Kriegs zum Besten. Obendrein zeigte sich, dass er witzig sein konnte, wenn er auch nie so weit ging, selber zu lachen. So jagte er etwa dem Klapphornisten, der immerfort die Prostituierten ansah, einen ordentlichen Schrecken ein, als er zu ihm sagte, er solle sich mal ein Herz fassen, die Mädchen würden es nicht mögen, wenn ein Trauerkloß sie anstarrte, als kämen sie von einem anderen Stern. »Sonst verhexen die dich noch, Mann«, sagte er.

Bello Sandalio war an diesem ersten Abend dagegen eher schlecht in Form. Er hatte die Ellbogen auf den Tisch gestützt und beteiligte sich nur mit wenig Schwung am Wortgeplänkel der Gruppe. In Gedanken war er bei seiner Dame am Klavier. Er glaubte nicht an Wiedergeburt, aber wenn ihm nicht bald einfiele, wo und in welchem Zusammenhang er dem Täubchen schon einmal begegnet war, würde er der verrückten Vorstellung erliegen, dass er in einem früheren Leben mit ihr zu tun gehabt hatte. Denn dass er sie irgendwo und irgendwann schon einmal gesehen hatte, davon war er genauso überzeugt wie davon, der beste Trompeter der Welt zu sein. Plötzlich kam ihm ein Gedanke, über den er grinsen musste: Was, wenn ihn diese Bilderbuch-Schönheit nur an eine erotische Fin-de-Siècle-Postkarte erinnerte? Die er sich als kleiner Junge unten in Iquique auf den Schiffen besorgt hatte, um sich einen runterzuholen?

Am Tag nach ihrer Begegnung im Club Radical wartete Bello Sandalio nach der ersten Abendvorstellung auf seine Dame am Klavier. Als er jedoch an der Ecke des Filmtheaters auf sie zuging und sie ansprechen wollte, wurde sie bleich wie ein Gipsengel und sagte mit schreckgeweiteten Augen nur: »Ich bitte Sie, mein Herr, wir sind in der Öffentlichkeit.« Und floh mit wehenden Röcken die Straße hinunter.

Am nächsten Abend wartete er vergeblich. Die Dame am Klavier kam nicht, und der Film wurde stattdessen von einem Männlein begleitet, das einen Totengräberanzug trug und aussah wie geleckt. Später erfuhr er von Yemo Pon, das sei Jacalito der Lehrer gewesen, der mutmaßliche Direktor der Musikkapelle. Als Yemo Pon ihm dann im selben Gespräch erzählte, das Fräulein heiße Golondrina del Rosario, wollte er seinen Ohren nicht trauen. Staunend lauschte er eine lange Weile dem Klang dieses Namens nach. Von dem Jungen, der sich brüstete, mit dem Fräulein befreundet zu sein, erfuhr Bello Sandalio außerdem, wo und bei wem sie wohnte. Am Tag darauf warf er sich in Schale wie nie zuvor und ging mit seiner Trompete unter dem Arm lange vor der »Barbierstube Zum Arbeiter« auf und ab. Weil die Dame seines Herzens sich nicht blicken ließ, trat er schließlich ein.

Während der zwirbelbärtige Barbier ohne Punkt und Komma auf seine Kunden einredete, saß Bello Sandalio auf einem der Stühle mit gelochtem Stern und sah die Tür an, die nach nebenan ins Haus führte. Für Augenblicke meinte er, über den pilzigen Geruch der Haare hinweg einen sanften Hauch des Veilchendufts seiner Dame am Klavier zu verspüren.

Als die Reihe an ihn kam und er auf dem Frisörstuhl

Platz nahm, bat Sixto Pastor Alzamora um seine Trompete und stellte sie auf die Eichenkredenz. »Sonst könnten Haare hineingeraten«, sagte er. Dann wollte er, während er seine Gerätschaften desinfizierte, in unverhohlen spöttischem Ton wissen, ob der Trompeter Mitglied der »Literkapelle« sei, so werde im Ort nämlich dieses neue Orchester genannt, das sich da glücklich zum Empfang des Diktators zusammengefunden hatte. In Pampa Unión habe sich schon herumgesprochen, wie zielsicher die Musiker die Witterung alles Trinkbaren aufnahmen; es heiße, sie würden gar nicht spielen ohne ein hübsches Litergebinde zu Füßen ihres Notenständers. »Ich kann nur hoffen, dass ihr statt des Begrüßungsständchens Ibáñez dem Schießhund einen rülpst«, sagte er. Dann strich er sich den dichten Zwirbelbart zurecht und begann mit verfinsterter Miene gegen die jüngsten Ungeheuerlichkeiten von Ibáñez dem Schießhund vom Leder zu ziehen. Dass der neuerdings Arbeiterführer verschwinden ließ mit der Behauptung, sie seien homosexuell, sei doch, beim Arsch des Propheten, ein himmelschreiendes Unrecht, oder etwa nicht, mein Freund? Und seinen Redeschwall nun mit dem gekonnten Klippklapp seiner Schere begleitend, führte er aus, das Regime habe die Gefängnisse mit ehrbaren Bürgern gefüllt und andere auf unwirtliche Inseln verbannt, nur weil sie in einem Augenblick der Verzweiflung ein Wort des Protests geäußert und das Pech gehabt hatten, dass ihre im Privaten erhobene Klage den Schergen der Unterdrücker zugetragen worden war, nämlich von diesen Spitzeln, die sich zu einer wahren Landplage ausgewachsen hatten.

Spitzel, die man aus dem Abschaum der Gesellschaft anwarb und die in solchen modrigen Machtapparaten stets Oberwasser bekämen. Dreckige Spitzel, denen er ruckzuck die Kehle durchschneiden würde, sollte ihm je einer unters Rasiermesser kommen.

Während der Barbier ihm die Haare schnitt und sich dabei mit zornrotem Gesicht in Rage redete, waren Bello Sandalios sämtliche Sinne darauf gerichtet, ob ihm etwas die Anwesenheit von Golondrina del Rosario im Haus verriete: ein Klavierton vielleicht, das Rascheln von Seide, ein einsames, auf Schwingen zu ihm getragenes Seufzen. Als der Barbier am Ende seines Vortrags unvermittelt fragte, was er denn von den Spitzeln halte, brachte er, überrumpelt, nur heraus:

»Ich würde sie mit der Trompete erschlagen.«

Nach ihrer dritten Probe und dem anschließenden Gespräch mit dem Apotheker, verließen die Musiker das Vereinsheim der Fuhrleute mit ausgedorrter Kehle. Cantalicio del Carmen schloss sich der Gruppe diesmal an mit den Worten, heute könne er länger bleiben. Seine Frau sei sehr guter Dinge. Schließlich habe er sich nicht umsonst beim Fest zu Ehren der Jungfrau von Tirana den Buckel krumm getanzt, damit seine Frau ohne Schwierigkeiten niederkam und ihrem dritten Kind nicht widerfuhr, was den ersten beiden geschehen war, denn die waren, wie er noch einmal mit einer Stimme wie ein aufgescheuchtes Huhn erzählte, kerngesund geboren worden und ihm dann am dritten Tag im Schlaf weggestorben. Und ohne dass der Ausdruck auf seinem grauen Gesicht sich geändert hätte, fuhr er mit derselben, nur etwas leiser gackernden Stimme fort, er kenne da ein paar sehr nette Lokale mit Mädchen. Sie müssten nur rasch mit zu den Höfen kommen, damit er seine Trommel abstellen und kurz nach seiner Frau sehen könne. Und falls sonst jemand sein Instrument bei ihm im Zimmer lassen wolle, so könne er das gerne tun.

»Meine Frau ist ein Goldstück«, sagte er, ohne dass es im Geringsten angeberisch klang.

Der Hof, in dem der Trommelteufel wohnte, lag in der letzten Straße der Stadt einem der Schlachthäuser gegenüber. Zu beiden Seiten des langgezogenen Innenhofs lagen die Zimmer, darüber waren Wäscheleinen gespannt. Von den Wänden blätterte der Putz, vor den meisten Türen schlief ein Hund, nur vor der letzten Tür hinten links, die dem Trommler gehörte, fanden die Musiker außer einem an die Wand gebauten Hühnerstall auch einen angepflockten Ziegenbock. Den hatte der Trommler aus La Tirana mitgebracht, um ihn zu den Nationalfeiertagen zu schlachten. Er trug ein mit Stacheln bewehrtes Eisenhalsband. »Damit die Hunde ihn nicht totbeißen«, sagte der Trommler.

An der Tür zu dem Zimmer stand auf einem Blatt aus einem Schulheft zu lesen: »Hier frische Eier. Wir flicken Bälle und besorgen Stickereien.«

Drinnen unverputzte Lehmwände und ein gestampfter Boden. Ein Knoblauchzopf war von innen über Kreuz an die Tür genagelt, damit keine bösen Geister hereinkämen, und an der Wand gegenüber leuchtete eine Paraffinlampe über dem Bildnis der Jungfrau von Tirana. Direkt unter dem Bild stand eine Pritsche, die einzige Schlafstatt im Raum. Darauf saß, gegen ein paar Kissen gelehnt und von einem Kohlebecken daneben gewärmt, eine magere, kleine Frau mit hochschwangerem Bauch und war in eine Stickerei vertieft. In ihrem runden Stickrahmen trank ein Flamingo mit langen, orangeroten Beinen aus einem blaugewellten Teich, und auf dem Kohlebecken aus Blech simmerte traurig ein rußgeschwärzter Teekessel. Alles in dem Raum war grau. Nur die Stickerei gab etwas Farbe und das halbe Dutzend Teufelsmasken, die seitlich an einer Wand hingen.

Den respektvollen Gruß der Männer beantwortete die Frau des Trommlers mit einem schwachen Straffen ihrer bleichen Lippen, sah aber nicht von ihrer Stickarbeit auf. Ihre lilabraune Kittelschürze gab ihr etwas vage Mönchisches, und obwohl sie kränklich wirkte, sah man, dass sie deutlich jünger war als ihr Mann. Als Cantalicio del Carmen ihr mit feierlichem Ernst sagte, die Kapelle habe heute Abend ein wichtiges Treffen, nickte sie nur geistesabwesend. In diesem Moment waren die orangefarbenen Staksbeine des Flamingos für sie das Wichtigste auf der Welt.

Cantalicio del Carmen führte seine Freunde in ein Bordell, das ohne Lizenz hinter der Fassade eines Speiselokals betrieben wurde. Das Interessanteste dort war, dass Tirso Aguilar auf einmal in Liebe entbrannte. Er verknallte sich bis über beide Ohren in eine Prostituierte, die durch ein Megaphon Boleros sang. Sie wurde »Schafslippe« genannt und soff Champagner wie ein Kamel.

In den ersten drei Tagen war der Klapphornist zum

begeisterten Bordellgänger geworden. Selbst die liederlichsten Huren behandelte er ritterlich zuvorkommend und redete sie mit »Fräulein« an. An diesem Abend hatte er die Freunde auf dem Weg zum Bordell gebeten, kurz mit ihm in seiner Pension vorbeizugehen. Dort ließ er sie im Vorraum warten, und als er wieder aus seinem Zimmer kam, blieb allen die Spucke weg. Er war herausgeputzt wie der Sondergesandte eines Karibikstaates zum abendlichen Tanzvergnügen: dunkelgraue Nadelstreifenhose, schimmerndes Jackett mit Samtbesatz, Weste aus Atlas, Strohhut mit buntem Hutband und zweifarbige Schuhe. Abgerundet wurde der prächtige Auftritt von einem goldenen Pfund Sterling, das wie eine Sonne an seiner Uhrkette strahlte. »Das ist mein Bühnenanzug«, sagte er ein bisschen verlegen. Bloß der starke Kampfergeruch wollte nicht passen.

Als eine halbe Stunde nach ihrer Ankunft im Bordell die Sängerin auf die Bühne trat, war Tirso Aguilar wie vom Donner gerührt. Seine hellen Äuglein verschleierten, als die ganz in Rot gekleidete Frau mit dem Augenaufschlag und den übertriebenen Gesten einer Stummfilmschauspielerin einen Bolero zu singen begann und ihm dabei tief in die Augen schaute. Das reichte aus, damit Tirso Aguilar den ganzen Abend sein buntes Gefieder spreizte und seinen brunftigen Mannsgeruch verströmte im Bemühen, auf die Frau Eindruck zu machen. »Ach, du bist mir aber einer, du!«, war alles, was die Hure auf seine Werbung erwiderte, als es den Freunden nach ihrem zweiten Auftritt gelang, sie an ihren Tisch einzuladen.

»Der ist wie eine Ente in den Topf geplumpst«, bemerkte der Alte aus dem 79er-Krieg gehässig.

Und als Bello Sandalio dann eine Brünette mit ungewöhnlich großem Vorbau zum Tanzen aufforderte und Gine Maturana sich an eine Dünne ranhielt, da legte Candelario Pérez angesichts der jähen Verliebtheit des Klapphornisten dem Trommelteufel schlüssig dar, weshalb man sich nicht zu sehr mit den Nutten einlassen durfte. Wobei er seine zweite Flasche Schnaps leerte, was das Einzige war, was er trank. Als die Musiker ihn an ihrem ersten Abend gefragt hatten, wieso er kein Bier trank, hatte der Alte geraunzt: »Weil es schmeckt wie die Pisse von einem Schlachtross mit Fieber, wie mein Freund Hipólito Gutiérrez zu sagen pflegte.« Auf Gine Maturanas Nachfrage, wer zum Teufel Hipólito Gutiérrez war, antwortete der Alte feierlich: »Ein Freund aus dem Krieg.« Und knurrte gleich darauf, in dieser Welt würde man nur an drei Orten wahre Freundschaft finden: im Krieg, in den Salpeterminen und in den Hurenhäusern.

Als fast schon der Morgen graute, Tirso Aguilar alles verpulvert hatte, was ihm an Brautwerbung einfiel, und selbst das Pfund Sterling an seiner schicken Weste für Champagner ausgegeben war, ging die Schafslippe mit einem Vormann aus der Mine Ausonia ins Bett, einem Grobian mit Hackfresse und einem Krummmesser, das er gut sichtbar am Gürtel trug. Den Strohhut in den Nacken geschoben und die Augen in Tränen schwimmend, saß der Klapphornist hinten am Tisch und sprach mit niemand, während der alte Kriegsveteran, der schon mehr gebechert hatte, als ihm guttat, wie zu sich selbst sagte, der arme Klapphornist habe sich da ein X für ein U vormachen lassen, das sei ja ein Griff in die Mistkaule gewesen, wenn man ihm so mitgespielt hätte, dann hätte das blöde Flittchen aber was erleben können, er wäre nicht so lang um den heißen Brei herumgeschlichen, er hätte die gleich hier unterm Tisch rangenommen. Natürlich nicht ohne eine vorsorgliche Abreibung mit Kaliumpermanganat. Weil er nämlich, was die Nutten anging, nicht so ein grüner und schafsdummer Junge war wie der arme Klapphornist. »Der ist noch zu doof zum Breiessen«, lallte der alte Marschtrommler endlich.

Es tagte schon, als die Musiker Arm in Arm und Boleros singend aus dem Bordell wankten. Bello Sandalio, der als Einziger sein Instrument nicht beim Trommelteufel im Zimmer gelassen hatte, begleitete sie fröhlich auf der Trompete. Erst lieferten sie Cantalicio del Carmen daheim ab. Sturztrunken hing er zwischen Bello Sandalio und Gine Maturana und philosophierte in einem fort über seine beiden verwaisten Fingerchen, seine kostbaren Fingerchen, diese Fingerchen, die mehr als genug waren für alles, was er in diesem Scheißleben zu tun hatte, und er zeigte sie vor und küsste sie schmatzend und tönte, mit ihnen könne er vortrefflich die Trommel schlagen, Bälle flicken, einen heben, eine um den Finger wickeln und sie einem anderen ausspannen. »Und wenn ich romantisch werde, kann ich sogar eine Blume damit pflücken.«

»Oder dir vornehm einen von der Palme wedeln!«, sagte der Beckenspieler prustend vor Lachen.

Nachdem sie den Trommler abgeliefert und sich von Gine Maturana und dem trauernden Tirso Aguilar getrennt hatten, machten Bello Sandalio und Candelario Pérez sich Arm in Arm auf den Weg in »Die Blüte der Mädchen«. An der Ecke General del Canto und José Santos Ossa spuckte Bello Sandalio kurz aus und schnaubte, seine Kehle sei staubtrocken. Und weil ihm schon länger die Wölbung der Feldflasche des Alten gegen die Rippen drückte, tastete er nun mit der Hand danach und sagte, gerade würde er sein Leben geben für einen Schluck Schnaps.

»Ich würde einen räudigen Hund dafür beißen«, sagte der Alte.

»Worauf warten wir dann noch? Machen wir die Flasche auf!«

»Es ist bloß so, junger Freund«, sagte der Alte da ernst, »dass in dem Ding Wasser ist. Reines Wasser.«

Bello Sandalio musterte ihn ungläubig. Da schnallte der Alte die Feldflasche ab, schraubte den Metalldeckel auf und hielt sie ihm hin.

Bello Sandalio wischte mit der Hand über den Flaschenrand und kippte sich einen kräftigen Schluck in den Mund. Er brachte ihn nicht runter. Angewidert spuckte er ihn auf den Boden.

»Warum zum Teufel schleppst du eine Feldflasche voll Wasser mit dir herum, alter Mann?« Er gab sie ihm zurück.

»Ich schleppe sie nicht nur mit mir herum«, sagte Candelario Pérez, »ich nehme sie auch mit ins Bett.«

»Aber wieso bloß?«

»Weil ich schon zweimal im Leben verdurstet bin.«

Der Trompeter sah ihn verständnislos an.

Der Alte rückte die Flasche unter seinem ziegenkäsefarbenen Mantel zurecht.

»Geduld und Spucke, mein Junge. Irgendwann die Tage erzähl ich dir das. Jetzt gehen wir erst mal schlafen.«

Als sie ihren Weg zur Pension wieder aufnahmen, zeigte Bello Sandalio hoch zum Himmel. Ein großer leuchtender Ballon schwebte vom Chinesenviertel her über die Dächer. Der rote Ballon stieg sicher siebzig Meter hoch, fing dann Feuer und begann zu sinken wie eine langsame Sternschnuppe.

10

»Das Fräulein Golondrina del Rosario ist verliebt«, sagte die Witwe aus der Molkerei an diesem Abend zum Barbier, als der nach einem stürmischen Liebesspiel in der dunklen Barbierstube wieder zu Atem gekommen war und ihr erzählte, seine Tochter wandele schon seit Tagen wie auf Wolken.

Sixto Pastor Alzamora lehnte mit der Witwe auf dem Schoß im Frisörstuhl und schilderte ihr, dass er an seiner Tochter nun schon seit über einem Jahr manch eigentümliches Verhalten bemerke, doch in den letzten vier Tagen habe sich ihre schusselige Verträumtheit zu einer Krise ausgewachsen. Sie nahm kaum noch einen Bissen zu sich, spielte zu den unmöglichsten Zeiten Klavier, und mitten im Gespräch oder wenn sie beispielsweise gerade die Minze in den Töpfen goss, hielt sie inne und starrte wie eine kranke Taube Löcher in die Luft. Und wenn er hier im Stuhl, wo sie jetzt saßen, seinen Mittagsschlaf hielt, konnte er hören, wie sie ihre Vortragsschülerinnen einige todtraurige Liebesverse aufsagen und quälend oft wiederholen ließ, vor allem ein zum Heulen pathetisches Gedicht – von welcher liebeskranken Dichterin auch immer –, das unablässig die Hitze seiner Siesta durchzirpte. Mittlerweile konnte er es schon auswendig und es ihr auf der Stelle hersagen, wenn sie wollte: »Nie ahnte ich das Martyrium einer Liebe, die spät erwacht, noch hätte ich gedacht, wie sehr solche Liebe mich quält. Und größer wird noch das Leid, welches mein Herz heut bestürmt, da nur die Flucht mir bleibt, die feige Flucht vor dem Feind …«

»Was hältst du davon?«, wollte er von der Witwe wissen, die ihm mit einem sanft spöttischen Lächeln auf dem fülligen Gesicht zuhörte.

Und das Schlimmste von allem, fuhr Sixto Pastor Alzamora fort, ohne ihr Zeit für eine Antwort zu lassen, das Schlimmste sei, dass sich seine Tochter nun seit drei Tagen nicht einmal mehr aufraffte, zum Klavierspielen ins Arbeiterlichtspielhaus zu gehen. Sie hatte sich krank gemeldet (was noch nie vorgekommen war) und Jacalito den Lehrer, einen ihrer ältesten Verehrer, darum ersuchen lassen, dass er ein paar Tage für sie einsprang.

»Ich weiß ja nicht, ob du Jacalito den Lehrer kennst.« Er streichelte zart ihre mächtigen, milchigen Schenkel. »Das ist so ein kleiner, feiner Pinkel, unterrichtet Klavier, spanische Gitarre, Mandoline und Klarinette, gibt außerdem Tanzstunden und tritt selber bei Festen als Musiker auf. Aber nicht bei jedem Besäufnis vom arbeitenden Fußvolk, ha, weit gefehlt, nur bei Feierlichkeiten ›wahrhaft edlen Gepräges‹, so steht das auf dem Schild bei ihm daheim im Fenster. Man munkelt, er hat in irgendeiner Salpetersiedlung auch schon Filme im Kino begleitet, es da aber nicht lange gemacht. In der Zeit muss er einen frommen Schub bekommen haben und hat selbst dann Kirchenmusik gespielt, wenn auf der Leinwand Cancan getanzt wurde.«

Die Witwe aus der Molkerei, die Nestorina Manova

hieß, schon über fünfzig war, aber fröhlich und robust wie ein Bauernmädel, hatte allein, nur mit Hilfe der Milchindustrie, vier Töchter großgezogen (die mittlerweile alle vier verheiratet waren und mit ihren vier Mannsbildern bei ihr im Haus lebten), und sagte ihm jetzt noch einmal, seine Tochter sei zweifellos verliebt.

»Lass dir das von einer Expertin in Sachen entflammter Töchter gesagt sein.«

Und um ihre Diagnose zu untermauern, erzählte sie ihm unter dem Siegel der Verschwiegenheit, das Fräulein Golondrina del Rosario sei gesehen worden, wie sie sich mit einem ziemlich feschen Rotschopf unterhielt, mit einem, der Querbinder trug und immer mit einer Trompete unterm Arm unterwegs war. Dem Barbier fiel wieder ein, dass erst gestern einer, auf den die Beschreibung passte, bei ihm im Laden gewesen war.

»Immerhin scheint mir der Trompeter vorzeigbarer als dieser träge Haufen von Felimón Otondo«, sagte er wie zu sich selbst. »Was ist bloß mit meiner Tochter los. Die hatte noch nie einen normalen Verehrer, einen, der wenigstens ein bisschen was taugt. Nepomucemo Atentti, dieser Hohlkopf von Italiener, ist auch so ein Romeo, der ihr nachsteigt. Dieser abgebrochene Spaghetti.«

»Frauen mit einer engelhaften Ausstrahlung wie deine Tochter«, sagte die Witwe gewichtig, »haben es schwer mit normalen Männern. Weil die Ärmsten so ätherisch sind, so blümchenvasenhaft, trauen sich die meisten Männer nicht in ihre Nähe aus Angst, sie könnten in ihren Händen zerbrechen.«

»Bedenken von Schlappschwänzen!«

»Reinheit schüchtert die Männer ein.« Nestorina Manova sah ihn nachdenklich an. Und erklärte ihm dann, es gebe nur zwei Sorten von Männern, die sich unerschrocken solchen Feen aus Fleisch und Blut näherten. Zum einen eben schlichte Gemüter wie der Klavierlehrer oder dieser Preisboxer und der Italiener von der Brotfabrik. Zum anderen aber kühne und unverbesserliche Hallodris, deren Lieblingssport die Jagd und Verführung von Frauen sei. Und dass solche Feen-Frauen wie seine Tochter für die erste Sorte womöglich mütterlich-zarte Gefühle entwickeln konnten, es aber die kalkulierte Empfindsamkeit der Letzteren war, wegen der sie den Kopf verloren und sogar vor Leidenschaft starben.

»Und wenn ich ehrlich sein soll, mein lieber Pastorcito«, sagte die Witwe schließlich, »dann gehört der Trompeter, nach dem, was ich gesehen habe und was meine Töchter seit ein paar Tagen so fallen lassen, eher zu dieser letzten Sorte.«

Mit tiefen Falten auf der Stirn musste der Barbier in diesem Moment an seine eigene bildschöne Ehefrau denken. Er sah sie vor sich wie damals, als er sie zum ersten Mal erblickt hatte: Sie saß am Klavier, ihre Umrisse zeichneten sich vor dem Abendlicht in einem offenen Fenster ab, und in ihr schimmerte diese Durchsichtigkeit, die ihm den Atem nahm und für immer das Herz raubte. Und er hatte ihr daraufhin wie selbstverständlich den Hof gemacht, hatte sich weder eingeschüchtert gefühlt noch befürchtet, sie könnte in seinen Händen zerbrechen. Und natürlich hielt er sich nicht für einen Esel, wie der Boxer einer war, und schon gar nicht für einen billigen Don Juan, wie der Trompeter einer zu sein schien. Sixto Pastor Alzamora hielt sich selbst – und darauf war er stolz, jawoll – für einen Barbier von Beruf und Anarchisten aus Berufung. Für einen, der jeden Tag neu von der Morgenröte sozialer Gerechtigkeit träumte, wie andere davon träumen, über Nacht reich zu werden; für einen Kämpfer in den Minengebieten, der ohne Zögern sein Leben aufs Spiel setzte, Streikaufrufe von einer Mine zur anderen trug, in aufgelassenen Salpetergruben geheime Versammlungen einberief und verfemten Poeten und Arbeiterführern einen Schlafplatz auf dem Boden seiner Barbierstube bot. So würde es heute und hier, wo er sich noch eben der Liebe hingegeben hatte, zu später Stunde ein Treffen geben, um die Einzelheiten des lautstarken Schmähempfangs zu besprechen, den er mit einigen Freunden Ibáñez dem Schießhund auf eigene Faust und eigenes Risiko bereiten wollte. Weil er nämlich genau das war: ein närrischer Anarchist und unverbesserlich romantischer Gerechtigkeitssucher.

Nachdem die Witwe gegangen war, sah Sixto Pastor Alzamora nach, dass alle Fenster und Türen des Hauses verriegelt und verrammelt waren. Mit der Karbidlampe in der Hand trat er vor die Tür seiner Tochter. In ihrem Zimmer brannte kein Licht; sie schlief sicher längst. Er ging in die Abstellkammer. Dort räumte er einige in einer Ecke gestapelte Teekisten zur Seite, hob eine kleine Falltür im Holzboden an, stieg, die Lampe in die Höhe haltend, eine schmale, an die Wand gemauerte Treppe hinab und blieb eine Weile unten.

Der Türke, von dem das Haus stammte, hatte das

Versteck gegraben, um in den Zeiten des Alkoholverbots darin seine Schmuggelware zu lagern. Es ähnelte dem Einstieg zu einem Minenschacht, war mit Balken abgesprießt und zur Belüftung sehr findig an den nicht genutzten Abzug des Küchenherds angeschlossen. Hier unten bewahrte der Barbier Dynamitstangen, Sprengkapseln und Zündschnüre auf; ein Sprengarbeiterarsenal, das er regelmäßig überprüfte. Dabei fürchtete er weniger, das Material könnte eines Tages von selbst in die Luft fliegen oder die Polizei könnte es finden; er würde einfach behaupten, irgendwelche betrunkenen Arbeiter hätten es ihm als Entgelt für seine Frisördienste überlassen. Das würde keinen weiter wundern. Er war deshalb so extrem vorsichtig, weil ihn davor graute, dass seine Tochter ihm auf die Schliche kam. Im Grunde begriff er ja selbst nicht, wozu er solche Mengen Sprengstoff hortete. Manchmal wachte er morgens auf und wollte das Dynamit nur schleunigst loswerden, aber am Ende dachte er immer, dass er es vielleicht einmal brauchen könnte. Vor allem wenn er an die ungezählten Massaker an wehrlosen Arbeitern dachte, verübt von Soldaten, die manchmal sogar Artilleriegeschütze einsetzten.

Er hatte immer schon die Ansicht vertreten, dass bis zum Massaker in der Santa-María-Schule von Iquique (die Regierung sprach scheinheilig von der »Schlacht um Iquique«), bei dem die Armee zum ersten Mal Maschinengewehre einsetzte, die Salpeterarbeiter den Soldaten des Vaterlandes blind vertraut hatten. Sie hatten die Streitkräfte sogar öfter darum gebeten, in ihren Arbeitskämpfen mit den ausländischen Industriellen zu schlichten. Immerhin hatten sehr viele Arbeiter im Salpeterkrieg gekämpft, waren nach dem Waffengang geblieben, um in den Salpeterminen zu arbeiten, die sie zuvor mit ihrem Leben verteidigt hatten, und fühlten sich dem Militär auch weiterhin zugehörig. Erst jenes gottlose Gemetzel am 21. Dezember 1907 öffnete den Männern die Augen dafür, dass sie dem Raubzug der Ausländer allein entgegentreten mussten, ihnen niemand beistand gegen die rücksichtslose Ausbeutung durch die Salpeterherren und sie ebenso allein waren in ihrem Kampf gegen das jeweils amtierende Drecksregime. Gegen Regierungen und Machtapparate vom Kaliber des aktuellen, mit einem kleinen, dummdreisten Uniformträger an der Spitze, der sich selbst zum Retter des Vaterlandes und Großmeister der öffentlichen Ordnung ausgerufen hatte und doch nichts weiter war als ein dahergelaufener Tyrann und Ehrgeizling. Jetzt dachte er ja schon wieder an Ibáñez, diesen …!

In ihrem dunklen Schlafzimmer lag Golondrina del Rosario versunken in ihre ausweglose Leidenschaft, lauschte auf die sich nähernden Schritte ihres Vaters und stellte sich vor, wie er die Ohrmuschel an das Holz ihrer Tür legte, um sicherzugehen, dass sie schlief. Gleich darauf hörte sie ihn wie eine unerlöste Seele in der Kammer hinter der Küche herumgeistern; und schließlich hatte sie eine gute Weile später den Eindruck, als ginge er statt in sein Schlafzimmer zurück in die Barbierstube. Bestimmt hatte er heute wieder eine seiner politischen Versammlungen. Armer Vater, wie herzensgut und wie blauäugig musste er einem manchmal vorkommen. Er hätte ja seinen heiligen Zwirbelbart darauf verwettet, dass seine innig geliebte Golondrinita über seine kühnen Unternehmungen nicht im Bilde war; weder über seine amourösen noch über seine politischen. Als wäre sie nicht nur blind und taub, sondern obendrein heftig auf den Kopf gefallen. »Hohler als ein Reifrock«, wie er über dämliche Frauenzimmer zu sagen pflegte. Sie lächelte matt. Die Wette hätte er verloren, und sie sah ihn schon vor sich, wie er sich unter Qualen den Bart schor, der Ärmste. Wo er doch damals, als er sich eine Seite mit der Karbidlampe abgeflämmt hatte und den Bart notgedrungen ganz abnahm, von früh bis spät das Gesicht befeuchtete und beklommen im Spiegel nachsah, wie viele Millimeter die Haare in der letzten halben Stunde gewachsen waren. Und über Tage hatte er sich, bis das Schwarz der Stoppeln sie erneut überschattete, beim Sprechen schamhaft die Hand über die entblößten Lippen gehalten, als wären es seine dem öffentlichen Spott preisgegebenen Weichteile.

Auch wenn sie nie so indiskret gewesen war zu lauschen, was diese verrückten Anarchisten bei ihren Treffen ausheckten, war sie doch schon oft unbeabsichtigt auf Flugblätter gestoßen, flammende Proklamationen gegen die Regierung, die ihr Vater, das war sicher wie das Amen in der Kirche, bei seinen wöchentlichen Besuchen in den umliegenden Salpetersiedlungen verteilte. Am meisten beunruhigte sie allerdings das wahre Arsenal an Sprengstoff, das er in dem Hohlraum unter der Rumpelkammer aufbewahrte. Sie hatte eines Tages, als sie die Kammer gründlich putzte, die Falltür im Holzboden gefunden und war nach kurzem Zögern mit weichen Knien die Stufen hinabgestiegen. Ihr blieb fast das Herz stehen, als sie die Dynamitstangen sah. Sie fasste nichts an, floh hektisch zurück nach oben und schloss die Luke wieder. Zu ihrem Vater hatte sie nichts gesagt, aber ihre Ruhe war seither dahin. Weil er nämlich so sehr für seine Ideale brannte, dass sie fürchten musste, er werde eines Tages eine kapitale Dummheit begehen.

Von seiner Liebesaffäre mit der Witwe aus der Molkerei, die ihr sehr sympathisch war, hatte sie zufällig Wind bekommen, als sie einmal nachts nicht schlafen konnte, weil ein Katzenpärchen draußen im dunklen Hof Rabatz machte. Seither musste sie jeden Samstagabend lachen, wenn sie allein in ihrem dunklen Zimmer lag und dem geheimnistuerischen Aufruhr lauschte, den ihr Vater veranstaltete, um die wohlbeleibte Witwe ins Haus zu bugsieren, ohne dass sein frommes Töchterchen etwas davon mitbekam. Doch wenn die beiden dann die Tür zur dämmrigen Barbierstube hinter sich geschlossen hatten, wurde Golondrina von dem Ächzen und kurzatmigen Keuchen des Liebesspiels auf dem Drehstuhl, das sich nicht auszumalen sie vergeblich bemüht war, bis zur Raserei aufgewühlt.

Und wenn dieses lüsterne Gurren sie in der Zeit vor ihrem Ausrutscher mit dem Trompeter schon über die Maßen gequält hatte, so wurde es ihr danach schlichtweg unerträglich, rief es ihr doch jene Nacht der Torheit hitzig in Erinnerung. Genauso erging es ihr mit dem liebestollen Toben der Katzen auf den Wellblechdächern im August und mit dem kehligen Turteln der Tauben im Frühling. Ganz zu schweigen davon, wie das lüsterne Summen sie piesackte, das Nacht für Nacht, sommers wie winters, über der feiernden Stadt lag.

Wie oft hatte sie in der letzten Zeit, wenn sie allein in ihrem züchtigen Bett lag, gemeint, über das schamlose Sirren der nächtlichen Gelage hinweg plötzlich jene sengende Trompetenmelodie zu vernehmen, die ihr den Kopf verdreht hatte. Weil sie sich nämlich in jener Nacht erst nur in die Musik verliebt hatte, und diese Musik mit einem Mal Gestalt annahm, hier, in ihrem Schlafzimmer zu einem Mann wurde, der aufdringlich nach billigen Zigaretten und Bier roch. Und der Mann war dann noch in derselben Nacht für sie zu einem Spuk geworden, der in den Gängen ihrer Erinnerung mit jener beunruhigenden Trompetenmelodie rasselte wie mit goldenen Ketten. Ein wandernder Spuk, der sich jetzt von neuem materialisierte, wieder leibhaftig – und mit gepunkteter Fliege – vor ihr stand und so dreist war, auf sie zuzugehen, als wäre nicht all die Zeit vergangen, die doch vergangen war, ja, der die bodenlose Frechheit besaß, dieser Schuft, sie geradeheraus anzulächeln mit diesem hinreißenden Lächeln eines rothaarigen Tigers.

Und was zunächst Furcht gewesen war, er werde sie als die Frau wiedererkennen, mit der er in einer Sommernacht einmal zusammen gewesen war, war kurz darauf in Zorn und verletzten Stolz umgeschlagen, weil ihr spukhafter Liebhaber noch nicht einmal dieses eine Detail, den Duft ihres Veilchenparfüms, in Erinnerung behalten hatte, während sie, sie dummes Huhn, seinen derben Spelunkenatem in jeder ihrer endlosen durchwachten Nächte in der Nase hatte. Während sie Nacht für Nacht davon träumte, dass ihre Lebenswege sich irgendwo noch einmal kreuzten, hatte er offenbar nie, nicht für einen Augenblick, daran gedacht, in die Stadt zurückzukehren und die Frau zu suchen, die nicht nur sein Leben gerettet, sondern ihm obendrein das Kostbarste dargebracht hatte, was ihr Leben zu bieten hatte. Erst jetzt und aus Gründen, die mit ihr nichts zu tun hatten, war er zurück. War einfach, mir nichts, dir nichts, wieder hier. Nicht aus Liebe oder weil das Gewissen ihn gedrückt hätte, sondern weil irgendeine Zeitungsanzeige zur Gründung einer Blaskapelle aufrief.

Auch wenn es andererseits ihrem weiblichen Stolz schmeichelte, dass der rothaarige Trompeter, ohne sich im Geringsten an jene Nacht zu erinnern, ausgerechnet auf sie ein Auge geworfen hatte und ihr nachstieg, wo in der Stadt doch an Frauen kein Mangel war. Tatsächlich wusste sie nicht, wie lange sie seiner Belagerung würde standhalten können, seinem Blick, seinem unschuldigen Katzenlächeln. Wie lange würde sie vor der eigenen Begierde weglaufen können? Sie musste den Mann ja nur ansehen, und schon verlor sie den Boden unter den Füßen. Nicht von ungefähr waren ihre erotischen Fantasien in all der Zeit um ihn gekreist, war er der lüsterne Spuk ihrer hitzig durchwachten Nächte.

Welche Welten lagen zwischen diesem rothaarigen Strolch mit Adlernase und ihren anderen, farblosen Verehrern. Jacalito der Lehrer etwa, immer so buckelnd, so parfümiert mit seinem Harlekin-Kölnischwasser. Oder dieses Großmaul Don Nepomucemo Atentti mit seinen ewigen grünen Geschenktörtchen, den großen Händen, behaart wie Bärentatzen, und mit seinen schlüpfrigen Sprüchen. Oder jetzt seit neuestem der arme Felimón Otondo, so schwerfällig im Denken, ein plumpes Tier mit einem Doppelzentner Muskelmasse, traurig drahtigen Haaren und verspäteten Träumen von der großen Boxerkarriere. Die armen Tröpfe konnten ihrem Trompeter nicht entfernt das Wasser reichen. Der stürzte sie mit seiner übermächtigen Sinnlichkeit geradewegs in einen süßlasziven Rausch. Schon wenn sie nur an die Berührung seines Adamsapfels dachte, fingen ihre Nüstern zu beben an.

Nur einmal in ihrem Leben hatte sie bisher einen vergleichbar wollüstigen Taumel verspürt. Aber damals war alles viel zu schnell wieder vorbei gewesen. Es geschah an einem Sommertag kurz nach ihrer Ankunft in Pampa Unión. Sie kam wegen irgendeiner Angelegenheit aus dem Club und war in der dicksten Mittagshitze auf dem Weg nach Hause. Als sie in die General del Canto einbog, sah sie, dass an der Kreuzung, die sie überqueren musste, eine riesige Wasserschlacht tobte. Die Straße war ein einziger Morast. Johlend und kreischend jagten Männer mit bloßem Oberkörper und Frauen in Unterröcken hintereinander her, wälzten sich im Schlamm oder in den Wannen mit Mehl und Asche, die vor den Bordellen bereitstanden. Sie selbst trug Blütenweiß an dem Tag, dazu eins ihrer zarten Hütchen mit Gaze-Schleier, und vorsichtig setzte sie einen Fuß vor den anderen, um nicht im Matsch auszurutschen. Plötzlich trat ihr jemand mit einem vollen Wassereimer in den Weg.

Ein junger Mann mit gebräuntem Oberkörper, tiefgründigen Augen, einer vernarbten Schnittwunde über der Brust; bestimmt ein Zuhälter, der neu in der Stadt war. In dem Moment, als der Mann den Eimer hob, um sie nass zu machen, wurde es still auf der Straße. Die Frauen hörten zu kreischen auf, und alle sahen zu ihnen hin. Sie blickte dem Mann unverwandt in die Augen, und er, den Eimer über dem Kopf, von der Stille und der Offenheit ihres Blicks aus dem Konzept gebracht, leerte das Wasser langsam und wollüstig über sich selbst aus und sah sie dabei die ganze Zeit schamlos von Kopf bis Fuß an. Als nichts mehr im Eimer war, trat er zu ihr hin, bis er sie fast berührte, und hauchte ihr etwas ins Ohr, das sie in der kommenden Nacht wachhalten sollte, bis der Morgen graute:

»Wie würde ich dir die Muschi lecken, Schätzchen!«

11

Zum ersten Mal war Candelario Pérez während des Salpeterkriegs verdurstet, an einem höllischen Februartag in der offenen Atacama-Wüste. Die dritte Kompanie des Bataillons Chillán, mit der er wenige Monate zuvor als Freiwilliger in den Norden gekommen war, befand sich damals auf einem kleineren Waffengang in der Gegend um San Antonio, im Hinterland von Iquique.

Der junge Candelario Pérez, ein neunzehnjähriger Bauernsohn aus Lirquén, unehelich geboren und früh verwaist, war zusammen mit seinem Freund aus Kindertagen, Hipólito Gutiérrez, im September 1879 ins Feld gezogen.

Von Chillán aus reisten sie mit dem Zug nach Quillota. Sie erreichten die Stadt, als eben ein Bataillon des Regiments Lautaro singend in den Norden aufbrach, in den Krieg. Für zwei Wochen nahmen sie Lager unter den Bäumen eines Landguts und wurden von den Leuten aus Quillota nach Strich und Faden verwöhnt. Als das Bataillon nach Valparaíso aufbrach, kamen zum Abschied viele Männer und Frauen aus dem Ort zur Bahnstation. Die jungen Frauen warfen ihnen Blumen und Kusshändchen zu, die Mütter und Großmütter schwenkten weinend ihre Taschentücher, wünschten ihnen Glück und reichten Päckchen mit Proviant durch die Waggonfenster. Einige der wohlhabenderen Damen der Gegend schenkten ihnen sogar etwas Geld »für den Weg«.

In Valparaíso schiffte man sie gleich nach ihrer Ankunft auf dem altersschwachen Kriegsschiff *Maranhese* nach Norden ein. Sie erreichten Antofagasta und fuhren nach zwei Tagen Wartezeit gemeinsam mit der berühmten Kavallerieschwadron »Carabineros de Yungay« auf der *Itata* weiter nach Iquique. In Iquique gingen sie am 3. Dezember an Land und blieben zwei Monate und zweiundzwanzig lange und untätige Tage kaserniert, bekamen nur trockenes Salzfleisch, Kleiekekse und Getreidebrei zu essen und hatten schreckliches Heimweh nach den friedvollen Tagen von Quillota. Wer von den Bataillonen Chillán und Caupolicán den Hunger und die Ruhr überlebte, der einige Kompanie-Züge fast vollständig zum Opfer fielen, wurde schließlich zum Kämpfen in die Wüste verlegt. Um acht am Morgen des 25. Februar brachen sie in zwei Eisenbahnzügen zur Mine San Antonio auf.

Auf dem Hochplateau der salzigen Wüste lehnten die Soldaten in den Waggonfenstern, fühlten sich von der Trockenheit der Luft wie von Brettern im Gesicht geprügelt, wurden geblendet von den Mineralfarben der Berge und dem Flirren der Luft über dem Sand. Samt und sonders stammten sie aus grünen Orten im Süden, und als sie jetzt diese leblose Ödnis durchquerten, glaubten sie sofort, dass dies der trockenste Landstrich auf Erden sein musste. Die spiegelnde Weite des Horizonts machte sie schaudern. Gegen Abend kamen sie durch die kleine Minensiedlung Noria. Dort schwangen Grüppchen von

Arbeitern unter der noch immer heißen Wüstensonne Spitzhacken und schwere Hämmer, jubelten dem Zug zu und warfen ihre Hüte in die Luft. Um die Stunde des Abendgebets erreichten sie Paso del Monte. Dort verbrachten sie die Nacht.

Am nächsten Morgen setzten sie früh ihren Weg Richtung Norden fort. Je weiter sie kamen, desto karger und unwirtlicher wurde die Landschaft. Gegen Nachmittag erreichten sie das Ende der Gleise: Vor ihnen lag eine weite, von Luftspiegelungen flimmernde Ebene, und mit dem Zug ging es nicht weiter. Eigentlich hätten sie hier Trinkwasser vorfinden sollen, aber in den beiden Tankkarren stand nur je eine Pfütze. Nach den ersten Schlucken ließ sich der Modergeruch und der widerwärtig brackige Geschmack des Wassers nur noch schwer aushalten. Aber ihre Feldflaschen waren leer, also hatten sie keine Wahl. Jeder bekam nur eine halbe Ration von der »Plörre, in der man nicht mal Schweine baden würde«, wie die Offiziere mit angewiderter Miene sagten.

Von der kleinen namenlosen Bahnstation inmitten der Wüste ging es zu Fuß weiter ins Landesinnere, ausgerüstet und bepackt mit allem, was der Krieg braucht; Tornister mit Matte und Decke für die Nacht auf dem Rücken, Gewehr über der Schulter, Feldflasche seitlich am Koppel, volle Munitionstasche auf der anderen Seite, Verpflegungsration, die jedem für zwei Tage zugeteilt war, dazu das übrige steife und hinderliche Koppelzeug an der Uniform. Sie brachen mit der ersten Abendkühle auf und marschierten, bis der letzte Glanz am Horizont erloschen war. Nach kurzer Rast marschierten sie schwerfällig weiter über das vom Wind geschliffene salpetrige Geröll. Sie marschierten die liebe lange Nacht. Marschierten, taten kein Auge zu, schwitzten wie Pferde. Der Wind trieb ihnen den Staub in die schweißnassen Gesichter, die Körnchen blieben kleben, drangen ihnen in die Augen, trockneten ihnen die Kehlen aus und verschlimmerten den Durst, der sich schon regte. Das Wasser war ihnen gegen Mitternacht ausgegangen, und der Befehl lautete: marschieren, marschieren. Das gesamte Bataillon hatte blutende Füße, und jedem hingen die Stiefel in Fetzen.

Als es endlich tagte, erkannten die Soldaten einander nicht wieder, so starrten ihre Gesichter vor Dreck. Ohne sich eine Pause zu gönnen, marschierten sie weiter unter der gnadenlosen Sonne, die mit jedem Schritt weißer glühte. Der schwere Marsch und die Glut des Planeten, der unter ihren Füßen zu schmelzen schien, zehrten brutal an ihren Kräften. Außerdem hatten in diesem Gebiet jüngst Kämpfe stattgefunden, sie kamen über Schlachtfelder, auf denen die Toten offen lagen und die Luft stank wie in den Tiefen der Hölle. In ihrer Verzweiflung machten sich einige Kameraden an den Toten zu schaffen, die zumeist feindliche Uniform trugen, und suchten in den Feldflaschen nach einem letzten Tropfen Wasser. Andere rissen ihnen die Stiefel von den Füßen, wenn sie weniger zerfleddert waren als die eigenen, und schlüpften trotz des Verwesungsgestanks hinein.

Candelario Pérez marschierte wie immer Seite an Seite mit seinem Freund Hipólito Gutiérrez. Er und der ein

Jahr ältere baumlange Kerl mit dem herausfordernden Blick waren tatsächlich unzertrennlich. Sie teilten alles wie Brüder: das Trockenfleisch, ihr Wasser, ihren Zwieback, die Kugeln und die wenigen Zigaretten, die man hier bekam. In Quillota hatten sie sogar mit Vergnügen die Freizügigkeiten eines prächtigen Mädchens aus dem Ort geteilt.

Hipólito Gutiérrez war in Coltón geboren, ein Bauernjunge und verkappter Volksdichter, und sagte immer, wenn er diese Gefahren hinter sich hätte, sie lebend hinter sich hätte, versteht sich, dann würde er nach Hause gehen, sich unter einen Weinstock setzen und die Geschichte seiner Feldzüge schreiben. Und wenn er jedes O mit einer Kugel lochen müsste, er würde sie schreiben, das schwor er bei seiner Mutter. Und sein Buch würde »Chronik eines Soldaten im Salpeterkrieg« heißen. Während des gesamten Krieges zog Candelario Pérez ihn damit auf, ob er das Buch nicht lieber »So ein Schusswechsel ist besser als Rizinusöl« nennen wollte, ein Satz, den sein Freund in einem besonders haarigen Scharmützel einmal von sich gegeben hatte. Das entlockte Hipólito Gutiérrez nur ein müdes Lächeln. Einmal schrieb er sogar ein Gedicht für sein Buch, ein Motto in Versen, das er dann bis zum Ende des Feldzugs wie ein Papagei vor sich hin krächzte. Und weil er breit wie ein Schrank war und schnell in die Luft ging (einige nannten ihn »Pulverfässchen«), musste man das ertragen. Und hörte ihn mitten im Gefecht wieder und wieder die famosen Verse für sein Buch aufsagen:

Im Namen von Gott dem Herrn
und der erhabenen Jungfrau Maria
möchte von Herzen ich sagen
was in meinen Schlachten geschah
zu Wasser, zu Land, in der Wüste Sand.

Sie marschierten den Tag und die gesamte nächste Nacht hindurch und waren bei Anbruch des zweiten Tages am Ende ihrer Kräfte. Wohin sie auch schauten, entsetzliche Ödnis, der Anblick war zu viel für einen Menschen: hier spürte man die schwindelerregende Größe der Erde am eigenen Leib. Wie platt diese Ebene vor ihnen lag, sollte Candelario Pérez Jahre später erzählen, sah man erst richtig, als ein Sonnenschirm, der einem Offizier der dritten Kompanie aus den Händen wehte (er hatte ihn einem feindlichen Offizier entrissen und seither als seine kostbarste Kriegstrophäe gehütet), vom Wind immer weiter und weiter nach Westen getrieben wurde. Der Schirm war weiß und trudelte aufgespannt, wie er dem Offizier davongeweht war, ohne innezuhalten auf die ferne Horizontlinie zu. Das Unglaubliche daran, mein Freund, pflegte Candelario Pérez zu sagen, wenn er die Episode zum Besten gab, das Unglaubliche war, dass wir auch noch meilenweit später, nach Stunden auf unserem Marsch den verfluchten Schirm des Offiziers sehen konnten wie eine schneeweiße Möwe am Strand.

Gegen Mittag konnten die mittlerweile restlos ausgelaugten Soldaten in der Ferne die Salpetersiedlung Dibujo erkennen. Sie schien gleich da vor ihnen zu liegen, für ihre gekrümmten Finger zum Greifen nah, aber dann kamen sie einfach nicht hin. Sie marschierten und marschierten, und mit jedem Schritt wurde das Gefühl, nicht voranzukommen, peinigender. »Als würde man einen Schritt vor und zwei zurück machen, zwei zurück«, sagte Hipólito Gutiérrez fassungslos. Als wäre die Siedlung eine Fata Morgana. Die Haut von der Sonne versengt und von Sinnen vor Durst, taumelten einige Soldaten plötzlich aus dem Glied und torkelten jeder für sich auf die Siedlung zu. Die beiden Freunde marschierten aneinandergeklammert, die Füße wund von Blasen, auf das »beschissene Drecknest« zu, das sie vor der Nase hatten, das aber partout nicht näher kam. Beide hatten die unbrauchbaren Stiefel irgendwann wegwerfen müssen und sich Lappen um die bestrumpften Füße gebunden. Aber es half alles nichts. Keinen Schritt konnte man gehen, weil die »kackverfluchte Scheißsonne, dieses Arschgesicht« den Boden in glühende Kohlen verwandelte. Drei Kameraden aus ihrem Bataillon waren schon irrsinnig geworden und tot, und die beiden Freunde käuten den gesamten Sermon dreckiger Ausdrücke wieder, die Hipólito Gutiérrez auf Lager hatte (und die ihnen später in den schwersten Gefechten noch Mut machen sollten), während sie sich wie lebende Leichen weiterschleppten.

Bis Candelario Pérez am Fuß einer kleinen Anhöhe vor Erschöpfung zusammenbrach, rücklings auf die sengende Erde sank und zu seinem Freund sagte, er solle allein weitergehen, für ihn sei hier Endstation. Hipólito Gutiérrez, der selbst taumelte, schnauzte ihn an, nannte ihn Schlappschwanz, schimmlige Schwulette, Rabenaas, flehte, er müsse nur noch ein bisschen durchhalten, sollte dem Sensenmann einen Arschtritt verpassen. Aber er konnte keinen Schritt mehr gehen. Da bettete ihm der Freund den Kopf auf einen Stein und sagte, er werde es in die Siedlung schaffen und ihm Wasser bringen. Er müsse bloß ein bisschen abwarten. Er solle kein Idiot sein, sagte er. Der faule Saftsack müsse nichts tun als weiteratmen, immer schön weiteratmen. Und er ließ ihn zusammengekrümmt auf der Erde liegen.

Die Hitze verbrannte ihn bei lebendigem Leib, und eine Spinne aus Feuer verschlang seine Kehle von innen. Manchmal schlug er die Augen auf und starrte, schon nicht mehr bei Sinnen, in die Sonne. Er spürte ihre Strahlen wie flüssiges Feuer auf seinen Lidern, wie geschmolzener Schwefel rannen sie sein rissiges Gesicht hinab, über seine aufgeplatzten Lippen. Und als sein schrecklicher Todeskampf verloren war, er sich seinem Schicksal restlos überließ, merkte er, wie er blind wurde. Dann starb er.

Wie das schwache Echo aus einem fernen Höllenkreis hörte er auf einmal Stimmen sagen: »Dort hinten, dort liegt ein Soldat.« Und dann kamen die Stimmen näher und sagten zu ihm: »Was liegen Sie da, Soldat, so ungeschützt in der Sonne wie ein Vieh. Wissen Sie nicht, dass das Ihr Tod sein kann.« Und er öffnete einen Spaltbreit die Augen und erkannte sie wieder. Den Hauptmann des zweiten Bataillons und einen Leutnant. Und er antwortete: »Herr Hauptmann, ich kann nicht mehr, der Durst, meine Füße.« Und der schnauzbärtige Hauptmann Sotomayor blaffte mit seiner rauen Befehlsstimme, die keinen Widerspruch zuließ, er solle machen, dass er hochkam, und weitergehen, aber ein bisschen plötzlich. »Das ist ein Befehl, Soldat!«, schrie er und beugte sich dabei herunter, bis er fast sein Gesicht berührte. Er kam irgendwie auf die Füße und schleppte sich mit letzter Luft weiter über die schroffen Steine, die ihm in die Füße schnitten, in die längst unerträglich geschundenen Füße. Als er ein Stück mehr gekrochen als gegangen war (»eigentlich schon mausetot«, wie er später erzählte), sah er plötzlich seinen Freund Hipólito auf sich zu laufen. Eine Fata Morgana. Sein Freund lachte und schwenkte eine Feldflasche mit Wasser, und als er sie ihm entreißen und in letzter Verzweiflung trinken wollte, hielt der andere ihn mit Gewalt zurück und gab ihm in kleinen Schlucken zu trinken, noch einen Schluck und noch einen, Candela, mein Freund, von diesem bitterharten Wasser, das er in höchster Verzückung soff. Endlich drückte ihm der Freund die Flasche in die Hand, und er ließ sich das Nass über die Haare und die verbrannte Stirn laufen. Nein, nichts, nichts auf der Welt war so herrlich wie eine Feldflasche voll Wasser.

»Verdammt, Gutiérrez, es gibt nichts Schöneres im Leben!«, schrie er völlig außer sich. »Nichts Köstlicheres!« Und er goss sich einen ordentlichen Schwall über den dampfenden Schädel.

Die Siedlung Dibujo war nichts als eine elende Ansammlung kleiner Hütten aus Salpeterbrocken und Sackleinen, in denen die Arbeiter hausten. Im Schatten unter ein paar zerfransten Jutesäcken streckten die Freunde sich aus wie in einer paradiesischen Oase und schickten sich an zu schlafen, bis der Krieg vorbei wäre.

Als das Kämpfen dann tatsächlich beendet war, kehrte sein Freund Hipólito Gutiérrez nach Coltón zurück, um sein Buch zu schreiben, und Candelario Pérez hörte nie wieder etwas von ihm. Er selbst hatte es zum Unterfeldwebel gebracht und tat, was viele chilenische Soldaten und nicht wenige aus dem peruanisch-bolivianischen Bündnis taten: Statt zurückzukehren nach Hause, wo ihn außer der elternlosen Einsamkeit und seinem splittrigen Holzpflug nichts erwartete, blieb er, um in der Salpeterindustrie zu arbeiten.

Und beim Schürfen im trockenen Hinterland von Antofagasta geschah es dann Jahre später, dass Candelario Pérez noch einmal am Durst und am Irrsinn starb.

Nachdem er eine Weile in der Mine Agua Santa gearbeitet hatte, die er aus seiner Zeit beim Militär kannte, versuchte Candelario Pérez sein Glück im Zentralbezirk. Dort lernte er den spanischen Schürfer Victoriano Pig González kennen. Der war in den Glanzzeiten der Silbermine von Caracoles nach Chile gekommen, hatte sich dort niedergelassen und eine Zeitlang sehr glücklos gearbeitet, verlegte sich dann jedoch auf die Erkundung von Salpetervorkommen.

Victoriano Pigs Leben stand unter keinem guten Stern. Als Candelario Pérez ihn kennenlernte, war er bereits im gesamten Norden für sein Pech und seine Schicksalsschläge berühmt. Wegen einer grausigen Krankheit, von den Ärzten Atheromatose genannt, musste ihm ein Fuß amputiert werden, an dem Wundbrand drohte. Danach wurde die chirurgische Säge in sehr kurzen Abständen angesetzt und er in insgesamt neunundzwanzig Amputationen an Beinen und Armen gnadenlos zerstückelt. Übrig blieb eine kleine lebende Büste. Doch weder verlor er seinen Glauben an die Heilige Jungfrau von Soterraña, zu der er als ihr ergebenster Diener betete, noch ließ er ab von seinen Erkundungsreisen durch die Wüste – ein waschechter Spanier und chronischer Glücksritter aus dem kleinen Santa María la Real de Nieva in der Provinz Segovia, wo die Felder Jahre später mit dem Salpeter gedüngt werden sollten, den er zu finden half. Ohne Beine und Arme, nur mit der Kraft seines mannhaften Herzens und dem Medaillon der Jungfrau, das an seiner Brust prangte, durchstreifte er auf dem Rücken eines Maultiers weiter die Wüste und sammelte Bodenproben. Von seinen Gehilfen ließ er sich die steilsten Hänge hinaufschleppen, wenn sie ihm vielversprechend schienen. Als Candelario Pérez für ihn zu arbeiten begann, bewegte sich der nur knapp einen Meter fünf große Rumpf von Victoriano Pig auf einem kleinen Karren über die Hügel der Wüste, den er sich eigens dafür hatte bauen lassen. War das Gelände für den Karren zu schroff, trugen ihn seine Gehilfen in einer Art orientalischer Herrschersänfte auf den Schultern.

Und auf einer dieser Erkundungswanderungen durch den Salpeterbezirk El Boquete, der zu den unwegsamsten und menschenfeindlichsten der Atacama-Wüste gehört, wurden sie genau am Tag von Mariä Empfängnis von einem Sandsturm überrascht, verloren die Maultiere, kamen von ihrer Marschroute ab und verirrten sich inmitten einer Kette blauer Berge. Und auch wenn der Spanier lachte und prahlte, er kenne die Wüste besser als seine Westentasche (in die er schon lange nicht mehr gegriffen hatte), mussten sie sich, als der Abend kam, eingestehen, dass sie ohne jede Orientierung waren. Zu diesem Zeitpunkt befanden sie sich bereits seit anderthalb Monaten zu Probeschürfungen in der Gegend, und ihre Vorräte waren nahezu aufgebraucht. Nach drei Tagen Fußmarsch fand der Morgen eines glutheißen Dezembertags sie ohne Wasser. Am achten Tag ihrer Wanderung fieberten die beiden anderen Gehilfen, die die Sänfte trugen, vor Durst, sahen Gespenster in den eigenen Schatten und verloren schließlich restlos den Verstand, ließen ihren Arbeitgeber im Staub liegen und machten sich auf der Suche nach Wasser in verschiedene Richtungen davon. Candelario Pérez, der sich kaum noch auf den Beinen hielt, hob Victoriano Pig wie ein grausiges, todgeweihtes Kleinkind auf seine Schultern. Und während der Spanier röchelnd zur Jungfrau von Soterraña betete, marschierte Candelario Pérez fluchend weiter und ließ kaum hörbar und voller Zorn denselben Schwall von Verwünschungen und Obszönitäten vom Stapel, den er zusammen mit seinem Freund Hipólito Gutiérrez in den Gefechten des 79er-Feldzugs gebrüllt hatte, wenn es brenzlig wurde und sie kein Feuerwasser hatten, um sich Mut anzusaufen. Gegen Abend waren seine letzten Kräfte erschöpft, seine Knie gaben nach wie Lumpen, und er sackte auf den Boden. Was von dem Schürfer übrig war, kullerte ein paar Meter durch den Staub und blieb dann nach Luft schnappend auf dem Bauch liegen. Als Candelario Pérez nach einer Weile merkte, dass er das »Ach, gesegnete

Soterraña, ach, gesegnete Soterraña!« nicht mehr hörte, das der andere zuvor ohne Pause wiederholt hatte, dachte er, Victoriano Pig sei gestorben und er selbst nun auch an der Reihe.

Unter der brennenden Sonne lag er wie in einen violetten Nebel gehüllt und dachte daran, wie er beim Feldzug von San Antonio fast verdurstet war. Er sah sich selbst, wie er mit dem Gesicht zur Sonne dagelegen und schicksalsergeben auf den Tod gewartet hatte. Und auch jetzt waren die Sonne und der Durst eine Spinne aus Feuer, die ihn von außen und von innen verschlang. Er dachte auch an die Schlacht um Miraflores, als er in einer Mulde, die er mit bloßen Händen gescharrt hatte, verschanzt lag, sein Mund trocken war wie Asche, ringsum Flammen hochschlugen und die Sterbenden wimmerten und sein Freund Hipólito Gutiérrez plötzlich in traurig bissigem Ton fragte (fast war ihm, als hörte er die Stimme seines Freundes in der Luft): »Schon mal dran gedacht, Candela, mein Freund, wann wir zum letzten Mal ein Früchtchen gepellt haben?« Den Mund fast zu einem Lächeln verzerrt, überließ sich Candelario Pérez da dem Tod. Wie beim ersten Mal hatte er das Gesicht der Sonne zugewandt, schluckte einen letzten Rest galligen Speichels, glaubte im Sterben den Klang von Stimmen zu hören und sah die Sonne wie eine pralle Orange, deren Saft ihm süß in den Mund troff.

Plötzlich dröhnte über die Stimmen, die unter seiner glühenden Schädeldecke rumorten, das mächtige Organ vom Hauptmann des zweiten Bataillons, der ihn anblaffte, er solle aufstehen und marschieren: »Auf die Füße,

Soldat! Wird's bald!«, hörte er ihn sagen. »Das ist ein Befehl!« Er schlug die Augen auf. Die Sonne ging schon unter. Er kam ein Stück hoch und robbte keuchend auf das Häuflein Mensch zu, das neben ein paar Steinbrocken lag: Der närrische Spanier schnaufte noch. Wieder hob er ihn hoch wie ein missgebildetes Kind und wandte sich nach Osten, folgte seinem eigenen Schatten. Er ging schweigend, fand schon nicht mehr die Kraft, sich mit seiner Schimpftirade anzufeuern. Das wenige, was ihm an Willen geblieben war, reichte gerade, um fest an den nächsten Schritt zu denken, den nächsten Schritt …

Und er war mit dem sterbenden Krüppel in den Armen noch keine zweihundert Meter gegangen, da tat sich plötzlich wie ein weiteres Trugbild (eine dieser »arschverdammten Scheiß-Luftspiegelungen, bei denen einem irgendwann die Sicherung durchbrennt«) eine Schlucht vor ihm auf. Und am Grund schimmerte der Río Loa wie eine Narbe aus Wasser im Antlitz der Wüste und schob sich lautlos zwischen Staub und Gestrüpp dahin. Wer weiß, wie lange sie schon neben dem Flussbett hergegangen waren und weder das Murmeln des Wassers gehört noch seine Frische in der grausam trockenen Luft bemerkt hatten.

Nachdem sie die Köpfe ins Wasser gesteckt und gierig getrunken hatten, ließen sich die beiden von den seichten Fluten umspülen und schrien dabei wie von Sinnen. Der Spanier steckte bis zum Hals im Wasser, weinte vor Freude und sang: »Du bist meine gesegnete Mutter, wahrhaftig meine gesegnete Mutter!« und dankte seiner schwarzen Madonna, die ein Wunder an ihm vollbracht und ihn am Leben gelassen hatte, damit er weiter in der Wüste schürfen konnte.

Candelario Pérez aber füllte seine aus dem Krieg bewahrte Feldflasche und dachte erneut, dass es nichts Schöneres im Leben gab als eine Feldflasche voll Wasser. Und das brüllte er dem abgebrochenen Spanier entgegen, brüllte es ihm weinend vor Glück ins Gesicht, dass es auf dieser verrotzten Scheißwelt, mein lieber spanischer Arsch mit Ohren, nichts Herrlicheres gab als eine Feldflasche, die überquillt von frischem Wasser, lass dir das von Candelario de Jesús Pérez Pérez gesagt sein. Und dort mitten im Fluss, vom Wasser triefend, das seinen ausgedorrten Körper hinabrann, schwor er bei Gott und bei allen, die je in der Wüste verdurstet waren, dass er bis ans Ende seiner traurigen Tage, wo er auch sein würde, verdammt, immer seine Feldflasche mit Wasser dabei haben würde. Immer.

12

Es war der letzte Samstag im Juli. Seit den frühen Morgenstunden waren wie an jedem Wochenende lärmende Massen durstiger Bergleute in Pampa Unión eingefallen. Großmäulige Hauer, lässige Werkzeugmacher, ungenierte Angestellte und ganze Trupps feierwütiger Tagelöhner drängten über sämtliche Zufahrtswege in den Ort. Jedes verfügbare Transportmittel war von den Vergnügungssüchtigen gekapert worden und karrte sie aus den umliegenden Siedlungen heran.

Aus den Salpeterminen mit Bahnstation kamen sie im Zug der Strecke Antofagasta–Bolivien und taumelten schon angetrunken aus dem Speisewagen; im brandneuen Ford T wurden sie aus Chacabuco herchauffiert; quietschvergnügt kamen sie in schwankenden Bussen aus Cecilia; singend und zotige Verse dichtend auf altersschwachen Fuhrwerken aus Candelaria; steif vom gedrängten Sitzen, aber prustend vor Lachen auf den Karren der Brotlieferanten aus Araucana; auf Leiterwagen mit Ochsen davor und stimmgewaltig wie bei der Ernte auf den Feldern im Süden kamen sie aus Ausonia; auf Leiterwagen mit Segeln daran ließen sie sich vom Vier-Uhr-Wind ohne Hüte und mit zerzausten Haaren aus Carmela heranwehen; auf Eseln kamen sie aus Perseverancia, auf Maultieren aus Lastenia, auf schweren Ackergäulen aus La Piojillo; sie kamen zu Fuß quer durch die Wüste, in einer endlosen, Staub aufwirbelnden Karawane aus den am nächsten gelegenen Siedlungen.

Als der Abend heraufzog, sah man noch immer vor dem ringsum prächtig entflammten Himmel die Silhouetten ganzer Scharen von Arbeitern, die quer über Land und durch die aufgelassenen Salpeterfelder in den Ort wanderten. »Alle Wege führen nach Pampa Unión«, sagten die Männer staunend. Und an jedem dieser Wege und Pfade durch die Wüste bezeichneten Kreuze und Gedenkhäuschen die Stellen, wo ein betrunkener Bergmann in seinem Blut gelegen hatte, niedergestochen von einem zerlumpten Auswärtigen. Oder wo ein zerlumpter Auswärtiger in seinem Blut gelegen hatte, mit einem Stein erschlagen von irgendeinem finster gesinnten Bergmann. Alltägliche Verbrechen, die stets ungesühnt blieben und aus einem einzigen Grund verübt wurden: um an ein bisschen Geld zu kommen und weiter teilzuhaben an den endlosen Gelagen in den Freudenhäusern der Stadt.

Doch nichts vermochte die gute Laune der vom Staub überzogenen und vom Durst geplagten Wanderer zu trüben, nichts den fröhlichen Auszug der wackeren, von Sonnenaufgang bis Sonnenuntergang schuftenden Arbeiter in den einzigen freien Ort der Wüste zu unterbinden, heraus aus der Knechtschaft der mit harter Hand geführten Minen, hinein in das einzige Bollwerk unbeschwerten Daseins. Pampa Unión war der einzige Ort in der weiten Wüste, wo Tagelöhner, Arbeiter und Büroangestellte sich nicht nur vergnügen und ihrer Lust freien

Lauf lassen konnten – in den Minensiedlungen wurden »Frauen vom Gewerbe« nicht geduldet –, sondern hier entkamen sie auch für ein paar Stunden dem furchteinflößenden Gebrüll des Vormanns, den inquisitorischen Blicken des Siedlungsaufsehers, dem eisernen Griff des Verwalters und konnten vergessen, wie der hochmütige Gringo, dem die Mine gehörte, den lieben langen Tag vor seinem Haus auf der Veranda saß, Pfeife rauchte und Däumchen drehte.

Bei dieser regelrechten Wochenendinvasion drängten einige der gierigsten Salpeterarbeiter (die Hauer waren immer die gierigsten), ohne sich auch nur den Wüstenstaub von den Kleidern zu klopfen, in bester Eroberungslaune aus der Wüstenglut geradewegs in die quirligen Salons der Freudenhäuser. Andere gingen erst zu einem Herrenausstatter, erstanden den teuersten Anzug aus dem Schaufenster und zogen sich, fröhlich ihre vergoldeten Eckzähne zeigend, vom Durst getrieben und ungewaschen gleich an Ort und Stelle um. Ihre alten Kleider schnürten sie zu einem Bündel, das sie im selben Laden zur Aufbewahrung hinterlegten, bis sie nach zwei durchgefeierten Nächten, in denen sie ihren Schweißtropfen für Schweißtropfen in der weißen Hölle erschufteten Lohn bis auf den letzten Peso verzechten, am Montagmorgen in aller Herrgottsfrühe wortlos und mit hängendem Kopf wiederkamen, mit melancholischer Miene das Bündel erbaten, zurück in ihre alten Kleider stiegen und gleich dort im Laden zu jedem gebotenen Preis den neuen Anzug losschlugen, um weiter ihren gewaltigen, unstillbaren Durst zu stillen.

Wenn sich um Mitternacht die gesamte Stadt bereits in Händen der Unmäßigen befand, trudelten auf den dunklen Wegen durch die Wüste noch immer einige Nachzügler ein und berichteten den feuchtfröhlichen Zechern in den Salons staunend, schon von weitem sehe man auf der gesamten Breite des Ortes, über dem schläfrigen Schimmer der Straßenbeleuchtung am Himmel den leicht violetten Glanz der großen, hemmungslosen Sause. Als würde aus allen gefüllten Gläsern, erzählten die von dem Wunder überwältigten Männer, von all den überladenen Tischen, aus jedem der feierwütigen Salons in jedem der fröhlichen Etablissements ein britzelndes Glitzern haltloser Wollust aufsteigen.

Nach Mitternacht nahmen der Trompeter Bello Sandalio und seine Musikerfreunde längst kräftig Anteil an dem großen Gelage. Wie stets waren sie gleich nach der Probe zu ihrer Runde durch die Kneipen und Spelunken der Stadt aufgebrochen. Auf ausdrücklichen Wunsch von Tirso Aguilar saßen sie gerade in dem Schuppen, in dem die Schafslippe sang. Cantalicio del Carmen wollte die Freunde schon den ganzen Abend von einem, wie er sagte, »ganz heißen Tipp« überzeugen. Das Bordell müssten sie unbedingt sehen, brüllte er in die Runde, es sei berühmt für seine ausgelassenen Feiern bis zum Morgengrauen, besitze sogar ein Klavier, und die Mädchen seien appetitlicher als in jeder anderen Fleischerei der Stadt. »Ich schwöre bei der heiligen Jungfrau, das ist die reinste Wahrheit.« Und er legte seine beiden verwaisten Fingerchen gegeneinander und küsste sie theatralisch. Aber niemand hörte ihm zu.

Gegen zwei in der Früh, als der Klapphornist endlich überzeugt war, dass es sich bei der Schafslippe (die ihm im Verlauf des Abends nicht ein Blöken geschenkt hatte) um ein Flittchen für Vormänner aufwärts handelte, beschlossen die Freunde, sich zum heißen Tipp des Trommelteufels zu verkrümeln. »Das ist gleich um die nächste Ecke«, sagte der begeistert.

Und während sie den Laden so demonstrativ wie möglich verließen (Gine Maturana machte der Schafslippe obszöne Handzeichen), versuchte der Trommler den Klapphornisten zu trösten, er solle nur den Kopf nicht hängen lassen, der Gute, die Mädchen im Gato Flaco, wo sie jetzt hingingen, würden ihn diese Schnepfe im Handumdrehen vergessen lassen. Bello Sandalio kam der Name des Bordells vage bekannt vor.

Die kühle Nachtluft und das lärmende Treiben draußen auf der Straße brachten die Musiker weiter in Stimmung. Gut gelaunt und aufgekratzt betrachteten sie die Scharen von Betrunkenen ringsum und fassten mit absoluter Mehrheit den Beschluss, in jeder Kneipe auf ihrem Weg zum Gato Flaco einzukehren und einen zu heben.

Die erste war eine üble Kaschemme und wie jedes Lokal, in dem es Alkohol gab, um diese Zeit proppenvoll mit Minenarbeitern. Nach einigem Schubsen und Schieben hatten sie sich einen Weg bis zum Tresen gebahnt und die Bestellung aufgegeben. Der Lärm an den Tischen und das Lachen der Barmädchen übertönten die Musik aus einem Grammophon. Man hätte nicht sagen können, welches Lied gerade lief. Unversehens fanden sich die Musiker in ein angeregtes Wortgefecht verstrickt, das eine Gruppe von Bergleuten aus der Minensiedlung Puelma führte.

Das Wortgefecht war schon zu einem rechten Säuferwettstreit ausgeartet, hielt den größten Teil der Gäste in Atem und kreiste um die Frage, wer die meisten Bezeichnungen für das weibliche Geschlechtsteil kenne, wobei das fade »Vagina« selbstverständlich nicht zählte. Als die Musiker in die Diskussion einstiegen, hatten die Bergleute bereits dreizehn Namen zusammengetragen. Außer den schon recht abgenutzten »Muschi«, »Fotze«, »Möse« und »Fut«, die in der Gegend die gängigsten waren, waren auch »Scham«, »Pussi«, »Ritze«, »Kätzchen«, »Spalte«, »Schlitz«, »Schoß«, »Liebesgrotte« und »Mündung« schon genannt worden.

Und hier steckten sie jetzt fest.

Und nun forderten die gewitzten Männer aus Puelma, die sich beim chilenischen Pferderennen am Nachmittag die Taschen mit Geld gefüllt hatten, lautstark die werten (und weniger werten) Herrschaften auf, ihnen noch einen weiteren Namen für das Dingens zu nennen. Für jeden weiteren herausposaunten Namen, krakeelten sie und hoben ihr Glas, für jeden weiteren würden sie eine Flasche englischen Weinbrand spendieren.

Cantalicio del Carmen kratzte sich erst mit der Zange seiner zwei Finger nachdenklich an der Nase und schrie dann fröhlich »Schlupfloch!«, was am Tresen mit großem Hallo aufgenommen wurde, die Flasche ließ nicht lange auf sich warten und wurde unverzüglich unter der Truppe aufgeteilt.

Als dann Tirso Aguilar nach einem leisen Hüsteln

wie peinlich berührt sagte: »Mumu!«, brach die gesamte Kneipe in schallendes Gelächter aus. Das sagen bloß Schwuchteln! Das zählt nicht! Verwirrt wollte der arme Klapphornist erklären, dass er so zum Dingens seiner Frau gesagt hatte, als sie noch zusammenlebten, aber es hörte ihm keiner zu.

Nach einer Weile schlug Gine Maturana, nachdem er einen großen Schluck Bier gekippt und sich mit dem Ärmel über den Mund gewischt hatte, mit der Faust auf den Tresen und rief mit leuchtenden Augen: »Pflaume!« Die Arbeiter aus Puelma, die schon gemeint hatten, es könne keine weiteren Bezeichnungen geben, beglückwünschten ihn freudig und verlangten im Chor die nächste Flasche.

Dann brachte Bello Sandalio das Lokal mit einem Trompetenstoß zum Schweigen, lachte sein metallisch frostiges Lachen und sagte: »Spieldose!« Und der Weinbrand loderte erneut in den Gläsern, und alle stießen lärmend an. Schon sechzehn Namen!

Die Angelegenheit nahm erneut Fahrt auf, als einer der Arbeiter, der Wortführer der Gruppe, plötzlich die Hand hob, sich mit dem Hintern auf den Tresen schwang und glucksend vor Vergnügen schrie: »Saftpresse!« Und mit Siegermiene und felsenfest überzeugt, es sei unmöglich, einen weiteren Namen hinzuzufügen, verkündete er, wenn in den nächsten fünf Minuten noch irgendwem einer einfalle, dann werde er sich hier, und der liebe Gott sei sein Zeuge, splitterfasernackt ausziehen und auf dem Tresen einen Charleston tanzen.

Seine goldene Waltham-Uhr aufgeklappt in der Hand,

wollte er schon in Triumphgeheul ausbrechen, da schob der alte Marschtrommler, der bis jetzt keinen Ton gesagt hatte, einige der am Tresen lehnenden Männer zur Seite, warf sich die Krümel der fünften zerbröselten Zigarette des Abends in den Mund, trat so dicht an den Mann aus Puelma heran, dass seine Hutkrempe fast dessen Gesicht berührte, legte die Hand auf das Zifferblatt der Uhr und sagte, seine stinkende Tabakkugel kauend, in feierlichem Ton: »Lohnschlucker!«

Als der Mann dann, von seinen Saufkumpanen lautstark angefeuert und von der Besitzerin der Kneipe wütend beschimpft, nackt auf dem Tresen seine ersten grotesken Tanzschritte vollführte, klopften sich die fünf Freunde der Literkapelle munter auf die Schultern und sahen zu, dass sie Land gewannen, ehe das hier in eine Schlägerei ausartete.

Aus dem zweiten Lokal traten sie kleinlaut und das »Adlerauge« von Tirso Aguilar aufs Schönste verfluchend den Rückzug an. Weil sie nämlich auf eine Eingebung von ihm gehört und einem schmalen Gang zwischen zwei unverputzten Lehmmauern gefolgt waren – »da muss es zu einem versteckten Bordell gehen, dass euch die Spucke wegbleibt«, hatte der Klapphornist fachmännisch behauptet –, und am Ende landeten sie in einem dunklen Kabuff ohne Fenster, angefüllt mit beißendem Qualm, wo eine Horde verwahrloster Chinesen stocksteif auf dem Boden saß.

Als sie, zurück auf der Straße, Tirso Aguilar erklärten, was da drinnen vorging, fragte der verdattert:

»Eine Sodiumhöhle?«

»Opium, du Rindvieh! Eine Opiumhöhle!« Und seine Musikerkollegen schlugen ihn lachend mit ihren Hüten.

In der dritten Kneipe auf ihrem Weg erlebten sie die Überraschung des Abends. Gleich beim Eintreten kam ihnen etwas seltsam vor in dem himmelblau gestrichenen Raum mit der schummrigen Beleuchtung und der halblauten Musik. Irgendwas stimmte hier nicht. Aber sie kamen ums Verrecken nicht drauf, was es war. Plötzlich fiel es Gine Maturana wie Schuppen von den Augen:

»Donnerkeil, hier gibt's keine einzige Frau!«

»Und was ist mit der Bedienung dort an den Tischen?«, gab Tirso Aguila zu bedenken.

»Sieht eher aus wie ein Kerl«, sagte der Beckenspieler.

»Ist einer«, sagte Candelario Pérez.

Sie wollten gerade Fersengeld geben, da trat Gine Maturana ihnen mit ausgebreiteten Armen in den Weg und hüstelte, sie sollten mal zu dem Tisch da hinten sehen:

»Ich fress einen Besen, wenn das nicht dieser Schlauberger Eraldino Lumbrera ist!«

Tatsächlich saß der zweite Trompeter der Kapelle – Pomade im Haar, bunte Krawatte und großspuriges Getue – in einer der schummrigsten Ecken des Lokals und trank und unterhielt sich mit einem jungen Mann von gepflegtem Äußeren.

»Das muss die liebestolle kleine Stute sein, mit der er immer rumprotzt«, sagte der Beckenspieler hämisch. »Schaut nur, wie sie turteln.«

»Anscheinend hat der Trottel nicht mitbekommen, dass Ibáñez der Schießhund neuerdings Schwule im Meer versenkt«, sagte Bello Sandalio.

»Aber immer so großartig tun, dieser Gockel«, sagte Cantalicio del Carmen.

»Für einen von echtem Schrot und Korn war der mir schon immer zu affig«, sagte Candelario Pérez. »Hauen wir hier ab.«

Als sie schließlich im Gato Flaco ankamen, war es halb vier am Morgen. Tirso Aguilar konnte sich kaum noch auf den Beinen halten, und was der Trommelteufel mit seiner Stimme eines verschnupften Papageis lallte, war fast nicht mehr zu verstehen. Insgesamt hatten sie sich bei ihrer aufgekratzten Sauftour in sechs Kaschemmen einen hinter die Binde gekippt. Aus der letzten mussten sie sich den Weg nach draußen freiboxen, weil es eine gehörige Rauferei gegeben hatte, als ein Auswärtiger den Schnaps und die Dienste einer Prostituierten mit »Narrengold« oder »Hurengold« zu begleichen versuchte, wie der Pyrit, der heller glänzt als echtes Gold, hier auch genannt wurde. Pech für den Fremden, dass in der letzten Zeit mehrere Mädchen im Ort auf den Schwindel hereingefallen waren und mittlerweile alle Bescheid wussten.

Gleich als sie sich drinnen im Gato Flaco an einen Tisch neben der Bühne mit dem Klavier setzten, merkten Gine Maturana und der alte Marschtrommler, die von allen noch am nüchternsten waren – »und nicht, weil wir nicht mitgehalten hätten, sondern weil wir mehr vertragen als die anderen«, protzte Gine –, dass es dem Trompeter mit einem Mal die Sprache verschlagen hatte, sich die Sommersprossen auf seiner Stirn in Falten legten und er sich reichlich belämmert umsah.

Weil Bello Sandalio nämlich, kaum hatten sie das Bordell betreten, von einer Erinnerung angeweht wurde. Das Glas in seiner Hand streichelnd, saß er da und stierte wie auf das Licht einer weit entfernten Lampe auf ein schwaches Glimmen in seiner Erinnerung, das darum rang, ein Lodern zu werden. Er kam sich vor wie ein Insekt mit ungezählten Fühlern, alle seine Sinne standen auf Hab-Acht, waren empfangsbereit und bebten in Erwartung der Enthüllung, die, das spürte er, unmittelbar bevorstand. Als die erste Runde schon fast getrunken war und der alte Marschtrommler die zehnte Zigarette des Abends zu zerbröseln begann, hatte die Besitzerin des Gato Flaco ihren Auftritt. Die Frau mit den üppigen Kurven und der langen goldblonden Mähne steckte in einem hautengen Kleid aus rotem Samt und war in Begleitung eines alten Herrn, der nach Gringo aussah. »Das ist die Cocoliche«, sagte Cantalicio del Carmen. Und erzählte, das Vögelchen sei vom einfachen Barmädchen zur Puffmutter aufgestiegen, nachdem sie den alten Knaben geheiratet hatte, der sie da am Arm führte, ein verarmter Engländer, der das Lokal erst vor kurzem übernommen hatte. Die Cocoliche bilde sich inzwischen sonst was ein, sie würde ihre früheren Kolleginnen nicht einmal mehr grüßen. Im Salon gebe sie sich auch bloß noch selten die Ehre, jedenfalls würden die Mädchen neidisch erzählen, dass sie die Geschäfte mittlerweile im Liegen von ihren prunkvoll eingerichteten Gemächern im Obergeschoss aus führte.

Bello Sandalio, der, als die Frau auftauchte, gerade lustlos sein Glas an den Mund hob, hielt mitten in der Bewegung inne. Er spürte, wie das Glimmen kurz aufflammte, und für einen Augenblick füllte sich die Leinwand seiner Erinnerung mit Bildern. Wie in einer unscharfen, sepiafarbenen Filmszene sah er sich selbst, sternhagelvoll, die Hand unter das lange Kleid einer Frau schieben, die fast genauso aussah wie diese Blondine, die jetzt wie eine hochnäsige Katze an ihrem Tisch vorbeistrich, ohne ihn auch nur eines Blickes zu würdigen.

»Brünett hat sie mir besser gefallen«, sagte Cantalicio del Carmen.

Bello Sandalio fuhr auf seinem Stuhl zusammen. Das verfluchte Glimmen hörte mit einem Schlag zu flackern auf, loderte hoch und beleuchtete ihn vollständig von innen. Für einen Moment saß er da wie vor den Kopf geschlagen. Natürlich, da lag der Hase im Pfeffer. Er stürzte den Inhalt seines Glases in einem langen Zug hinunter, knallte es auf den Tisch und deklamierte mit einem versonnenen Lächeln auf den Lippen:

»Die schwarzen Schwalben kehren wieder …«

Dann schnappte er sich seine Trompete, stieg auf den Stuhl und blies zum Gefecht.

»Bin sofort wieder da!«, verkündete er gleich darauf.

Entschlossen und ungestüm ließ er die Trompete in seinen Händen herumwirbeln und wandte sich zielstrebig der Tür mit dem silbernen Sternchen zu. Er wusste, sie führte nicht nur zum Abtritt, sondern auch in den dunklen Hof des Lokals.

Dort waren hinten an der Mauer noch immer die Tonnen gestapelt, über die er damals bei seiner Flucht vor dem Polizeihauptmann entkommen war. Die Alkoholnebel jener heißen Nacht lichteten sich jetzt in seiner Erinnerung völlig. »Da liegt also der Hase im Pfeffer«, sagte er sich noch einmal lachend und schwang sich auf die Mauer.

Das Fräulein Golondrina del Rosario hatte endlich in den Schlaf gefunden, als sie meinte, ein leises Klopfen an ihrem Zimmerfenster zu hören. Sie schrak zusammen, starrte in die Dunkelheit und spitzte die Ohren: Im Zimmer war nichts zu hören als das Pochen ihres eigenen Herzens und das Hintergrundrauschen der feiernden Stadt. Gerade dachte sie, sie hätte das Geräusch geträumt, da hörte sie es wieder. Als würde jemand klopfen! Sie fuhr hoch. Am ganzen Leib zitternd, versuchte sie sich mit dem Gedanken zu beruhigen, das sei bestimmt eine Katze, die vom Dach herunter oder aufs Dach hinauf wollte. Aber als es noch einmal, kurz und bestimmt, an ihrem Fenster klopfte, stockte ihr der Atem. Was war das? All ihren Mut zusammennehmend, schlüpfte sie leise aus dem Bett, bedeckte ihre Blöße mit ihrem rosa Nachthemd, und ohne denken zu wollen, was sie, Herrgottnochmal, im tiefsten Innern hartnäckig dachte, öffnete sie das Fenster einen Spalt.

Dort im Hof stand, spärlich erhellt vom blassen Widerschein der Straßenbeleuchtung, die Trompete in der Hand und eine seiner makellosen gepunkteten Fliegen um den Hals, ihr wandernder Musiker und lächelte sein gefährliches Lächeln eines lauernden Tigers.

»Hallo!«, hörte sie ihn mit größter Selbstverständlichkeit sagen, als begrüße er auf einer Bank im Park seine

Nachbarin um zwölf Uhr mittags an Palmsonntag. Ihr blieb fast das Herz stehen.

»Ich bitte Sie, Sie müssen auf der Stelle gehen«, hörte sie sich mit bebender Stimme sagen.

»Nicht, bevor ich nicht mit Ihnen geredet habe«, sagte Bello Sandalio, gerührt von dem Gesicht eines kleinen erschrockenen Vogels, das seine Dame am Klavier machte.

»Morgen können wir so viel reden, wie Sie möchten.« Sie klang nicht sehr überzeugend.

»Es muss jetzt sein.«

»Bitte, mein Vater könnte aufwachen.«

»Wenn Sie mir nicht öffnen, blase ich hier auf der Stelle zum Wecken.«

»So verrückt sind Sie gewiss nicht.«

Bello Sandalio setzte ein ernstes Gesicht auf, trat einen Schritt vom Fenster weg und hob die Trompete an die Lippen.

»Um Himmels willen, tun Sie das nicht«, flüsterte sie erschrocken. Und öffnete die Tür.

Als das Fräulein Golondrina del Rosario sich erneut von ihrem wandernden Musiker umarmt und geküsst fühlte und ihr der herbe Geruch von Bier und billigen Zigaretten in die Nase stieg, den sie auch beim ersten Mal gerochen hatte (und den sie sich seither in jeder ihrer durchwachten Nächte in Erinnerung rief), bat sie bei sich, dass dies hoffentlich, bitte, lieber Gott, nicht wieder einer ihrer Liebesträume wäre, die sie in ihren sterbenseinsamen Nächten heimsuchten. Und während sie das noch dachte und dieser Flegel von Trompeter sie fest an sich drückte, sah sie, wie ihre verdrehten Hände, die reglos seitlich herabgehangen hatten, plötzlich zum Leben erwachten, sich selbständig machten, durch die Luft fuhren, ohne es noch zu wagen, den Rücken des Mannes zu streifen, den sie liebten. Über seine Schulter hinweg betrachtete sie staunend das Treiben ihrer Hände. Sie sah sie flattern wie aufgescheuchte Vögel, sah sie schwingen wie beim Deklamierunterricht, den sie jeden Nachmittag ihren kleinen Schülerinnen erteilte. Und verblüfft, überrumpelt, ihren eigenen Sinnen nicht trauend, hörte sie sich selber sagen: »Die Arme ruhen seitlich am Körper als Ausdruck von Gleichgültigkeit; die harte, geschlossene Faust bedeutet Protest, Ärger; krümmen wir die Finger, zeigen wir Hass, Wildheit, sind sie nur leicht gebogen, wirken sie dagegen verträumt, romantisch; drehen wir die Handflächen nach oben und bewegen sie hin und her, zeichnen wir den Flug der Vögel nach, die Weite des Himmels oder die blauen Linien der Berge; die Handfläche nach unten drückt bei gleicher Bewegung die Weite des Meeres aus oder einen Weg, der in die Ferne führt …«

Als sie spürte, wie ihr seidenes Nachthemd an ihr hinabglitt, bis es als Häuflein Schatten um ihre Füße lag, und sie mitten in einem Kuss leicht hochgehoben und sanft wie eine Braut auf die weißen Laken ihres Bettes gelegt wurde und zwei Hände, groß wie Tatzen, die bebenden Landschaften ihres nackten Körpers zu erwandern begannen, während sich eine sandpapierne Zunge in ihrem Nabel schlängelte, an ihren Hals sprang, die Knospen ihrer Brüste erforschte und endlos zurück nach unten glitt, köstlich, unerträglich ihren Bauch hinab, dachte sie daran, welches Glück die Jungfern empfunden haben mussten, von denen die mittelalterlichen Lieder sangen, wenn sie sich voller Liebe den Wanderern am Wegesrand hingaben. Und als sie sich dann selbst diesen Körper, diesen Abgrund, hinabgleiten spürte und plötzlich dieses hart in ihren Händen pulsende Tier liebkoste und küsste, es verschlang wie eine Besessene und spürte, wie es brennend zwischen ihren Lippen pochte, sagte sie sich, sie werde jeden Moment den Verstand verlieren vor Liebe. Außerdem sagte sie sich mit der Besessenheit einer mittelalterlichen Heiligen, von nun an könne sie, ohne mit der Wimper zu zucken, sterben oder töten aus Liebe, aus Liebe zu diesem schönen Wanderer aus der Hölle, der dort über ihr eine lustvolle Musik stöhnte und ihren Mund schon mit Ambrosia und geschmolzenen Sonnen flutete. Verzückt und weinend lag sie danach in seinen Armen und sagte sich, ihr ganzes nutzloses Leben in diesem verkommenen Kaff am Ende der Welt habe sich doch gelohnt; von nun an werde sie nie mehr das keusche Fräulein sein, das der Ort in ihr sehen wollte, nicht die feine Dame, die den Herrschaften im Club vorschwebte, nicht das schamhafte Mädchen, das ihr Vater in ihr sah, denn von dieser Nacht an würde sie, verdorben und haltlos wie das verkommenste Flittchen, schrecklich, mit aller Wollust, zu der ihr Innerstes fähig wäre, diesen räuberischen roten Tiger lieben, der nun erneut ihren Hals mit seinen kräftigen Kiefern packte, sie ohne Erbarmen verschlang, sie noch einmal unerbittlich in Besitz nahm, mit Feuer und maßloser Liebe.

Im Morgendämmer wurden bereits die Umrisse des Ortes sichtbar, als Bello Sandalio auf das Dach des lila Klohäuschens kletterte (über das er gekommen war), sich von dort, darauf bedacht, dass seine Trompete keinen Schaden nahm, weiter auf die rückwärtige Mauer schwang, von der Mauer zurück in den Hof des Bordells sprang und vom Hof, sich noch den Anzug abklopfend, erneut in den hell erleuchteten Salon vom Gato Flaco trat. Seine Freunde machten dem Spitznamen der Kapelle weiter alle Ehre, saßen an ihrem Tisch bei der Bühne und tranken. Mittlerweile hatten sich zwei Huren zu ihnen gesellt, die, frisiert und geschminkt wie Kleopatra, dem alten Marschtrommler schamlos lachend auf die Pelle rückten.

»Diese beiden Täubchen, die sind noch zu doof zum Breiessen!«, lallte der Kriegsheld Bello Sandalio entgegen, als der wieder auf dem Stuhl neben ihm erschien.

Niemand fragte, wo er so lange gewesen war. Das Besäufnis war kurzweilig, und allen kam es vor, als wäre der Trompeter mit der Windpocken-Fliege, wie Gine Maturana ihn manchmal nannte, gerade erst aufgestanden, um aufs Klo zu gehen.

Als sie eine Stunde später auf die Straße traten, ergoss sich die Sonne bereits wie zäher, bernsteinfarbener Sirup über das Wellblech der Dächer. Sie tranken noch einen letzten Schluck an der Theke einer früh geöffneten Bar und beschlossen dann, schlafen zu gehen. Am Nachmittag sollte die Literkapelle ihr erstes Sonntagskonzert im Pavillon auf dem Platz geben.

13

Das Platzkonzert an diesem Sonntag war ein großes Ereignis für Pampa Unión und als Debüt so vielversprechend, dass der Apotheker den Musikern im Anschluss verkündete, das Blasorchester werde nach dem Empfang des Präsidenten weiterbestehen. Und weil der offizielle Direktor noch immer durch Abwesenheit glänzte, gab er kurzerhand Bello Sandalio den Posten. »Bis Jacalito der Lehrer von seinem Gemütsleiden genesen ist«, sagte er.

Die Einwohner von Pampa Unión hatten vollkommen vergessen, dass ihr Ort über einen Stadtplatz verfügte. Nach der pompösen Einweihungsfeier vor fünf Jahren hatten die Leute mit demselben Achselzucken, mit dem sie das Fehlen einer Kirche quittierten, bis auf weiteres darüber hinweggesehen, dass diese staubige, umfriedete Brache ein Stadtplatz sein sollte.

Weil nämlich die Krämer, die Verkäufer und Fuhrleute, die Ramschhändler, Spekulanten, Makler und Kommissionäre, die Budenbesitzer und Importeure, die Kaufleute und jeder, der sonst Geschäfte in der Stadt machte, also der überwiegende Teil der Einwohner, zu schweigen natürlich von dem stets wechselnden Aufgebot an Huren, ihre Zeit nicht gestohlen hatten und sie nicht zwischen drei und vier am Nachmittag beim Flanieren auf irgendeinem Platz verplempern konnten.

Und schon gar nicht am Wochenende, wo jede Minute Gold wert war und als klingende Münze in ihre Piratenschatztruhen wanderte.

Und wer seine Geschäfte sonntags jemand anderem überlassen konnte, der ging zum Wetten zu den chilenischen Pferderennen, die in der offenen Wüste ausgetragen wurden. Oder saß mit den hoffnungslosesten Zockern – die Chinesen, Türken und Syrer gehörten zu den hoffnungslosesten – bis zum Morgen in illegalen Spielhöllen und verzockte beim Kartenspiel nicht nur sein Geld, die Familienerbstücke und das Geschäft, sondern auch noch das Wohnhaus, zuweilen mit der gesamten Einrichtung inklusive Ehefrau. Danach lieh man sich einen Revolver, erledigte den Papierkram, der zu erledigen war, und schoss sich eine Kugel in den Mund.

Folglich bestand das Publikum, das an diesem Nachmittag auf dem Karree des Platzes der Marschmusik und den beliebten Tanzmusikstücken lauschen wollte, zum größten Teil aus Ausflüglern und Bergarbeiterfamilien, die zum Einkaufen in der Stadt waren. Aus Pampa Unión selbst stammte nur die Horde von Kindern, die den Flanierenden zwischen den Füßen herumlief, und die eine oder andere ehrbare Dame. Unter diesen – Kleid aus Organza, gehäkeltes Schultertuch und zierliche Schnürstiefelchen – das strahlende Fräulein Golondrina del Rosario.

An diesem Morgen war die Tochter des Barbiers so überwältigt von Glück erwacht, dass es sich unmöglich verbergen ließ: Die Farbe war kräftig in ihr Gesicht zurückgekehrt, und ihre Augen sprühten vor Freude. Beim

Frühstück bemerkte sie den überraschten Blick ihres Vaters. Auf seine erstaunte Frage, woher ihr plötzlicher Stimmungsumschwung kam, sagte sie, sie habe wunderschön geträumt und das Herz sei ihr beim Aufwachen federleicht gewesen. Sie überlege sogar, ihre Arbeit im Lichtspielhaus wieder aufzunehmen. »Zur Spätvorstellung werde ich gehen«, sagte sie.

Und als wollte sie das Wunder ihrer Genesung weiter unterstreichen, kündigte sie an, sie werde am Nachmittag etwas frische Luft schnappen. Sie werde sich das erste Platzkonzert anhören, das heute stattfand. Als sie dann mit anmutigen Tanzbewegungen den Tisch abräumte, bemerkte sie wie nebenbei, falls er sie nicht begleiten könne, solle er sich bitte keine Gedanken machen, sie habe überlegt, ihre Freundin, die Lehrerin, mitzunehmen.

Der Barbier nickte nur leicht mit dem Kopf und dachte, wie einfältig die Leute doch wurden, wenn sie verliebt waren. Mit dem dampfenden Kaffeebecher in der Hand fragte er sich, ob er sich, was seine Liebe zu Nestorina Manova anging, gegenüber seiner Tochter womöglich ebenso töricht verhielt. Vielleicht weiß sie es längst, dachte er, und ich mache mich völlig zum Affen.

Das Gesicht hinter dem Becher verborgen, nuschelte er, er würde sie ja gern zu dem Konzert begleiten, aber am Wochenende, das wisse sie ja, habe er immer sehr viel zu tun.

»Vergnüg dich, mein Kind«, sagte er. »Mach dir um mich keine Gedanken.« Und ehe die dicken Wolken der Rührseligkeit, die sein hartes Männerherz schon bedrohlich verdüsterten, durch einen nassen Glanz in seinen Augen sichtbar wurden, stand er auf und ging seinen Laden aufsperren.

Beim Flanieren zu den Klängen der neuen städtischen Kapelle ging dem Fräulein Golondrina del Rosario das Herz über vor Glück. Mit glühenden Wangen warf sie Bello Sandalio verstohlene, schmachtende Blicke zu – der sie vom Pavillon herab triumphierend anlächelte – und vertraute dabei ihrer Freundin in einem Anfall von Indiskretion, wie er ihr nur wenige Tage zuvor noch vollkommen unschicklich erschienen wäre, überstürzt und atemlos das große Geheimnis ihrer Verliebtheit an.

»Der dort ist es«, sagte sie mit einer entzückenden Bewegung ihrer Lippen Richtung Pavillon. »Der rothaarige Trompeter.«

Die Schullehrerin Edelmira del Real, eine alleinstehende Mittdreißigerin aus einem kleinen Weiler im Elqui-Tal, die fast männliche Gesichtszüge hatte, dunkle Kittelkleider trug und ihr schwarzes Haar mit ebenfalls schwarzen Gummis im Nacken zu einem dicken Knoten würgte, zeigte sich von der Enthüllung aufrichtig überrascht. Und wohlgemerkt nicht davon, dass die beste Rezitatorin von Liebesgedichten, die es auf der Welt gab, sich schließlich verliebt hatte, »sondern in wen, Mädchen, du lieber Gott, in wen!« Und während sie in der Menge um den Platz flanierten, erzählte sie ihr, dass es »der Trompeter mit der getupften Fliege«, wie er schon in der ganzen Stadt genannt wurde, unter denen, die in die Calle General del Canto pilgerten, bereits zu einiger Berühmtheit gebracht hatte. Er sehe ja wirklich gut aus, aber sie solle sich vorsehen, denn er sei bereits mit dem nicht sehr reinen Leumund behaftet, ein Freund der Frauen zu sein.

»Es heißt, er mag die Pferdchen sehr«, sagte die Lehrerin und blickte ihr dabei tief in die Augen.

Das Fräulein Golondrina del Rosario blickte verständnislos zurück.

»Pferdchen, meine Liebe«, erklärte sie oberlehrerhaft, »ist einer der vielen Ausdrücke, den die Männer für Frauen vom Gewerbe benutzen.«

In Golondrina del Rosario erloschen jählings alle Lichter, die sie von innen hatten strahlen lassen. Von den eigenen romantischen Vorstellungen umnebelt, hatte sie keinen Gedanken daran verschwendet, dass der Lauterkeit ihrer Liebe irgendeine Gefahr drohen könnte, schon gar nicht aus dieser Richtung. Denn obwohl er sich damals, als sie ihn kennenlernte, gerade auf der Flucht aus einem solchen Etablissement befand, war ihr nie in den Sinn gekommen, ihr wandernder Trompeter, der so schön war, immer so strahlend, könne etwas mit solchen Frauen haben.

Als Bello Sandalio in der Nacht erneut über die Mauer sprang und an ihr Fenster klopfte, erwartete sie ihn mit einer Frage, die als ein flatterndes Etwas hinter ihren Lippen ins Freie drängte. Sie hatte mehr Parfüm aufgetragen, als die guten Sitten empfehlen, sich die Lippen im kräftigsten Rot bemalt, das sie an den Verkaufsständen in der Einkaufsstraße finden konnte, und ein großer Strauß frischer Blumen schmückte ihr Schlafzimmer, das so trüb und armselig gewesen war, ehe er es mit seinem Lächeln und seiner Trompete verzaubert hatte. Sobald er ihr die Gelegenheit gab, zwischen Kuss und Kuss Atem zu schöpfen, sah sie ihm in die Augen und ließ zitternd, eifersuchtsschwer ihre Frage frei:

»Stimmt das? Gehst du zu diesen Mädchen?«

»Zu welchen Mädchen?« Er küsste weiter ihren Hals und biss ihr aufmunternd in die schönen, durchscheinenden Ohren.

»Zu diesen … leichten«, stammelte sie errötend.

»Als Mädchen sind die meisten leicht, schwer werden sie dann später«, sagte er und leckte jetzt mit der rauen Spitze seiner Katzenzunge die festen Beeren ihrer Brüste.

»Bitte, mach dich nicht lustig über mich«, sagte sie.

Da sagte Bello Sandalio mit einem Ernst, der zu feierlich geriet für den spöttischen Glanz in seinen Augen, er wisse zwar nicht, wo zum Teufel sie das herhabe, aber er könne ihr bei seiner Mutter schwören, dass, sollte er je in seinem Leben als fahrender Musiker bei einem dieser Frauenzimmer gewesen sein, das geschehen war, bevor er die umwerfendste Frau auf Erden getroffen hatte. »Jetzt zählst nur noch du in meinem Leben«, sagte er. Und wiederholte ihr das in den kommenden Nächten in ihrem Schlafzimmer so oft, schwor ihr so viel Liebe und liebte sie mit so leidenschaftlichem Überschwang, dass ihre Furcht, er könne sie vielleicht nicht ehrlich gernhaben, rasch verflog; so rasch und so restlos, wie bei ihm die Angst wuchs, er werde sich am Ende noch wie ein Schwachsinniger in diese unglaubliche Frau verlieben.

Heftig zerrte die Leidenschaft Nacht für Nacht an Bello Sandalio, und so unbedingt wollte er bei dieser Frau sein, dass seine Freunde von der Literkapelle ihn schon »Das Gespenst vom Gato Flaco« nannten. Zum einen wegen der leichenhaft eingefallenen Wangen, die sein tolles Liebestreiben bei Tagesanbruch nach sich zog, und außerdem weil dieser gottverdammte Trompeter jedesmal, wenn sie nach ihrer bekannten Runde durch die Kaschemmen, »die gerade am Wegesrand liegen«, wie Gine Maturana das nannte, auf seinen ausdrücklichen Wunsch zu einem letzten Glas im Gato Flaco landeten, kaum dass sie sich an ihren angestammten Tisch gesetzt hatten, wie von Geisterhand verschwand und erst zwei oder drei Stunden später in ihrer Mitte wieder Gestalt annahm, wenn der Morgen den hohen Himmel über der Wüste bereits in Pastellfarben tauchte.

Nach dem Tee erwartete Bello Sandalio das Fräulein Golondrina del Rosario zur Vorabendvorstellung makellos gekleidet am Eingang zum Lichtspielhaus. Noch nicht restlos von den Verheerungen seines Nachtschwärmerlebens erholt, verbarg er seine Müdigkeit nach Kräften hinter seinem breitesten Schlachtschifflächeln und plauderte sehr galant und aufgeräumt mit ihr, bis die Vorstellung begann. Dann machte er sich mit den letzten, im Bronzeglanz seiner Trompete gefangenen Sonnenstrahlen munter pfeifend auf den Weg zur Probe.

Nach der Spätvorstellung und ehe er mit seinen Freunden zur Tour durch die Kneipen aufbrach, erwartete Bello Sandalio sie im fahlen Schein der Straßenlaterne vor dem Filmtheater. Von dort gingen sie zusammen bis zu der Ecke, an der sie wohnte, als wären sie nichts als Freunde. Nur an den dunkelsten Stellen auf ihrem Weg ließ das Fräulein Golondrina del Rosario sich an der Hand nehmen. Außer um Filme kreiste ihre Unterhaltung fast immer um musikalische Theorien. Er erzählte von seinen Überlegungen rund um die Trompete; sie davon, wie sich verschiedene Themen am Klavier umsetzen ließen. Er schwärmte ihr von King Oliver vor, »dem größten Trompeter unserer Zeit«; sie erzählte von der melancholischen Genialität Chopins (»Gott muss auch schwindsüchtig sein«, sagte sie einmal). Sie verglich gern Stile; ihm ging es mehr um den unterschiedlichen Klang. Er sagte, im Klang werde das tiefste Innere des Musikers deutlich; und erzählte begeistert, jeder Klang besitze für ihn eine eigene musikalische Botschaft. An einem Abend behauptete er, er könne die Klangfarbe jeder quietschenden Tür heraushören. So sehr liebe er die Klänge.

»Deshalb war auch das erste Wort, das ich gelernt habe, nicht Mama«, sagte er.

»Sondern?« Sie war stehen geblieben.

»Traritrara!«

Den Rest des Wegs gingen sie lachend und hielten sich fest an der Hand.

Wenn ihm die winterliche Kälte vor dem Kino zu sehr unter die Kleider kroch, wartete Bello Sandalio nicht unter der Straßenlaterne an der Ecke, sondern schlüpfte ins Kino und sah sich noch den Schluss der Vorstellung an. Auf dem Heimweg lobte er dann mit der schnörkellosen Aufrichtigkeit von einem, der selber Talent hat, jedoch mit der Hingabe und poetischen Sprachgewalt von einem, der vor Liebe närrisch ist, die Klänge, die sie dem Klavier entlockt hatte. Dass sich ihre Kadenz in dieser einen Szene angehört hatte wie eine zerbrechliche Folge von Tönen aus Glas. Oder in dieser anderen, da habe es geklungen wie das perlende Sprudeln eines klaren, gehaltvollen Getränks.

Am Dienstagabend bat sie ihn nach der Vorstellung, mit ihr in den Club zu gehen, weil sie für das Konzert zu Ehren des Präsidenten proben musste. Der Apotheker hatte sie wissen lassen, »Seine Exzellenz der Präsident der Republik, General Don Carlos Ibáñez del Campo« – zum Spaß wiederholte sie ihm den gesamten Rattenschwanz von Titeln und Namen, die der Apotheker gebraucht hatte – werde in einer Woche im Ort erwartet. Also musste sie sich ans Üben machen.

Der Club war um diese Zeit fast menschenleer. Sie schlossen die Tür des Nebenzimmers ab, und nach zwei Stücken von Chopin war Bello Sandalio so hingerissen von ihrem Spiel und ihren facettenreichen Klängen, dass er sie bestürmte, doch einmal etwas zusammen zu spielen, etwas Neueres.

»Fang du an, ich steige ein«, sagte sie aufgeregt.

Als sie ihren Onestepp beendet hatte, hob Bello Sandalio sie hoch und bedeckte ihr Gesicht mit Küssen. Er war sichtlich beeindruckt davon, was diese zarte Frau ihrem Instrument entlockte.

»Am Klavier bist du ein Vollblut!«, sagte er.

Dann erzählte er ihr von Ferdinand Joseph La Menthe, in Jazz-Kreisen besser bekannt unter dem Namen

Jelly Roll Morton. Zwar habe er irgendwo gelesen, der Kerl sei ein Angeber und Hochstapler, der sich angeblich sogar zum Erfinder des Jazz erklärt hatte, aber am Klavier sei er ein Genie. »Du wärst begeistert von ihm«, sagte er. Und dass ihm in irgendeiner der vielen Absteigen, in denen er in den letzten Jahren gewohnt hatte, die einzige Schallplatte abhandengekommen war, die er je von Morton hatte auftreiben können, die Aufnahme von einem brillanten Klaviersolo, ein echtes Kleinod. Dasselbe passiere ihm auch mit seinen Jazz-Zeitschriften: immer ließ er sie irgendwo in einem schäbigen Pensionszimmer liegen.

Danach küssten sie sich stürmisch zwischen Präludien und Nocturnes und erzählten einander lange von ihrem Leben. Gegen Ende der Nacht gab sich das Fräulein Golondrina del Rosario, überglücklich und von Sinnen vor Leidenschaft, auf dem dicken, rosenholzfarbenen Teppich in dem kleinen Nebenzimmer des Clubs hin. Als Bello Sandalio sie verließ, konnte sie es schlicht nicht fassen, zu welchen Verrücktheiten sie aus Liebe fähig war. »Je größer die Leidenschaft, desto kleiner das Schamgefühl«, hatte sie einmal sagen hören. Sie kam sich vor wie ein goldener Falter, der tollkühn ins lodernde Licht einer Flamme fliegt.

Am Mittwoch druckte *Die Stimme der Wüste* erstmals eine Bestätigung für die Rundreise des Präsidenten durch den Norden des Landes. Sein Halt in Pampa Unión wurde für den kommenden Mittwoch, den 7. August, angekündigt. Im selben Artikel war auch von dem Memorandum die Rede, das zur Zeit verfasst wurde, die vordringlichsten Begehren der Stadt auflistete und dem obersten Vertreter der Regierung überreicht werden sollte. »Sind wir doch fest davon überzeugt«, so die Zeitung, »dass der Präsident Chiles nicht im Bilde ist über die Nöte, die nicht allein die Gemeinde Pampa Unión plagen, sondern jeden Einzelnen der wackeren Männer, die in der Salpeterindustrie unseres Landes tätig sind.« Der Artikel schloss mit einem patriotischen Aufruf an alle ehrenwerten Einwohner der Stadt und der umliegenden Salpetersiedlungen, Seiner Exzellenz den gebührenden Empfang zu bereiten.

Am Abend ließ der Apotheker die Probe der Kapelle unterbrechen: die Musiker sollten sich umgehend im Club einfinden. Dort erwartete sie, Bandmaß in der Hand, Kreide hinterm Ohr und einen Ausdruck von dreieckigem Ernst auf seinem Uhu-mit-Monokel-Gesicht, einer der besten Herrenschneider der Stadt. Man werde jedem eine Uniform maßschneidern. Eine dem Anlass angemessene Uniform. Schließlich könnten sie zum Empfang des Präsidenten nicht herumlaufen wie dieser Telefontrottel, sagte der Apotheker. Er meinte den zerlumpten Spinner, der mit dem Hörrohr und der Sprechmuschel eines Telefonapparats durch die Straßen der Stadt lief, in gewichtigem Ton mit dem Präsidenten der Vereinigten Staaten telefonierte, in Santiago um Auskunft über die Zugfahrpläne ersuchte und mit London lautstark über den Wechselkurs des britischen Pfunds stritt.

Als die Musiker wieder im Vereinsheim der Fuhrleute ankamen und eben berieten, ob sie die Probe fortsetzen sollten, tauchte in der Tür die verlotterte Gestalt einer verwachsenen Alten auf. Ihre kleinen, wässrigen Augen blickten unruhig, und an jede Schläfe hatte sie mit Spucke ein Zigarettenpapier gepappt. Sie war auf der Suche nach dem Trommelteufel. Seine Frau liege in den Wehen, sagte sie, und sie und die anderen Nachbarinnen im Hof seien sich einig, dass es die Pflicht und Schuldigkeit von diesem »Herumtreiber« wäre, an ihrer Seite zu sein. Cantalicio del Carmen war gerade auf dem Klo.

Im Nu waren die Musiker sich einig und erklärten die Probe für beendet. Die Hornisten und der Posaunist brachen sofort auf, »um ihre Kehlen zu kühlen«, während Eraldino Lumbrera mit blumigsten Umschreibungen zu verstehen gab, seine kleine Stute erwarte ihn sehnsüchtig wie immer, den Deckel seines Trompetenkoffers schloss und hinter den anderen herstürzte. Bello Sandalio und seine Freunde lachten sich kaputt über den schauspielernden Trompeter (»handlicher Hinterlader«, nannte ihn der Alte mit der Marschtrommel) und setzten sich hin, um auf Cantalicio del Carmen zu warten und ihn nach Hause zu begleiten.

Im Hof waren die Nachbarinnen in heller Aufregung, als sie eintrafen. Im Zimmer des Trommlers bereiteten drei alte Frauen die Schwangere für die Geburt vor. Man rechnete jeden Moment mit Doña Charo, der Hebamme, die unter dem Namen »Adebars Hände« bekannt war. Cantalicio del Carmen setzte sich zu seiner Frau, die sich herumwarf und sich wimmernd auf die Unterlippe biss, und versuchte sie zu beschwichtigen, während seine Freunde draußen vor der Tür hockten wie Fußballer und rauchten, als würden sie Geld dafür bekommen. Nicht weil ihnen wegen der bevorstehenden Geburt die Nerven flatterten, sondern um den bestialischen Gestank des Ziegenbocks zu vertreiben, der neben dem Hühnerstall an seinem Pflock zerrte.

Die Ankunft von Doña Charo ließ die im Hof versammelte Frauenschar aufatmen. Die kleine Alte war dürr wie ein Skelett, hatte lange, rudernde Arme und einen unduldsam herrischen Ausdruck auf dem faltigen Gesicht, und das erste, was sie nach einem kurzen Blick in die Runde tat, war, Cantalicio del Carmen an die Luft zu setzen.

»Wenn die Frau ein Kind bekommt, ist der Ehemann bloß im Weg.«

Nachdem sie der Gebärenden den Puls gefühlt und feierlich ein gutes Gelingen prophezeit hatte, gab sie Anweisung, Wasser zu erhitzen und dem fettesten Huhn im Auslauf den Hals umzudrehen. »Die Mutter braucht zur Stärkung ein kräftiges Süppchen«, sagte sie. Und mit einem geheimnistuerischen Unterton in der schnarrenden Feldwebelstimme erinnerte sie die Nachbarinnen, die ihr zur Hand gingen, daran, einige Federn des Huhns aufzubewahren. Sodann verstopfte sie alle Ritzen und Spalten im Zimmer und predigte dazu, nichts sei schädlicher für einen Kranken als ein böser Geist, und das müsse eigentlich jeder im Schlaf herbeten können wie das Avemaria. In kurzer Zeit war alles bereitet. Und als es dann losging, bedurfte es nur weniger kundiger Handgriffe der Alten, und der Schrei des Neugeborenen flutete durch den Hof.

»Ein hübscher Bub!«, verkündete die Hebamme.

Nachdem sie das Kind »am Leben festgemacht« hatte, verbrannte und pulverisierte sie zwei Federn des geschlachteten Huhns und bestreute den Nabel des Neugeborenen mit dem Pulver.

»Zum Trocknen ist nichts besser!«, sagte sie.

Zuletzt band sie sich die Haare mit einem Seidentuch nach hinten und ließ den Ehemann ins Zimmer. »Wenn die Freunde auch kommen möchten, sollen sie kommen«, sagte sie, »aber nur eine Minute.« Dann bat sie, ihr einen Mate-Tee aufzugießen, drehte sich ein Tabakblatt zurecht und setzte sich für eine Plauderei über Gott und die Welt neben die blasse Wöchnerin.

Als sie nach einer Weile sah, wie Cantalicio del Carmen, der den Kleinen im Arm gehalten, geküsst und dann wieder abgegeben hatte, sinnlos im Zimmer herumwanderte und zu seinen Freunden hinschielte, tauschte sie einen vielsagenden Blick mit der Wöchnerin und meinte, wenn der Ehemann feiern wolle, dann solle er nur gehen, sie werde noch ein bisschen bei Mutter und Kind bleiben.

»Sieht aus, als wäre das alles etwas viel für den Mann«, sagte sie.

»Man muss über den Schlaf des Kleinen wachen«, sagte Cantalicio del Carmen, der Augen wie ein geköpftes Lamm bekam, sobald er zu dem Kind hinsah. »Auch wenn die liebe Jungfrau diesmal bestimmt ein Wunder tut und mir für viele lange Jahre meinen Sohn erhält.«

Dann sagte er an Candelario Pérez gewandt, der in sich gekehrt etwas abseits bei den Teufelsmasken stand, seinen ersten Sohn habe er Gabriel, den zweiten Miguel genannt und den dritten, also diesen, habe er eigentlich Rafael nennen wollen. Aber jetzt war ihm, als wären all die Erzengelnamen vielleicht schuld daran, dass seine Kinder sich so schnell in den Himmel aufgemacht hatten. Und deshalb wollte er den Jungen nicht mehr Rafael nennen, sondern ihm lieber einen Namen ganz von dieser Welt geben, von jemand, der viele Jahre gelebt hatte und, das natürlich auch, sein Freund war.

»Ich möchte, dass er Candelario heißt«, schloss er. »Und dass Sie, Don Candelario, sein Pate sind.«

Der alte Kriegsveteran hatte vor Rührung einen Frosch im Hals und nickte nur stumm.

Um die sentimentalen Schwaden zu verscheuchen, die den Raum süßlich zu vernebeln drohten, sagte Bello Sandalio zu der Frau im Wochenbett, sie solle Gott danken, dass ihr Mann nicht den jungen Beckenspieler hier als Namensgeber ausgesucht hatte. Alle lachten, aber der Wöchnerin, die um das Namensdrama des Musikers wusste, gelang nur ein nachsichtiges Lächeln.

Da sie einen so guten Grund zum Feiern hatten, tranken die Freunde in dieser Nacht mehr als in allen vorangegangenen. Gine Maturana war als einer der ersten besoffen, zeigte mal wieder, wie nah er am Wasser gebaut hatte, und weinte mehr denn je um die Möpse seiner geliebten Minenladenverkäuferin. In einer der Kneipen auf ihrer Runde meinte er plötzlich, er müsse sich mit ein paar Kerlen in Ponchos anlegen, die an einem Tisch in einer Ecke schweigend beim Würfelspiel saßen. Gefährlich schwankend baute er sich vor ihnen auf und lallte vernehmlich, sein Name sei Aubergine, und wenn das irgendeinem Spatzenhirn hier nicht passe, dann solle der mit den Geiern hinterm nächsten Berg Scheiße fressen.

Der Kneipenwirt kam zu den Musikern an den Tisch und riet ihnen leise, ihr Kollege solle sich besser wieder hinsetzen.

»Die sind mit Freund und Spritze unterwegs«, sagte er.

»Das heißt?«, fragte Tirso Aguilar mit Unschuldsmiene.

»Das heißt, sie haben Messer und Pistolen dabei!«, kam Bello Sandalio dem Wirt mit der Antwort zuvor. Und er stand auf, packte den Beckenspieler am Arm und zog ihn weg von dem Tisch.

Der Klapphornist wiederum stürzte sich an diesem Abend ins wilde Leben, trank von den fünfen am wenigsten, tanzte dafür am meisten und küsste, was das Zeug hielt. In weniger als drei Stunden hatte er in vier verschiedenen Bordellen vier verschiedenen wie die Apachen angemalten Huren ewige Liebe geschworen und um ihre Hand angehalten. Aufgekratzt wie nie zuvor, begoss Candelario Pérez das freudige Ereignis die ganze Nacht mit »Sprit«, wie er den Tresterschnaps nannte, hielt seinen Patenfreund Cantalicio im Arm und wiederholte ihm sabbernd, sein kleiner Namensvetter werde auf keinen Fall einer von diesen Armleuchtern, die zu doof seien zum Breiessen. Niemals!

Den Trompeter kribbelte es beim Gedanken an Golondrina del Rosario in den Lenden (er hatte sie nach der abendlichen Kinovorstellung nicht sehen können), und er stieg in vier aufeinander folgenden Kaschemmen auf die Tische und spielte, ehe sie schließlich im Gato Flaco landeten. Dort wurde er wie üblich bald nach den ersten Schlucken von der Tür mit dem silbernen Sternchen geschluckt.

Als Bello Sandalio bei Tagesanbruch von seinem amourösen Ausflug wieder zurück war, trat ein Mann in den Salon, der ihn mit großem Hallo begrüßte. Es war Pancho Regalado, und Bello Sandalio bat ihn an ihren Tisch und stellte ihn seinen Freunden als den tapfersten und heldenmütigsten Hausierer der gesamten alten Atacama-Wüste vor. »Der hat eine Haut, die ist trockener als Mumienspucke«, flüsterte Gine Maturana hinter vorgehaltener Hand. Bei Sonnenaufgang lud Pancho Regalado alle zu einem Horn voll Stierblut in seinen Schachthof ein.

Um diese Zeit herrschte in den Schlachthöfen der Stadt Hochbetrieb. Auf einen Wink von Don Pancho wurde einem schwarzen Stier ein Messer in die Halsschlagader gerammt, das dicke dampfende Blut, das herausschoss, in mehreren Trinkhörnern aufgefangen und den Besuchern gereicht. Unter den Männern der Salpeterwüste war es Sitte, vor dem Frühstück ein Horn voll Blut zu trinken, um wieder zu Kräften zu kommen. »Stark wie die Stiere werden die Musiker«, sagten die Schlachter augenzwinkernd. Tirso Aguilar wurde ganz flau, nachdem er sein Horn mit dem roten Seim in einem Zug hinuntergestürzt hatte.

Sie hatten den Schlachtern eine Weile bei der Arbeit zugesehen, als jemand zu Pancho Regalado sagte, ihm komme es vor, als jagte der dort hinten, dieser Junge mit dem gequälten Gesicht und dem harten Blick, seinen Dolch mit reichlich viel Zorn in die Tiere. Der ehemalige Hausierer erzählte, dass der Vater des Jungen erst vor zwei Monaten von einem Stier getötet worden war. Er hatte an einem Montagmorgen, als ihm die Hand noch vom Suff der vergangenen Nacht zitterte, das Herz eines schwarzen Stiers knapp verfehlt, und als er zu ihm trat, hatte das totgeglaubte Vieh ihm in einem letzten wilden Aufbäumen das Horn tödlich in die Brust gerammt.

Die Geschichte gab Tirso Aguilar den Rest. An eine Mauer gelehnt wurde er das getrunkene Stierblut bis auf den letzten Tropfen und den größten Teil des Alkohols der vergangenen Nacht wieder los.

14

Als die Wirtin der »Blüte der Mädchen« an Bello Sandalios Tür klopfte und sagte, draußen warte Yemo Pon auf ihn, war es halb vier am Nachmittag. Der Trompeter, der seinen Rausch für gewöhnlich bis zur Teestunde ausschlief, hatte einen fürchterlichen Kater und den Geschmack von Alteisen im Mund. Schwerfällig kam er auf seiner Matratze hoch und knurrte der Bolivianerin, die ihren Kopf zur Tür hereinstreckte, entgegen, wenn dieser chinesische Lausebengel ihm nicht mindestens mitzuteilen hätte, dass er die fünfundzwanzigtausend Goldpfund der Lotterie von Concepción gewonnen hatte, dann würde er ihm gleich hier den Hals umdrehen. »Genau wie die alten Mandarin, die den Boten eigenhändig abgemurkst haben, wenn die Nachricht ihnen nicht passte.«

Crimilda Condori de Pletikobic blieb ein Weilchen in der Tür stehen und blitzte ihn mit ihren dunklen Augen spöttisch an, drehte sich dann um und zog, sich in den Hüften wiegend und genießerisch *La cachalagua* trällernd, von dannen. Sie hatte das Lied gerade erst gelernt, und durch ihren bolivianischen Akzent bekam es eine Würze, die alle im Haus entzückte (sie trug es schon den ganzen Tag singend durch die Flure). Betäubt von ihrem Parfüm, das satt in der Luft seines Zimmers hing, überlegte Bello Sandalio, wie es wohl wäre, wenn diese ehemalige Cabaret-Tänzerin nur etwas weniger kastig in der Taille … Er grinste in sich hinein. Tatsächlich war die Frau witzig. Einmal hatte er sie frühmorgens, als er von einer Sauftour zurückkam, gefragt, warum sie sich Diavioleta Divina als Künstlernamen ausgesucht hatte. Worauf sie entgegnete, aus demselben Grund, aus dem Pola Negri sich Pola Negri nannte. Ob er denn nicht wisse, dass die Schauspielerin im richtigen Leben Apolonia Chavulez hieß? »Mit dem Namen hätte die Ärmste ja keinen Augenaufschlag hinbekommen«, sagte sie kokett.

Yemo Pon war den ganzen Vormittag um die Gebäude der Bahnstation herumgestreift und hatte auf den Zug gewartet. Heute sollte ein Freund von ihm heimkommen. Der hatte zum ersten Mal mit seinem Vater (einem Kurier, der Pakete, Briefe und mündliche Nachrichten nach Antofagasta und zurück brachte) in die Hafenstadt fahren dürfen, um das Meer zu sehen. »Du musst es dir genau anschauen und es mir dann erzählen«, hatte Yemo Pon ihm aufgetragen.

An den Zugtagen verwandelte sich die Bahnstation von Pampa Unión in einen buntscheckigen Gemischtwarenmarkt. Durchs Gewühl der Wartenden auf den Bahnsteigen gellten die Rufe der weißbeschürzten Frauen, die ihre Ware anpriesen, fliegende Händler schrien sich die Seele aus dem Leib, Schlangenbeschwörer schwatzten die Umstehenden schwindlig, Fotografen warteten mit falschen Pferdchen auf echte kleine Reiter, und immer verkaufte ein Leierkastenmann mit einem Äffchen im Streifenhemd irgendwo Glückslose. Und dann gab es noch ein stets wechselndes Bestiarium kurioser Personen – kein Mensch wusste, wie und woher die wann kamen –, die ihren Reibach mit den neuesten findigen Spielen machten, mit unglaublichen Apparaten, die sie weiß der Kuckuck wo aufgetrieben hatten, und sogar mit der einen oder anderen atemberaubenden Neuheit, die ihrem eigenen Einfallsreichtum zu verdanken war.

Yemo Pon hatte alle seine Münzen für eine Art tragbares Kino ausgegeben, das ein kleines Männlein aus einem alten Ölfass und anderem Schrott zusammengebaut hatte. Darin konnte man in verwaschenen Bildern Duelle von Revolverhelden, sich prügelnde Cowboys und Cancan-Tänzerinnen ansehen, die ihre Beine so hoch warfen, dass man die Strapse sah. Szenen, die Yemo Pon nicht nur hundertmal in den Filmen im Arbeiterlichtspielhaus gesehen hatte, sondern von klein auf von den Straßen und Etablissements der Stadt kannte. Mit seinen Freudenhäusern und Straßenprügeleien erinnerte Pampa Unión stark an eine Stadt aus einem Cowboyfilm.

Als der Zug sich in der Ferne mit einem Pfiff ankündigte, betrachtete Yemo Pon gerade gebannt die Gesichter der Unerschrockenen, die einen neuartigen Apparat ausprobierten – die Sensation des Tages. »Wunder der Elektrizitätsmaschine«, versprach ihr Besitzer großspurig. Wer sich traute, bezahlte eine Münze, umfasste dann mit beiden Händen ein Metallrohr, und der komische Vogel – ein Ausländer mit schlaffem weißem Haar, Reitstiefeln und einem breitkrempigen Cowboyhut, der behauptete, ein Großneffe von Thomas Alva Edison zu sein – schickte über eine kleine Handkurbel Strom in das Rohr, worauf der Freiwillige groteske Grimassen schnitt.

Kaum war sein Freund aus dem Zug gestiegen und hatte ihn in der Menschenmenge erspäht, löste er sich von der Hand seines Vaters, lief zu ihm und plapperte los, in der Stadt, da seien sie in einem Zirkus gewesen, in einem mit Tieren, und da sei ein Löwe aus Afrika gewesen, sooo groß und mit sooooo einer riesigen Mähne, und der wollte nicht durch einen brennenden Reifen springen und ist auf den Dompteur losgegangen und hat den Dompteur mit seinen Krallen zerfetzt, vor allen Leuten.

Als Yemo Pon nach dem Meer fragte und sein Freund eben anhob, ihm mit den Armen anschaulich zu machen, wie hoch und wild die Wellen des Pazifischen Ozeans waren, sah er Felimón Otondo aus dem Speisewagen steigen, den berühmtesten Halbschwergewichtsboxer von Pampa Unión.

Haare wie ein Gaul, zerprügelte Nase, große verbogene Ohren, in der einen Hand ein gewaltiger Koffer, in der anderen eine Bierflasche, stieg der Boxer aus dem Waggon. Im Vorübergehen nickte er mit betrunken glasigem Blick ein paar Bekannten zu, nahm einen letzten langen Schluck aus der Bierflasche, warf sie zwischen die Bahnschwellen und machte sich mit behäbigen Faultierschritten, kleine Staubwolken aufwirbelnd, zu Fuß auf den Weg in die Stadt. Yemo Pon sah ihm eine Weile nach, wie er sich unter der hochstehenden Sonne entfernte: Sein Rücken war so breit wie die Salpetersäcke auf den Güterzügen, und sein schwankender Gang erinnerte an einen Zirkusbären.

Und deshalb war Yemo Pon in die Pension gekommen: um seinen Freund zu warnen, um ihm zu sagen, dass er aufpassen musste, weil nämlich gerade der Verlobte vom Fräulein Golondrina del Rosario heimgekommen war. Und nur falls der Trompeter mit den Flammenhaaren das nicht wusste: Der Verlobte vom Fräulein war Boxer, ein echter Brutalo. Der hatte Hände, so groß wie die Geröllschaufeln der Abraumarbeiter, und einen Schlag, so hart wie der Tritt von einem Esel. Er hatte ihn im Ring kämpfen sehen und auch ganz oft auf der Straße, bei den chilenischen Kämpfen gegen mehrere Gegner gleichzeitig.

Mit gerunzelter Stirn fragte Bello Sandalio nach, woher er denn wisse, dass das der Verlobte vom Fräulein Golondrina war.

»Weil der früher nach der Vorstellung auf sie gewartet hat«, sagte Yemo Pon.

Und fügte dann mit einem spöttischen Zwinkern seiner kleinen Schlitzaugen hinzu:

»Auch wenn ich nie gesehen habe, dass sie den Boxer so ansieht wie dich.«

Die beiden saßen auf der Veranda vor der Pension und kamen jetzt auf Filme und auf den Zirkus zu sprechen. Yemo Pon erzählte von dem afrikanischen Löwen, der den Dompteur getötet hatte.

»Vor Tieren muss man sich in Acht nehmen; aus heiterem Himmel werden bei denen die menschlichen Instinkte wach«, sagte Bello Sandalio wie zu sich selbst, und ein Schatten huschte über sein Gesicht.

Und als der Junge ihn fragend ansah, setzte er ein Grinsen auf, erhob sich eilig und klopfte ihm zum Abschied auf die Schulter. Doch dann fiel ihm der leuchtende Ballon wieder ein, den er neulich nachts über den Dächern gesehen hatte, und er fragte danach.

»Die sind von meinem Onkel Lan«, sagte Yemo Pon.

»Ich dachte mir doch, dass du so was erwähnt hast«, sagte der Trompeter. Und wollte mehr über den famosen Onkel wissen.

Der Onkel von Yemo Pon war ein alleinstehender hagerer Chinese, schlecht angezogen und mit langen Haaren. Er war wortkarg und rätselhaft, manche sagten verrückt, und hieß in der Stadt nur »der Chinese mit den Drachen«. Zum 10. Oktober, dem China-Tag, bastelte er immer ausgeklügelte Flugobjekte, bunte Schlangen und schuppige Drachen, die er zum Entzücken der Kinder steigen ließ. In letzter Zeit hatte er sich auf die Fertigung von Ballons verlegt, die mit Hilfe von Kerzenstummeln leuchteten und sich in die Lüfte erhoben. »Meine Mutter sagt, Onkel Lan ist ein Nichtsnutz«, sagte Yemo Pon. Weil sein Onkel nämlich nicht wie die anderen Leute aus China davon träumte, reich zu werden. Er fuhr nur vormittags ein paar Stunden Trinkwasser aus, das er in Eimern aus den Tanks an der Bahnstation holte. Und in der übrigen Zeit bastelte er Papierdrachen, Ballons, Windräder und alles, was man fliegen lassen konnte. »Er ist mein Lieblingsonkel«, sagte Yemo Pon stolz. Und als er im selben Atemzug weitere Einzelheiten aus dem ruhmreichen Leben seines Onkels berichten wollte, klopfte der Trompeter ihm noch einmal auf die Schulter und sagte, für heute hätten sie genug geplaudert, die Kapelle würde gleich proben.

»Die Literkapelle!« Yemo Pon lachte.

Wieder in seinem Zimmer, legte Bello Sandalio sich aufs Bett und dachte darüber nach, wie das Leben so spielte. Die gesamte letzte Nacht hatte er sich den Schädel zermartert mit der Frage, wie er seine Dame am Klavier dazu bringen könnte, bei einem Geschäft mitzumachen, das man ihm angeboten hatte, und dann schneite dieser kleine, chinesische Bengel hier herein, der Neffe des Dorftrottels, und lieferte ihm frei Haus die Lösung. Zu dreierlei würde er das vornehme Fräulein Pianistin Golondrina del Rosario überreden müssen: erstens, dass sie sich als Mann verkleidete; zweitens, dass sie auf die Mauer hinter ihrem Haus kletterte und im Hof vom Gato Flaco wieder heruntersprang; und drittens, dass sie ihn drinnen im Bordell am Klavier begleitete und sie gemeinsam bei der privaten Feier von einigen der wichtigsten Gringos des Salpeterunternehmens für Stimmung sorgten, an der auch eine handverlesene Schar von Huren teilnehmen würde, die extra aus Calama und Antofagasta hergebracht wurden. Nichts leichter als das.

Zwei Abende zuvor hatte der Gringo, dem das Gato Flaco gehörte, ihn angesprochen und gefragt, ob er bei dem Fest für die geschlossene Gesellschaft spielen wolle. Seine englischen Landsleute, erklärte ihm dieser langlebige Schweinehund, wollten für eine Nacht von der

Bildfläche verschwinden und vergessen, dass sie hier in dieser Einöde am Ende der Welt ihr Dasein fristeten. Sie verlangten für ihre Party aber mindestens ein Klavier und eine Trompete. Die Bezahlung war astronomisch. In einer einzigen Nacht würde er so viel verdienen wie in drei Monaten bei der besten Blaskapelle oder Jazzband jeder beliebigen Stadt. Natürlich hatte er sofort zugesagt. Nur hatte sich der Barpianist des Lokals, dieser syphilitische Krauskopf, der die ganze Nacht am Stück spielte und dazu rauchte und soff wie ein Freibeuter, dummerweise, als schon alles geregelt war mit der Sause, irgendein Fieber gefangen und lag jetzt mit mörderischem Schüttelfrost im Bett. Der Besitzer vom Gato Flaco hatte ihn angehalten, wo und wie auch immer einen anderen Pianisten aufzutreiben, der Vertrag dürfe auf keinen Fall platzen. Er war zu Jacalito dem Lehrer gegangen, aber der feine Klavierheini mit dem Menuettgetue hatte sich geziert und es rundheraus abgelehnt, auch nur einen Blick in eine dieser »verruchten Lasterhöhlen« zu werfen. Bei den Barpianisten war er auch abgeblitzt: Sie konnten nicht einfach aus ihren jeweiligen Lokalen desertieren; schon gar nicht an einem Samstag; und erst recht nicht, um in einem anderen Lokal zu spielen. Das würde bei den Bordellbesitzern nicht gut ankommen, und deren Schläger waren nicht zimperlich. Selbst »Orlacs Hände«, der als Barpianist und Rausschmeißer im schäbigsten Bordell der Stadt arbeitete, hatte seine haarigen Pranken gehoben und gesagt, er solle dahin verschwinden, wo er hergekommen war, und dort die Geier ficken.

Weil die Dinge nun einmal so standen und er sich diesen Batzen Geld auf keinen Fall entgehen lassen wollte, war Bello Sandalio schließlich zu der Überzeugung gelangt, dass er Golondrina irgendwie überreden musste. Erst schien ihm das eine Schnapsidee, aber je länger er darüber nachdachte, desto klarer wurde ihm, dass er keine andere hatte. Und als er noch hin und her grübelte, mit welchem kaltschnäuzigen Kunstgriff oder Liebhabertrick er seine Herzdame am Klavier überreden konnte, schickte ihm der Himmel diesen chinesischen Einfaltspinsel, und der servierte ihm die Lösung auf dem Silbertablett. Klar, er würde ihr mit der Eifersuchtsnummer kommen! Er würde das Opfer mimen! Die Karte vom betrogenen Liebhaber stach immer! Ach, das Fräulein war also verlobt und hatte ihm nichts gesagt? Er hätte ja nie geahnt, wie hinterhältig und falsch manche Frauen sein konnten; schmerzlich müsse er erkennen, dass ihre Liebesworte lauter Lügen gewesen waren. Ja, selbst die Verse, die sie ihm so romantisch nach der Liebe ins Ohr flüsterte, die hatte sie bestimmt schon wer weiß wie oft auch dem anderen gesagt. Was hatte er sich eingebildet, lieber Gott … sein armes Herz, so tief verletzt … ihre falschen Liebesschwüre … nur ein wahrhaft großer Beweis ihrer Zuneigung … er grinste in sich hinein. Wenn er etwas von den Frauen verstand, dann würde er sie auf diese Weise am Ende dazu bringen, schließlich war ihm das auch gelungen, als sie die Sache mit den Freudenmädchen aufs Tapet brachte. Er würde heute Abend lediglich etwas früher als sonst über die Mauer zu ihr springen müssen. Da Samstag war, musste er sich wegen ihres Vaters keine Gedanken machen. Er wusste – die ganze Stadt wusste –, dass der ach so sittsame Barbier sich samstags mit der feurigen Witwe aus der Molkerei in seinem Laden einschloss.

Nach seinem Besuch bei dem Trompeter machte sich Yemo Pon auf den Weg zum Arbeiterlichtspielhaus. Die Werbetafeln standen gewiss schon bereit. Um diese Stunde am Nachmittag herrschte in den Straßen von Pampa Unión eine rege Betriebsamkeit, und ein ahnungsloser Fremder hätte das hier für ein geschäftstüchtiges, aber weitgehend friedliches Städtchen halten können. Doch er wusste es besser. Auf seinen täglichen Spaziergängen als wandelnde Filmwerbung hatte er mehr als einmal gesehen, wie einer mit aufgeschlitztem Bauch im Staub lag oder mit einem Einschussloch in der Brust, aus dem das Rot quoll wie aus einem aufgebrochenen Granatapfel. Erst vor drei Wochen hatte er am helllichten Tag beobachtet, wie zwei fette Huren splitterfasernackt mitten auf der Straße aufeinander losgegangen waren, jede einen abgebrochenen Flaschenhals in der Hand. Und dabei sagten alle, dass die Stadt auf dem absteigenden Ast war, kein Vergleich dazu, wie sie noch vor ein paar Jahren gewesen war. Wie gern hätte er sie da gekannt. Manchmal lag er morgens wach, wenn seine Mutter von der Arbeit kam, und hörte sie mit den Männern, die sie heimbrachte, von den alten Zeiten schwärmen, als die unerschrockenen Mannskerle der Wüste für den Blick einer Frau noch heldenhaft töteten und sich töten ließen und sich zudem in den Abtritten der Bars den Hintern mit richtig großen Scheinen wischten, die von den Barmädchen dann morgens nach dem Zusperren haufenweise aus der Scheiße geklaubt, sorgfältig im Waschtrog eingeweicht, fein säuberlich ausgewaschen und zum Trocknen an die Wäscheleine gehängt wurden. Er selber erinnerte sich an einen Abend, das musste in den letzten fetten Jahren gewesen sein – er war vielleicht fünf, sechs Jahre alt –, da konnte er in einer dunklen Ecke im Hof einen Peso nicht wiederfinden, der ihm runtergefallen war, und ein besoffener Bergmann fragte ihn erst, warum er denn so erbärmlich flenne, zückte dann einen Zehn-Peso-Schein, zündete ihn an und half ihm in dem flackernden Licht beim Suchen.

Auf der Höhe der Zeitungsdruckerei kam Yemo Pon auf die Idee, abzubiegen und noch kurz beim Fräulein Golondrina del Rosario vorbeizuschauen. Die Nachricht, dass Felimón Otondo wieder in der Stadt war, bot einen guten Vorwand, um eine Weile bei ihr zu sitzen und ganz aus der Nähe ihr köstliches Parfüm zu riechen. Ihr Parfüm war das köstlichste, was er je gerochen hatte. Außerdem würde ihm der Vater des Fräuleins bestimmt umsonst die Haare schneiden, das tat er nämlich immer. Don Sixto Pastor war nicht wie der andere Frisör, der seinen Laden nah bei dem Hof hatte, in dem er wohnte. Das war so ein grätiger Alter mit Stielaugen, der die Kinder wegjagte wie Geschmeiß und Chinesen die Haare nicht schnitt, weil das angeblich Unglück brachte. Seinen Onkel Lan hatte er einmal wie einen Hund aus dem Laden gejagt. »Einem Chinesen die Haare schneiden bringt sieben Jahre Armut«, hatte er behauptet und ihn raus auf die Straße geschubst. Seitdem ging sein Onkel nicht mehr zum Haareschneiden. Als er das Don Sixto Pastor erzählte, hatte der geschnaubt, ein paar von seinen Kollegen hätten ihr Handwerk nicht nur im Kittchen gelernt, sie seien noch dazu kreuzdumm und abergläubisch und würden, um ihre Kunden zu binden, ihren Laden ausräuchern wie einen Puff und sich ein Sammelsurium von Haarsträhnen anlegen, zusammen mit einem Wust von Kreuzen, Ziegenzähnen und Hexenkräutern.

Sixto Pastor Alzamora war gerade aus seiner Siesta erwacht, als die Gestalt von Yemo Pon wie hingezaubert vor ihm auftauchte und fragte, ob »das Fräulein Tochter« daheim sei. Mit dem sozialistischen Roman im Schoß – einige Passagen las er immer wieder, um, wie er sagte, seinen Glauben an die Emanzipation des Proletariats zu stärken –, räkelte er sich lange auf dem Stuhl.

»Der Kinobetreiber schickt mich«, log Yemo Pon, als Don Sixto ihn schließlich fragte, worum es denn gehe, wenn man das einmal erfahren dürfe.

»Danach kommst du her und lässt dir diese Eselzotteln schneiden«, sagte er, gab ihm einen Klaps und sagte, seine Tochter sei im Musikzimmer. Und er solle anklopfen, wie es sich gehört, vor dem Eintreten!

Ehe er reinging, blieb Yemo Pon einen Moment vor der Tür stehen und linste durch die ins Glas geschliffenen Schwäne. Um diese Zeit gab das Fräulein Golondrina del Rosario ihren Vortragsunterricht. Eine Schülerin mit blonden Zöpfen sagte gerade ein paar Verse auf über ein kleines schwarzes Mädchen mit Zähnen, weiß wie Milchbrei, das mit den Engeln spielte. Das Fräulein unterbrach den Vortrag dauernd, und erklärte schrill, es gebe neben der Ausdruckskraft der Stimme, der Sprache der Hände und der Mimik des Gesichts auch grundsätzlich so etwas wie Körperhaltung. Wenn man etwa traurig war (das Fräulein machte ein sehr hübsches trauriges Gesicht), dann ließ man nicht nur die Schultern und den Kopf hängen, dann musste sich der gesamte Oberkörper wie unter dem Gewicht einer sehr großen Last leicht nach vorn beugen. Und um Furcht auszudrücken, musste man zurückweichen und sich dabei zart mit den Händen zu schützen suchen (das Fräulein wich zurück und schützte sich dabei zart mit den Händen), während Augen und Mund sich angstvoll verzerrten, die Gesichtszüge bebten (er hätte nicht sagen können, ob das Fräulein mit seinem traurigen oder mit seinem erschrockenen Gesicht hübscher aussah).

Yemo Pon hatte ihr in der letzten Woche schon ein paar Mal etwas von Bello Sandalio ausgerichtet, deshalb unterbrach sich das Fräulein Golondrina del Rosario sofort, als sie ihn hinter der Tür entdeckte. Sie ließ ihre Schülerinnen Körperhaltungen üben und ging zu ihm ins Empfangszimmer. Als sie hörte, warum er gekommen war, war sie enttäuscht. Sie zwang sich zu einem Lächeln, tat, als wäre nichts, und sagte, wie schön, dass Felimón Otondo wieder in der Stadt sei, er sei ja ein so guter Nachbar und auch ein guter Mensch. Dann klappte sie eine kleine Blechtruhe auf, in die ein englisches Schloss gestanzt war, und drückte dem Jungen zum Abschied ein paar knisternde Bonbons in die Hand. »Wir sehen uns im Kino, Yemito«, sagte sie.

Nebenan kicherten die Mädchen, aber das Fräulein Golondrina del Rosario blieb noch einen Moment auf dem Sofa sitzen und träumte mit offenen Augen. Weil sie nämlich heute Nacht eine schöne Überraschung für ihren Engel mit der Trompete hatte. Sie hatte ihm ein Gedicht mit ebendiesem Titel geschrieben, »Mein Engel mit der Trompete«, und das würde sie ihm in der Nacht nicht ins Ohr sagen, wie sie das schon manchmal, wenn die Poesie sie überkam, mit Versen von Bécquer getan hatte. Nein, heute hatte sie etwas anderes vor; sie würde ihn bitten, dass er sich auf die Bettkante setzte wie in die erste Reihe im Theater, und dann würde sie es für ihn aufsagen, im Stehen wie auf einer Bühne, mit all ihrem Gefühl und dem Können der geschulten Vortragskünstlerin.

Das würde aber nicht alles sein, denn wenn ihm das Gedicht gefiele, dann würde sie es am nächsten Mittwoch auf der Kunstseite der *Stimme der Wüste* veröffentlichen, wo die Gedichte von ihren Autoren, Liebhabern der schönen Literatur, ob aus Scheu oder aus übertriebener Bescheidenheit, mit Pseudonym unterschrieben wurden. Unter den gebildeten Leuten im Ort kannte man schon einige Gedichte und Autoren und sprach über die lyrischen Ergüsse von »Bleiches Gestirn«, die leidenschaftlichen Verse von »Nordstern« und die nostalgisch angehauchten Oden von »Wüstenwind«. Alles wahre Dichter, dachte sie, deren Poesie noch im kargsten Wüstengeröll erblühte. Sie selbst dachte natürlich nicht daran, ihr Werk unter einem Pseudonym einzureichen. Sie würde ihr Gedicht mit vollem Vor- und Zunamen unterschreiben und mit ihrem Beruf. Die ganze Stadt sollte erfahren, dass die Liebe endlich an die Tür geklopft hatte bei der Konzertpianistin, Vortragslehrerin und Filmbegleiterin am Klavier, Fräulein Golondrina del Rosario Alzamora Montoya. Alle Welt sollte wissen, dass sie verrückt war vor Liebe.

15

Bello Sandalio bildete sich etwas darauf ein, dass er die Frauen in- und auswendig kannte. Nicht umsonst hatte er sich schon in einem Alter an sie herangetastet, als die meisten seiner Freunde in Iquique noch kurze Hosen trugen und mit Jojos spielten.

Seine Lehrerin im Liebesspiel war eine Witwe gewesen, die er kennenlernte, kurz bevor er sich mit dem Zirkus davonmachte. Im Viertel kannte man sie unter dem Namen »Gitarrenhintern«. Und in einer der sexuellen Phantasien, die das liebeshungrige Weib mit dem damals noch so zarten Jüngling auslebte, verkleidete sie ihn als Banditen. Mit einem Tuch vorm Gesicht musste er heimlich ins Haus schleichen, weiter unbemerkt in den Hof, wo sie unschuldig am Grill hantierte, und sie dort hinterrücks anfallen. Nachdem er ein bisschen an ihr gezerrt und ihr hochgeschlossenes schwarzes Kleid in Fetzen gerissen hatte, sollte er sie ansehen, wie Schufte einen ansehen – die Augen am besten blutunterlaufen –, während er langsam, sehr langsam mit dem Messer ihres verstorbenen Gatten die Träger ihres Korsetts zerschnitt (beim kriminellen Schimmern des Mondlichts auf der Schneide des Messers kam sie zum ersten Mal). Entfesselt, schamlos und völlig außer sich, bat ihn die lustige Witwe sodann, ihr Obszönitäten und unflätige Ausdrücke ins Ohr zu flüstern. Sie ließ sich gern »Fotze« nennen. Danach wollte sie gefesselt und splitternackt auf den Grillrost gelegt werden wie ein Hühnchen – das Netz aus blauen Äderchen in ihrem mondbeschienenen Fleisch verursachte ihm eine leichte Übelkeit. Wenn er sich dann mit zwei ungestümen Handgriffen der eigenen Kleidung entledigt hatte, sollte er seinen Lamberto in die Hand nehmen (die Witwe nannte das männliche Glied beim Namen ihres verstorbenen Gatten) und mit heiserer und drohender Stimme zu ihr sagen: »Gleich zeig ich dir, was gut ist.« Danach hatte er – wie es in den Polizeimeldungen der Zeitung hieß – seine niedersten Instinkte und bestialischen Triebe an ihr zu stillen.

Wenn sie sich dann hinterher dick, milchig und verpappt auf dem Boden räkelte und an einem langen Streifen Grillfleisch nagte, sagte die Witwe, für einen echten Triebtäter sei er doch noch etwas grün hinter den Ohren. Aber nach ein paar weiteren Unterrichtseinheiten werde er besser klingen als diese Trompete, die er überallhin mitschleppte. »Oder besser schneiden als das Messer von meinem Lamberto Mejía, Gott hab ihn selig, und das war ein Mannsbild, der hatte die Eier am rechten Fleck!« Und sie seufzte.

So dass der kleine Bello Sandalio, nachdem er alles gelernt hatte, was es über das Treiben in Betten zu lernen gab, auf Gottes weiten Wegen wandelte und dabei von den phantasievollen Lektionen profitierte, die ihm zwischen den rosigen Hinterbacken erteilt worden waren, die ihn, »einmal nicht aufgepasst, mitsamt Trompete verschlungen hätten«, wie er seinen Freunden gern erzählte. »Seither gehe ich durchs Leben, liebe meine

Trompete und bringe die Frauen zum Klingen«, beendete er den Bericht von seiner Einführung in die Spiele der Liebe und ließ dabei ein polarweißes Grinsen sehen.

Und mit diesem selbstherrlichen Grinsen im Gepäck und vollkommen überzeugt, sein Vorhaben zu einem glücklichen Ende zu bringen, sprang er an diesem Abend etwas früher als sonst in den Hof seiner Dame am Klavier. Er trug einen Stetson auf dem Kopf, einen weißen Schal um den Hals und in der Hand außer der Trompete noch ein Bündel mit einem Paar dunkelroter Schuhe und einem seiner eleganten Nadelstreifenanzüge.

Allerdings hatte Bello Sandalio gar nicht in Erwägung gezogen, ja, er hätte es niemals für möglich gehalten, dass das romantische Fräulein Golondrina del Rosario seiner verrückten Bitte quasi aus freien Stücken nachkam; dass es gar nicht nötig sein würde, ihr den boxenden Verlobten unter die Nase zu reiben. An diesem Abend lernte Bello Sandalio etwas, das er längst hätte wissen sollen: dass eine in Leidenschaft entbrannte Frau, genau wie ein unverbesserlicher Spieler, bedenkenlos alles auf das Blatt ihres Geliebten setzt, und sei es noch so mies.

Kaum war er in ihrem Schlafzimmer, küsste er sie ungestüm. Und sie kam gar nicht dazu, ihm ihr Gedicht vorzutragen, das im Verlauf des Nachmittags dreimal den Titel gewechselt hatte – »Es heißt *Mein wandernder Engel*«, schaffte sie gerade noch zu sagen –, da berichtete er ihr schon mit zerknirschter Miene von seinem Ungemach. Und er hatte noch nicht in allen Einzelheiten dargelegt, wie schrecklich es für ihn war, dass niemand ihn am Klavier begleitete, da umfasste sie schon seine sommersprossigen Hände, bedeckte sie mit Küssen, bemerkte dabei zum ersten Mal, dass sein kleiner Finger genauso lang war wie sein Zeigefinger, und sagte verliebt, wenn sie ihm irgendwie helfen könne, bei Gott, sie würde keinen Augenblick zögern.

»Ich weiß nur nicht wie.« Sie sah ihn betrübt an.

»Aber ich!«, sagte er schnell wie eine Katze, die einen Schatten anspringt.

Und mit einem tiefen Blick in ihre Augen, der ihr im Unterleib kribbelte, legte er ihr den Schal um den Hals, setzte ihr den Hut auf, gab ihr das Bündel mit dem Anzug und küsste sie stürmisch. »Ich liebe dich unendlich«, sagte er.

Mehr musste er nicht sagen und tun, damit das Fräulein Golondrina del Rosario jäh begriff, was ihr Liebster im Schilde führte, erst wie versteinert und von der Enthüllung geblendet dastand und dann sofort bereit war, jedes Risiko einzugehen, alle Schmach und jede Schande auf sich zu nehmen, die dieses Wagnis mit sich bringen konnte.

Dass sie ihm ihre Hingabe so unverhohlen zeigte, brachte den Trompeter kurz durcheinander, er spürte sogar einen Anflug von schlechtem Gewissen. Doch dann sah er ihr gebannt dabei zu, wie sie sich in tiefem Schweigen in einen Mann verwandelte. Er sah, wie sie ihre herzförmigen Goldohrringe abnahm, sich das Rot von den Lippen wischte, ihr schimmerndes Gesicht von Rouge und Reispuder befreite und dann das weiße Hemd und den viel zu weiten Dreiteiler anzog. All das gelassen und selbstversunken. Als sie schließlich die Männerschuhe zugeschnürt hatte und ihr Haar zusammenfasste, um es unter dem breitkrempigen Hut zu verbergen, war ihm, als glitzerte auf ihrer farblosen Wange eine Träne.

Ehe sie aufbrachen, verriegelten sie das Zimmer von innen für den Fall, dass Golondrinas Vater wie sonst manchmal vor dem Schlafengehen noch kurz nach ihr sehen sollte – Bello Sandalio blieb drinnen, schob den Riegel vor und kletterte dann durchs Fenster. Arm in Arm schlichen sie nach hinten in den Hof. Wie in jener Nacht, als Bello Sandalio auf seiner Flucht vor den Polizisten von der Mauer gesprungen war, stand wie ein gewaltiger, mit leuchtendem Blütenstaub gefüllter Ballon der Vollmond am Himmel.

Als Golondrina del Rosario einen Fuß in seine Handflächen setzte wie in einen Steigbügel, um auf das Dach des lila Häuschens zu klettern, und er sie in seinem Anzug, der ihr um den Leib schlotterte, so schön vom Mondlicht beschienen sah, durchschauderte ihn von Kopf bis Fuß eine jähe Zärtlichkeit. Diese feine, empfindsame Frau, die poetisch war wie der Mond, machte diese Verrücktheit allein aus Liebe zu ihm. Er kam sich vor wie ein Wurm. Für einen Augenblick wollte er alles abblasen und wunderte sich zugleich über seine Zögerlichkeit, diese »Nonnenskrupel«, wie solche gefühlsseligen Regungen bei ihm hießen. Sie bemerkte sein Zaudern. Entschlossen verlagerte sie ihr Gewicht in seine Hände, holte Schwung und war auch schon oben auf dem Dach des Häuschens. ›Wenn das so weitergeht, liebe ich sie irgendwann mehr als meine Trompete‹, dachte Bello Sandalio, als er sie dort oben vor dem Hintergrund der Nacht sah. Tatsächlich kannte er sich schon seit einer Weile selbst nicht mehr. Er spürte, dass diese Frau ihm auf der flachen Hand Zucker gab und ihm den Sattel auflegte, und er schnaubte nicht einmal. War er dabei, sein Herz zu verlieren? Schnell kletterte er hinter ihr her, um ihr weiter auf die Mauer zu helfen und von dort hinab in den dunklen Hof des Bordells.

Als das Fräulein Golondrina del Rosario durch die Tür zum Salon trat, der voll war mit Männern und Frauen, die lachten und lärmten und tranken, da wurden ihr die Knie plötzlich weich, und sie schrak zurück. Bello Sandalio umfasste zärtlich ihren Arm. »Ich bin bei dir«, flüsterte er ihr ins Ohr.

Völlig benommen, wie in Trance, überquerte das Fräulein Golondrina del Rosario die Tanzfläche des Salons, den Blick starr auf einen Punkt im Nirgendwo gerichtet. Sie spürte die Dielen unter ihren Füßen wie Schwämme. Ihr war, als wäre sie auf das Klavier im Arbeiterlichtspielhaus geklettert und gerade dabei, von dort sinnlos und ohne jede Hemmung in die krudeste Szene eines nicht jugendfreien Films zu steigen. Kurz durchzuckte sie die Einsicht, was es für ein Irrsinn war, dass sie sich auf dieses Wagnis hier eingelassen hatte.

Als sie dann auf der Bühne vor dem Klavier saß und die versammelte Säuferschar klatschte und johlte, sah das Fräulein Golondrina del Rosario den Trompeter verängstigt an. Der lächelte ihr aufmunternd zu und wandte dann den Blick von ihr ab. Da legte sie wie ein

Automat, während er noch vorsorglich die Klappen und Ventile seiner Trompete prüfte und sich mit der Zunge über die Lippen fuhr, die Hände auf die Tasten und erschauderte, als wären es glühende Kohlen. Und als er zu einem Swing anhob, kam in ihre Finger, noch etwas steif zunächst, wie von selbst Leben. Als traumverlorene Tierchen hüpften sie über die Tasten, und sie konnte nichts tun, als ihnen mit dem Blick folgen, sie staunend beobachten, ihrem Treiben zusehen, als sähe sie sie zum ersten Mal. Und das tat sie während des gesamten ersten Stücks, hielt sich mit dem Blick an den Tasten fest, wagte nicht, aufzusehen oder den Kopf auch nur eine Idee zu drehen, weil das beschämende Spektakel ringsum sie schreckte. Wie eine Schmetterlingspuppe im Kokon war sie warm umhüllt in einem seidigen Zwischenreich, vernahm das Klirren der Gläser, die obszönen Rufe und das schamlose Gelächter der Frauen nur gedämpft wie durch Watte. Selbst das Klavier drang kaum zu ihr durch. Sie hatte nur Ohren für die Trompete und ihren warmen, klaren, verheißungsvollen Klang.

Bei ihrem letzten Ton fingen alle an zu klatschen, und von den Tischen an der Bühne tönten rauchige Frauenstimmen, erst halblaut, dann lauthals, dieser Trompeter mit seinen Sommersprossen, der sei ja zum Anbeißen, den könnte man so, wie er war, mitsamt Fliege und allem gezuckert vernaschen, und dieser Hänfling am Klavier, der sei auch gar nicht übel, hübsches Gesicht, aber etwas blass um die Nase, der sei entweder schwul oder schwindsüchtig, der Ärmste. Golondrina del Rosario sah von Stück zu Stück nur unverwandt auf die Tasten und schickte ein flehentliches Stoßgebet nach dem anderen zum Himmel.

Das Fest war in vollem Gange und sie eben beim fünften Tanzmusikstück, als Golondrina del Rosario aus den Augenwinkeln mitbekam, wie eine Frau auf die Bühne kletterte. Mit vor Scham verzerrter Miene beobachtete sie gleich darauf, wie sich die Frau hemmungslos an ihrem Trompeter zu schaffen machte. Es war die Cocoliche. Aus einer Laune heraus hatte sie sich in eins ihrer langen, hautengen Kleider gezwängt, sich frisiert und geschminkt wie eine Pharaonin und war hinabgestiegen in den Salon, um ein wenig mitzufeiern. Als sie mitten im Treiben in Bello Sandalio den Rotschopf erkannte, der ihr unter den Augen des Polizeihauptmanns die Strippe aus der Spalte gefummelt hatte, ließ sie den Gringo, mit dem sie tanzte, auf der Tanzfläche stehen, krabbelte sturzbetrunken auf die Bühne, schmiegte sich an den Trompeter und quengelte schnurrend, ob der rote Igelkopf mit den Sommersprossen sich denn gar nicht an sie erinnerte.

Als Bello Sandalio merkte, dass Golondrina die Tränen über das Gesicht liefen, stieß er die Prostituierte brüsk von sich. Sie taumelte und zeterte, er sei ein eingebildeter Scheißkerl und solle doch zu seinem Pianisten gehen. An den Tischen munkelte man schon, dass der Typ mit dem Hut schwul sei, aber sie würde das jetzt herausfinden. Wenn dieses halbe Hemd dort am Klavier ihr die Strippe rausfummelte, dann wäre er ein Kerl; ansonsten würde sie ihn persönlich beim Hauptmann Mistwasser verpfeifen, damit der ihn ins Meer warf. Und mit einem aufreizenden Hüftschwung torkelte sie auf das Fräulein Golondrina del Rosario zu, die mit schreckensgroßen Augen den Trompeter ansah. Der ging, ohne mit dem Spielen aufzuhören, hinter der Prostituierten her, hob ein Bein und beförderte sie mit einem harten Tritt von der Bühne. Die Cocoliche kugelte wie ein praller Sack über die Tanzfläche. Im Fallen riss sie ein paar betrunkene Gringos mit und eine schlanke, großgewachsene Frau in ihrer Mitte, die mit einer endlos langen Zigarettenspitze rauchte, schlangenhaft rasselnd lachte und begonnen hatte, sich unter dem Klatschen und den Anfeuerungen ihrer Zuschauer im Rhythmus der Musik auszuziehen.

In dem Tumult, der im nächsten Moment losbrach, bekam Bello Sandalio gerade noch Golondrinas Hand zu greifen, sprang mit ihr auf die Tanzfläche und zog sie durchs Getümmel zur Hintertür. Mitten auf dem Schlachtfeld musste er kurz loslassen, um zwei Betrunkene abzuwehren, die sich auf sie stürzten, und eine Prostituierte mit Männergesicht loswerden, die mit einem abgebrochenen Glas in der Hand angriff und Golondrina am Schal packte. Dann bekam er ihre Hand wieder zu fassen, und mehr kriechend als laufend flohen sie in den Hof, hörten hinter sich Fluchen und Geschrei und Flaschen, die kreuz und quer flogen und mit Karacho an den Wänden zerschellten.

Sie wussten nicht, wie sie auf die Mauer gelangt waren, von dort weiter auf das Dach des lila Häuschens, hinunter in den Hof und als Windhauch durch das Fenster hinein in Golondrinas Zimmer. Aber hier waren sie jetzt: Sie lag bäuchlings auf ihrem feinen Bettüberwurf, das Herz flatternd wie ein erschrecktes Tierchen; er saß gegen die Wand gelehnt am Boden, schnappte nach Luft und rieb sich unwillkürlich die Lippen; beide mucksmäuschenstill und angestrengt lauschend, ob der Vater ihren Weggang oder etwas vom Aufruhr ihrer Rückkehr bemerkt hatte.

Als der erste Schreck ausgestanden war, Bello Sandalio wieder Luft bekam und sich eben eine Zigarette anstecken wollte, wurde ihm schlagartig klar, dass seine Trompete fehlte. Er sah sich selbst, wie er sie mitten auf der Tanzfläche, als die beiden Gringos und dieses Mannweib auf sie zustürzten, fallen ließ, und in dem Handgemenge danach hatte er nur Golondrina zu schützen versucht und weder Gedanken noch Zeit gehabt, sie aufzuheben.

»Mist!«, schnaubte er. »Ich muss noch mal zurück!«

Er rappelte sich hoch, war schon an der Tür, da drehte Golondrina sich auf dem Bett um, sah ihn seltsam an und hielt ihm ohne ein Wort die Trompete hin, die unter ihr gelegen hatte. Bello Sandalio traute seinen Augen nicht.

»Du bist unglaublich.« Er strahlte sie an. Und ließ sich dann auf sie sinken, begrub sie unter sich und küsste sie lange.

In einem leidenschaftlichen Aufbäumen schob sie ihn von sich und schwang sich auf ihn. Die Wangen nass von Tränen, bedeckte sie sein Gesicht mit raschen, feuchten, verzweifelten Küssen. Er unterbrach ihren Liebesansturm für einen Moment und sah sie zärtlich an.

»Nimm wenigstens den Hut ab«, sagte er. »Ich komme mir vor, als hätte ich Jelly Roll Morton im Arm.«

Golondrina schien sich ihres Aufzugs da erst bewusst zu werden, und beide wälzten sich glucksend auf dem Bett wie die Kinder. Bello Sandalio machte sich lachend an ihren Kleidern zu schaffen und sagte, noch nie im Leben hätte er jemandem aus dem Jackett geholfen, einen Krawattenknoten gelöst, ein Hemd aufgeknöpft und mit einer Hose gerangelt als Vorspiel zur Liebe. Mit glühenden Wangen dachte Golondrina an die Frau, die sich auf der Bühne im Bordell an ihren fahrenden Musiker herangemacht hatte, und gebärdete sich in dieser Nacht wie die willfährigste Hure, die, das hatte sie einmal irgendwo gehört, angeblich jede Frau in sich trägt. Und sie liebte ihn, wie sie ihn nie zuvor geliebt hatte. Sie liebte ihn ohne Partitur, ohne Fangnetz, ohne ein Fläschchen Trinkwasser für unterwegs. Sie liebte ihn a capella, barfuß, ohne Sattel. »Die Liebe kennt kein Maß, als maßlos zu lieben«, sagte sie sich winselnd. Und ließ sich pökeln wie ein Ferkel, ließ sich lecken und leckte selbst wie ein kleines mutterloses Lämmchen, schlürfte den weißlichen Saft mit einer Wonne und Hingabe, als nippte sie an einem heiligen Kelch, lag wehrlos und verwundbar und bäuchlings da, all ihre Blüten rauschhaft geöffnet, und ließ sich in Besitz nehmen, sich in den Abgrund stoßen und in den Himmel heben mit aller Liebe und Lust, zu der eine zarte, in Leidenschaft entbrannte Frau fähig ist. Am Ende der Nacht, es wurde schon hell, war Golondrina del Rosario erlöst durch die Liebe, gereinigt von aller Schande, schön wie nie, und nachdem sie ihn ein letztes Mal geliebt hatte, öffnete sie ihm die Tür zur Straße und ließ ihn leise nach draußen wie ihr Vater seine Geliebte jeden Samstag in der Nacht. Mit den Schuhen in der Hand schlüpfte Bello Sandalio aus dem Haus und war felsenfest überzeugt, dass er bis ans Ende seiner Tage sein Herz verloren hatte an diese unvergleichliche Frau.

Neidisch auf die Hähne, die aus vollem Hals ihren morgendlichen Weckruf krähten – im Bett seiner Liebsten hatte er sich das Jubilieren schon verkneifen müssen, damit der Vater nebenan sie nicht hörte –, ließ er nun hier, mitten auf der Straße, gleich an der nächsten Straßenecke seiner Freude freien Lauf und blies mit allem, was seine Lunge hergab, zum Gefecht, blies wie ein Wahnsinniger oder wie ein Engel, der mit seiner Trompete einen Hagelsturm auslösen will. Dann streichelte er seine Trompete wie ein lebendes Tier und sagte im Weitergehen zu ihr:

»Ab heute heißt du Golondrina, das ist der schönste Frauenname der Welt!«

Auf dem Weg zur Pension fiel ihm die Kneipe ein, in der er sonst mit seinen Freunden »den Morgen anging«, und sagte sich, dass die Taufe seiner Trompete mit einem anständigen Schluck gefeiert werden musste. Vergnügt in sich hineinlachend, bog er ab und ging seine Musikerfreunde suchen.

Der Barbier Sixto Pastor Alzamora hatte die ganze Nacht kein Auge zugetan, und von dem Geplänkel, mit dem seine Tochter ihren Geliebten aus dem Haus schaffte, entging ihm nichts. Dass er nicht aufstand und durch das Schlüsselloch spähte, lag an der schieren Furcht, dahinter womöglich den plumpen Felimón Otondo zu sehen. Als er die Trompete draußen hörte, fiel ihm ein Stein vom Herzen. Seine Tochter hatte also etwas mit diesem rothaarigen Musiker, genau wie Nestorina gesagt hatte. Tausendmal besser als dieser Kirmesboxer. Selbst wenn er in der Kapelle spielte, die Ibáñez den Schießhund empfangen würde.

Am Abend hatten er und die Witwe, während sie sich im Laden vergnügten, eigentümliche Geräusche gehört. Auf Zehenspitzen waren sie durch den Korridor bis zur Hoftür gegangen, um nachzusehen. Dort war niemand, aber das Fenster zum Schlafzimmer seiner Tochter stand halb offen, und er meinte, jemanden wispern zu hören. Er hätte zu gern nachgesehen, was zum Teufel da vorging, aber die Witwe hatte seinen Arm genommen und ihn zurück in die Barbierstube geführt. »Sicher ist sie mit dem Trompeter zusammen«, sagte sie.

Seine Befürchtung, es könne Felimón Otondo sein, der wieder in der Stadt war, kam der Witwe abwegig vor.

»Das glaube ich nicht«, sagte sie. »Sie ist viel zu feinsinnig, um sich diesem Muskelprotz hinzugeben.«

»Und wenn es der Musiker ist«, ereiferte sich der Barbier, »wie hat sie ihn hier reingeschafft, ohne dass wir was gehört haben!«

»Genauso wie du das mit mir machst«, sagte sie. Und schloss die Tür zur Barbierstube ab und schmiegte sich wieder in seine Arme und seufzte tief und sah ihn an, wie er sich gern von ihr ansehen ließ.

16

An diesem ersten Sonntag im August war das Konzert auf dem Stadtplatz zugleich die Generalprobe der Literkapelle. In drei Tagen wurde der Präsident erwartet. Und genau wie am Wochenende zuvor füllte sich das Karree mit Menschen, die um den Musikpavillon flanierten.

Außerdem gab der offizielle Direktor sein Debüt. Jacalito der Lehrer war am Donnerstagabend im Vereinsheim der Fuhrleute erschienen und hatte in den letzten drei Tagen die Proben geleitet. Weil er sich so bestürzt und peinlich berührt zeigte vom angesäuselten Zustand der Musiker, glaubten am Ende alle, was gemunkelt wurde, dass er nämlich gar nicht krank gewesen war (Bello Sandalio hatte ihn im Arbeiterlichtspielhaus am Klavier gesehen), sondern nur nichts mit »dieser Ansammlung von Trunksüchtigen« zu tun haben wollte, wie man ihn divenhaft hatte klagen hören.

Weil sich nämlich Jacalito der Lehrer von jeher nach Zeiten zurücksehnte, als »die Musiker und die Musik noch anders waren«. Als die Paare in den Ballsälen oder Tanzschulen, sobald das Orchester mit dem Präludium begann, hübsch ordentlich Aufstellung nahmen, der Herr die zugeloste Dame respektvoll am Arm führte und man in einer Reihe Einzug hielt. Bis der Herr Tanzlehrer (auf den im Saal alles hörte), in die Mitte trat, hüstelte, sich die Stirn mit einem Taschentuch tupfte, es mit gewichtiger Geste zurück in die Tasche seiner Frackjacke schob und sodann elegant in die Hände klatschte zum Zeichen, dass der Tanz begann. Kein Vergleich zu den Tanzschulen heute, sagte Jacalito der Lehrer gequält, da herrschten ja Zustände, dass es einen grauste, die Mädchen wüssten sich keinen Respekt zu verschaffen und würden obendrein schamlos die Rundung ihrer Knie offenbaren.

Kurz vor Beginn des Platzkonzerts hatte der Präsident des Komitees zum Empfang Seiner Exzellenz die Musiker in den Club Radical rufen lassen, um ihnen die Uniformen zu übergeben. Ursprünglich hätten sie die neuen Anzüge an diesem Nachmittag einweihen sollen. Als er jedoch den erbärmlich bezechten Zustand einiger Kapellenmitglieder sah, verwarf er die Idee und hielt ihnen stattdessen eine heftige Standpauke. Der Name, unter dem die ganze Stadt sie schon kannte, sei eine öffentliche Schande, sagte er. Nur müsse man leider zugeben, dass der Volksmund, wie so oft, die Wahrheit kund tat. »Man muss ja bloß den dort ansehen, was der für ein jämmerliches Bild abgibt«, sagte er mit einem abschätzigen Blick auf den Trommler.

»Das war bloß ein winziger Schluck, Mister. Und den habe ich brav bei meiner Frau daheim getrunken«, sagte Cantalicio del Carmen treuherzig, hielt sich allerdings nur mit Mühe an seiner Trommel aufrecht.

Die ganze Nacht hatte er zusammen mit seiner Frau darüber gewacht, dass der kleine Candelarito sich nicht im Schlaf davonstahl, war es doch die dritte Nacht seines Lebens. Und kaum dass der neue Tag anbrach, hatte der

Trommler auf Knien der Jungfrau Maria gedankt und fröhlich auf eigene Faust zu bechern begonnen.

»Alles Schnapsdrosseln, einer wie der andere!«, sagte der Apotheker und scheuchte sie aufrichtig empört aus dem Club.

Um halb sieben am Abend war auf der Bühne des Musikpavillons alles für das Konzert bereit. Der neue Direktor hob den Taktstock, um jeden Moment das Zeichen zum Einsatz zu geben, da stieß Tirso Aguilar mit dem Ellbogen Bello Sandalio an und wies mit einem bedeutsamen Blick und seinem Klapphorn auf eine Ecke des Platzes. Dort stach einsam strahlend, fast schwerelos in ihrem schneeweißen Kleid, das Fräulein Golondrina del Rosario aus der Menge hervor. Erst beim zweiten Hinsehen erkannte der Trompeter, dass sie nicht allein war: Bei ihr standen ihre Freundin, die Lehrerin, und ein unbekannter Kerl. Der bulligen Statur nach zu urteilen, musste das der Boxer sein. Von hier oben wirkte der Typ eigentlich weniger beeindruckend als gedacht. Mit seinem fetten Stiernacken war er imposant, aber zugleich irgendwie bemitleidenswert, und Bello Sandalio fühlte sich an einen alten Büffel in der nordamerikanischen Prärie erinnert, den er einmal in einem Film gesehen hatte.

Bei seinem Einsatz verlor Bello Sandalio, als er einen Lidschlag lang nicht hinsah, seine Dame am Klavier aus den Augen. Und sosehr er auch nach ihr Ausschau hielt, er fand sie im Gewühl nicht wieder. Weder sie noch den Stiernacken. Und das brachte ihn zur Verzweiflung. Wo zum Teufel steckten die beiden? Wieso musste sie überhaupt mit diesem Tier hier über den Platz flanieren? Dann wurde ihm plötzlich klar, dass er quasi schäumte vor Wut, und er staunte über sich selbst, denn dieses mulmige Gefühl in der Magengegend war nichts anderes als die körperliche Reaktion auf etwas, das beim Rest der Sterblichen Eifersucht hieß. Er war eifersüchtig! Er, der Mannskerl mit dem eiskalten Lächeln, der Liebhaber mit dem gepanzerten Herzen, für den Eifersucht immer ein Frauenleiden gewesen war. In Gedanken beschimpfte er sich, nannte sich eine bescheuerte Memme, wandte den Blick ab vom Platz und blies zornig in seine Trompete.

Als sie zehn Minuten gespielt hatten und gerade zu dem Walzer *Sobre las olas* ansetzten, sah der Trompeter, der unwillkürlich weiter das Publikum absuchte – sein Blick fiel auf sie wie auf einen hässlichen, Unglück verheißenden Vogel –, die Nachbarin von Cantalicio del Carmen. Die verwachsene Alte mit dem Zigarettenpapier an den Schläfen bahnte sich mit den Ellbogen einen Weg durch die Menge, kam humpelnd wie ein verwundeter Aasgeier immer näher, hatte im Nu den Musikpavillon erreicht und machte Handzeichen nach oben.

Weil Cantalicio del Carmen sie von dort, wo er saß und die Trommel schlug, nicht sehen konnte, humpelte die Alte unter den Pavillon und kam dann entschlossen die Treppe herauf. Als ihr Kopf die Luke passierte und die gellende Musik ihr ins Gesicht peitschte, hielt sie sich nicht etwa die Ohren zu, sondern schloss die Augen wie vor einer jähen Windbö. Dann winkte sie mit eindringlicher Geste den nächststehenden Musiker zu sich, einen der Hornisten, und schrie ihm etwas zu. Der Hornist ging zurück an seinen Platz und sagte es dem Posaunisten ins Ohr; der Posaunist gab es an den zweiten Trompeter weiter; der zweite Trompeter an den Beckenspieler; der Beckenspieler an den Klapphornisten; der Klapphornist an den alten Marschtrommler; der alte Marschtrommler zog die Brauen zusammen und sah zu dem Trommler hin, der, noch benebelt vom Alkohol, an seiner Seite spielte. Er überging ihn, trat zu Bello Sandalio und sagte ihm mit belegter Stimme ins Ohr:

»Der Kleine vom Trommler ist tot!«

Das Publikum auf dem Platz begriff nicht, wieso der Walzer *Sobre las olas* in der schönsten Drehung abbrach, und sah nur verwundert, dass die Hälfte der Kapelle die Treppe des Musikpavillons hinabstürmte und mit dem Trommler vorneweg in Richtung der Schlachthäuser rannte. Cantalicio del Carmen rempelte sich mit schmerzverzerrtem Gesicht blind einen Weg durch die Menschenmenge.

Als die Freunde hinter dem Trommler her durch die Gasse, die der bahnte, vom Platz liefen, rannte Bello Sandalio fast in Golondrina hinein. Auf ihren fragenden Blick hin erklärte er hastig, was geschehen war, und ehe er weiterlief, strich er ihr mit einem Seitenblick auf den finster dreinblickenden Felimón Otondo, der in einem neuen, selbst für seine Muskelpakete zu weiten Anzug steckte, über die Wange und sagte absichtlich laut:

»Wir sehen uns heut Nacht, Liebes.«

Der kleine Candelarito del Carmen war nur jämmerliche vier Tage alt geworden. Als am frühen Nachmittag der Wind klagend über die Dächer fegte und der Trommler in Hemdsärmeln vor der Zimmertür bei seiner dritten Flasche Wein saß, war der Junge, nachdem er gierig an der Brust seiner Mutter getrunken hatte, in einen friedlichen Tiefschlaf gefallen. Die Mutter, die mit einem Strauß blauer Kamelien im Stickrahmen neben ihrem Mann saß, war ein halbes Dutzend Mal aufgestanden, hatte dem Kleinen den Puls gefühlt und ihm die Hand auf die Stirn gelegt. Doch da er den dritten Tag überstanden hatte und ihre beiden anderen Kinder außerdem nachts im Schlaf gestorben waren, war sie nicht beunruhigt und ließ ihn schlafen. Cantalicio del Carmen hatte selbst, bevor er um sechs Uhr seine Trommel schulterte und das Haus verließ, noch einmal nachgesehen, ob der Junge auch atmete. »Er schläft wie ein Stein«, hatte er zu seiner Frau gesagt. Zwanzig Minuten später hatte die Stickerin die letzte Kamelie vollendet, war aufgestanden, um nachzusehen, und da war das Kind tot. Die arme Frau brach in herzzerreißendes Wehgeschrei aus. Als die Nachbarinnen herbeiliefen, schloss sie ihren toten Sohn, der noch warm war, fest in die Arme und kauerte sich wimmernd in eine Ecke.

Und so fand Cantalicio del Carmen sie, als er, gefolgt von seinen Freunden, ins Zimmer stürzte: zusammengesunken neben dem umgestürzten Kohlebecken, hockte sie mit zerwühltem Haar am Boden, wimmerte leise und wehrte sich wie eine verwundete Löwin gegen jeden, der versuchte, ihr das kleine Bündel mit dem toten Kind wegzunehmen.

Der Anblick des eigenen Unglücks versetzte dem

Trommler einen Schock. Alle sahen hilflos, wie er an einem Ende des ungemachten Bettes in sich zusammensackte – eine Marionette, der man die Fäden durchtrennt hat. Völlig weggetreten saß er da, reglos wie eine seiner Teufelsmasken, und starrte auf einen Punkt in der Leere. Die Nachbarinnen, die alle weinten, sahen die Musiker an, die Musiker sahen einander an, schwiegen, wussten nicht, was tun, was sagen. Und für einen Moment hörte man auf der Welt nichts als das leise, tierhafte Winseln der am Boden kauernden Frau und das traurige, fast menschliche Blöken des draußen angepflockten Ziegenbocks.

Erst als Doña Charo kam, ließ die Stickerin sich das tote Kind aus den Armen nehmen. Die Nachbarsfrauen atmeten auf und gingen unverzüglich an die Vorbereitungen der Totenwache. Schneller als sich ein Wirbelwind in der Wüste erhebt, hatten sie unter den ungläubigen Blicken der Musiker, die wie bestellt und nicht abgeholt im Zimmer herumstanden, die Teufelsmasken abgehängt, den gesprungenen Spiegel zur Wand gedreht, Stühle herbeigeschafft (sie setzten den armen Trommler auf einen, wo er nicht im Weg war), dann schnitten sie Papierblumen aus, stellten Altarkerzen auf, schoben den Tisch an die Wand, und zum Abschluss der Trauervorbereitungen sahen die Musiker, wie der kleine Candelarito del Carmen, mit goldenen Flügelchen und einer Papierblume in den Händen liebevoll auf ein mit kleinen silbernen Sternen und Monden besticktes Laken gebettet wurde und wahrhaftig zu einem Engel Gottes geworden war.

Unterdessen rief das Fräulein Golondrina del Rosario daheim zusammen mit ihrer Freundin, der Lehrerin, eilig den Barbier aus dem Laden und berichtete ihm, was geschehen war. Die Nachricht traf ihn schwer. Seine Tochter ließ oft Laken und Tischwäsche bei der Frau besticken, und er selbst kannte den Mann, der die Trommel spielte, schon seit vielen Jahren.

»Das ist schon das dritte Kind, das ihnen auf diese Weise stirbt«, sagte er zu der Lehrerin. Und dass der Mann eine Hand und drei Finger der anderen verloren habe, als er in der Mine Filomena als Sprenger arbeitete. Dort sei so ein Mistkerl von Gringo Vormann gewesen, der sich einen Spaß daraus machte, den Arbeitern aus seinem englischen Reitsattel herab eins mit der Gerte überzuziehen, und der hatte ihn, als er sah, dass er für die Arbeit nicht mehr zu gebrauchen war, ohne jede Rücksicht gefeuert. Und jetzt hielt sich der arme Cantalicio del Carmen, der in seinen guten Zeiten der beste Sprenger von Filomena gewesen war, mühselig damit über Wasser, dass er Fußbälle nähte.

»Wir müssen einen Kranz bestellen, Vater«, sagte Golondrina del Rosario.

Edelmira del Real meinte, sie könne einen binden, das habe sie als Kind von ihrer Mutter gelernt, weil sie in ihrer harten Kindheit zwischen den Hügeln im Elqui-Tal als Mädchen mit nichts sonst Geld verdienen konnte. »Ich mach das im Handumdrehen«, sagte sie.

Als Yemo Pon in der Tür auftauchte und sagte, der Kinobetreiber schicke ihn, weil bloß noch das Fräulein fehlte, um mit dem Film anzufangen, waren sich Golondrina und ihre Freundin rasch einig: Edelmira würde das nötige Material besorgen und Golondrina nach der Vorstellung zu ihr kommen, um gemeinsam den Kranz zu binden.

Während der Wind freudig ihr Haar verwehte, fühlte sich das Fräulein Golondrina del Rosario auf ihrem Weg zum Filmtheater zwischen zwei Gemütszuständen hin- und hergerissen. Das Herz war ihr schwer vom Tod dieses Kindes, aber für Augenblicke blitzte in ihrem Gesicht die Freude auf, wenn sie daran dachte, wie Bello Sandalio geschaut hatte, als er sie mit Felimón Otondo auf dem Platz sah. Sie konnte ihr Glück nicht fassen: Ihr wandernder Trompeter war eifersüchtig.

Der Barbier Sixto Pastor Alzamora kehrte schwer angeschlagen in seinen Laden zurück. Ehe er wieder an die Arbeit ging, schloss er die Tür, damit zu den wartenden Kunden niemand dazukäme, und griff dann schweigend zu seiner Schere. Eine Mischung aus Zorn und Hilflosigkeit gärte in ihm. Als seine Tochter ihn rief, hatte er sich gerade über die ungerechten Arbeitsbedingungen ausgelassen, die nach wie vor in einigen Minen herrschten. Dass die Leute nach einem Arbeitsunfall beispielsweise ohne jede Entschädigung entlassen wurden, Strafe zahlen mussten, wenn sie nicht zur Arbeit erschienen, eine Kaution zu hinterlegen hatten, wenn sie Werkzeug des Unternehmens benutzten, keinen Anspruch auf Urlaub hatten und nicht einmal sonntags die Arbeit ruhte. »Sogar der Herrgott hat am siebten Tag geruht«, hatte er sich aufgeregt. »Und der musste nicht mit einem 25-Pfund-Hammer ranklotzen, wie die Männer in den Minen.«

Als der letzte Kunde auf dem Frisörstuhl saß, hielt er es nicht länger aus, platzte damit heraus, was dem Trommelteufel widerfahren war, und wetterte erneut gegen den Despotismus der Industriellen und diesen Verbrecher Ibáñez, der keinerlei Anstalten machte, den Missbrauch auch nur einzudämmen. Und jetzt besaß dieses Aas auch noch die Stirn, sich im Salpetergebiet blicken zu lassen.

»So viel ist sicher, mein Freund, man muss was dagegen tun!«

Der Mann unterm Umhang sah ihn im Spiegel an und sagte, im Ort gehe das Gerücht von einer Gegendemonstration.

Der Barbier wischte barsch den Rasierschaum vom Messer in seine Handfläche und zischte grimmig:

»Das reicht nicht, verdammt! Das reicht nicht!«

Um zehn am Abend verließen die Musiker mit ihren Instrumenten in der Hand die Totenwache, um in ihren jeweiligen Pensionen zu Abend zu essen – Gine Maturana in der »Pension Amerika«, Tirso Aguila im »Bündnis«, Bello Sandalio und Candelario Pérez in der »Blüte der Mädchen«. Ehe sie auseinandergingen, verabredeten sie, nach dem Essen zurückzukommen und Cantalicio del Carmen weiter beizustehen. Der saß noch immer im dunkelsten Winkel seines Zimmers und rührte sich nicht.

Draußen war es Nacht geworden, und der kalte Wind stach ihnen wie Eiskristalle ins Gesicht. Der Betrieb in den Straßen war deutlich abgeflaut, die meisten Ausflügler befanden sich um diese Zeit am Sonntag auf dem

Heimweg in ihre Siedlungen, um am nächsten Morgen früh bei der Arbeit zu sein. Allerdings gab es auch an diesem Wochenende ein paar, die den Hals nicht voll bekamen, noch ihr letztes Geld für Schnaps und Frauen verjubelten und am Ende sogar mit den Goldknöpfen an ihren bunten Westen bezahlten.

Auf dem Weg in ihre Pension beschlossen Bello Sandalio und Candelario Pérez, noch rasch in einer Kneipe zwei Flaschen Schnaps für die Totenwache zu kaufen. In dem Laden war nichts los. Hinter der Theke hing ein handgemaltes Schild mit der Aufschrift: »Komm rein, trink, bezahl und verschwinde«. Der alte Marschtrommler sagte, solche Schilder gingen ihm auf den Sack.

Wie sie da an der Theke standen, verließ die beiden Freunde plötzlich der Appetit, und sie einigten sich, anstelle des Abendessens hier etwas zu trinken. Sie setzten sich neben einen Tisch, an dem drei Männer, die ganz danach aussahen, als seien sie erst kürzlich aus dem Süden gekommen, schweigend beim Wein saßen. Einer der drei war stockbetrunken, hing mit dem Kopf auf der Tischplatte und ließ die Arme zu Boden baumeln.

Candelario Pérez legte seine Trommel auf einen Stuhl, und Bello Sandalio legte seine Trompete auf die Trommel. Sie würden einen Schluck zum Aufwärmen trinken und dann den Schnaps für die Totenwache kaufen. Man musste dem Trommler in seiner Trauer beistehen. Und als Erstes stießen sie jetzt auf die Seele des kleinen Candelarito del Carmen an, der »bestimmt schon zu Gottes Rechter die Harfe zupft, wie meine Großmutter gesagt hätte«, sagte Bello Sandalio. Danach redeten sie über kleine Kinder, die starben, weil sie einfach nicht dafür geboren waren, auf dieser Welt zu sein. Bei der zweiten Flasche machte Candelario Pérez seinem Freund das größte Geständnis, das er je einem Menschen gemacht hatte: dass er einmal verheiratet gewesen war und ein Kind gehabt hatte. Das war nach dem Krieg gewesen. Seine Frau war eine dieser tapferen Peruanerinnen, die ihren Männern während des Salpeterkriegs in jedes Gefecht gefolgt waren. Ihr Mann war im Kampf gefallen, und sie hatte ihn mit den eigenen Händen begraben. Als die chilenische Armee glorreich in Lima eingezogen war und er zusammen mit seinen Kameraden auf dem Waggondach eines Zugs zurück nach Hause fuhr, hatte er sie an einer Bahnstation kennengelernt, wo sie traurig herumirrte. Er hatte um seine Entlassung aus der Armee gebeten und war zum Arbeiten in der Salpeterwüste geblieben. In der Minensiedlung Agua Santa, wo er Beschäftigung als Bohrarbeiter fand, verbrachten sie eine gute Zeit miteinander, erst unverheiratet und später mit Trauschein. Aber dann war seine arme Frau, nachdem sie so lange darauf gehofft hatte, ein Kind zu bekommen, bei der ersten Geburt verblutet. »Sie hieß Pastora Beatriz«, sagte er. »Das Kind ist wenige Stunden nach der Geburt gestorben.«

Candelario Pérez schwieg lange und nahm mit tränennassen Augen bedächtig eine Zigarette auseinander. In die Stille hinein sagte plötzlich einer der Trinker am Nebentisch mit deutlich bäuerlichem Zungenschlag, er werde das Gefühl nicht los, dass sein Kumpel hier tot sei.

Der andere starrte den auf die Tischplatte Gesunkenen eine Weile an und schüttelte dann den Kopf.

»Der kann nicht tot sein«, sagte er ruhig. »Tristán Saladino stirbt nicht, solange noch was in seinem Glas ist.«

Candelario Pérez hatte seine Zigarette fertig zerbröselt und warf sich den Tabak in den Mund. Als er wieder zu reden begann, wechselte er das Thema und erzählte vom Krieg. Auf dem beißenden Tabakbollen herumkauend, beschrieb er dem Trompeter seinen Freund Hipólito Gutiérrez. Er solle sich mal vorstellen, was das für ein Schlitzohr gewesen ist, begann er, was der für ein Talent gehabt hatte, sich selbst vom knauserigsten Offizier im Bataillon Geld zu leihen. Bevor sie aus Chillán in den Norden aufgebrochen waren, hatte er so lange Hauptmann Jarpa bearbeitet, bis der ihm zwei Peso lieh. In Antofagasta kamen noch zwei dazu. In Iquique hatte er ihm noch mal drei aus den Rippen geleiert, und ehe sie nach San Antonio aufbrachen, hatte er ihn schon wieder in der Mangel und nahm ihm die letzten drei ab, die er noch hatte. Später dann, beim Feldzug von Tacna, pumpte er regelmäßig Oberleutnant Jiménez, Hauptmann Adrián Vargas und Major García an. Und damit nicht genug. Dort in der Stadt habe er mit eigenen Augen gesehen, wie Gutiérrez, ohne mit der Wimper zu zucken, Hauptmann Sotomayor höchstpersönlich um drei Peso erleichterte, eine Heldentat ohnegleichen, weil der nämlich härter und schwerer zu knacken war als jeder andere Offizier im Salpeterkrieg. So ein Teufelskerl war sein Freund Hipólito Gutiérrez gewesen.

Die dritte Flasche ging gerade zur Neige, da betrat Felimón Otondo das Lokal. Er war betrunken und machte mit finsterer Miene am Tresen fest. Sein neuer Anzug hatte Weinflecken, war jetzt nicht nur zu weit, sondern außerdem zerknittert. Mit der Bierflasche in der Hand drehte er sich zu den wenigen Gästen um und fing unwillkürlich an Grimassen zu schneiden, als hinge er japsend in seiner Ecke des Boxrings.

Bello Sandalio hatte ihn hereinkommen sehen, und als er jetzt merkte, dass der Stiernacken ihren Tisch nicht aus den Augen ließ, dachte er bei sich, das werde Ärger geben, und sagte zu dem alten Marschtrommler, es sei an der Zeit aufzubrechen. Sie tranken ihre Gläser leer, griffen nach ihren Instrumenten, aber beim Aufstehen wurde Bello Sandalio von einer schweren Hand auf seiner Schulter zurück auf den Stuhl gedrückt.

»Gehst du schon, Rotschopf?«, sagte Felimón Otondo und stützte sich wie ein Gorilla mit den Fingerknöcheln auf die Tischplatte.

»Glaube kaum, dass dich das was angeht!«, sagte Bello Sandalio, sah ihm in die Augen und stand auf.

»Willst dich hier aufplustern oder was!«

»Brauch ich gar nicht!«

»Hast du gewusst, du kleiner Scheißtrompeter, dass das Fräulein Golondrina del Rosario mit mir geht?«

Candelario Pérez, der im Aufstehen innegehalten und keinen Schimmer hatte, worum es hier ging, setzte sich wieder, als er den Namen hörte, und sagte wie zu sich selbst.

»Ach, das wird hier gespielt!«

»Das Fräulein Golondrina del Rosario geht bestimmt nicht mit …«, setzte Bello Sandalio zu einer Erwiderung an, aber Felimón Otondo ließ ihn nicht ausreden, drückte ihn zurück auf den Stuhl, schob seine sabbernde Visage sehr nah an sein Gesicht und brabbelte wütend:

»Mit wem, wolltest du sagen, du Linsengesicht, mit wem?«

Bello Sandalio, der eigentlich »mit Idioten« hatte sagen wollen, änderte angesichts der entgleisten Mimik und des Speichelregens, der auf ihn niederging, seine Absichten, stieß den Boxer heftig von sich und sagte herausfordernd:

»Mit Sabbermäulern!«

Der alte Marschtrommler, der nicht wusste, dass er den Lokalmatador im Halbschwergewicht vor sich hatte, nutzte den kurzen Moment, bis Felimón Otondo sich wieder gefasst hatte, um nun seinerseits aufzustehen, sah seinen Freund an und rief grinsend:

»Der ist noch zu doof zum Breiessen!«

»Halt du dich raus, Opa!«, sagte Felimón Otondo, ohne auch nur zu ihm hinzusehen. Und unterstrich den Satz mit dem trockenen Geräusch seiner Faust, die ohne Vorwarnung auf die sommersprossige Wange von Bello Sandalio krachte.

Der taumelte gegen die Wand, ging halb zu Boden, wollte sich wieder hochrappeln, aber da war Felimán Otondo schon schnaufend wie ein Vieh über ihm und drosch mit beiden Fäusten auf ihn ein. Als Candelario Pérez sah, dass sein Freund, in arger Bedrängnis unter seinem Angreifer, nichts weiter tat, als in guter Trompetermanier mit beiden Händen seinen Mund zu schützen, löste er seine Feldflasche vom Gürtel, trat von hinten an Felimón Otondo heran und zog ihm die Flasche über den Schädel. Allerdings musste er noch zweimal nachlegen, ehe der Boxer außer Gefecht gesetzt war.

»Mein Name ist Candelario Pérez, du Bauer!«, sagte er, als der andere bewusstlos am Boden lag. »Und mich nennt niemand Opa!«

Während der alte Trommler seinem Freund auf die Füße half, meldete jemand, die Polizei sei im Anmarsch. Bello Sandalio wischte sich das Blut von der Nase, schüttelte heftig seinen Anzug aus und sagte, sie sollten besser zusehen, dass sie Land gewannen, sonst würden sie noch die Nacht auf der Wache verbringen.

»Ich werde morgens ungern mit einem Gesöff aus Pferdemist geweckt!«

Der alte Kämpfer schnallte seine Feldflasche wieder um, schlüpfte in seinen unverwüstlichen ziegekäsefarbenen Staubmantel, nahm seine Trommel, warf Felimón Otondo, der auf dem Boden alle viere von sich streckte, einen mitleidigen Blick zu und sagte im Hinausgehen in lakonischem Ton zu dem Trompeter:

»Der hat einen Schädel, härter als ein Brecheisen.«

17

Die gesamte Literkapelle führte an diesem Montag in ihrer neuen petrolgrünen Uniform den langen Trauerzug für Candelarito del Carmen an. Ernst und mit gemessenem Schritt ging Yemo Pon vor dem kleinen Sarg und hielt das weiße Kreuz hoch, auf dessen Querbalken der Name des Kindes und seine beiden Lebensdaten standen. So schwarz auf weiß wirkten die Daten zu handfest für dieses kleine unschuldige Leben:

CANDELARIO DEL CARMEN FUENTES TOLEDO
GEBOREN AM 1. AUGUST 1929
GESTORBEN AM 4. AUGUST 1929

Der nachmittägliche Wind zerrte an den Kränzen aus Seidenpapier, die von den unbeschuhten Nachbarskindern aus dem Hof durch die heißen, staubigen Straßen getragen wurden. Welk und ganz in Schwarz ging die Mutter zwischen zwei laut klagenden Nachbarinnen und hielt den Blick unverwandt auf den kleinen Sarg gerichtet, den zwei Pfadfinderjungen ohne Anstrengung trugen. Ein Stück abseits von ihr ging Cantalicio del Carmen mit hängenden Schultern und entrücktem Gesicht, noch immer fern von allem, eingeschlossen in seinen Schmerz.

Auf den zweihundert Metern zwischen den letzten

Häusern der Stadt und dem Friedhof wütete der Wind unter dem tiefblauen Himmel heftiger gegen den Trauerzug. Die schroffen, sandigen Böen rissen Blätter aus den Kränzen und verwehten die Haare der Frauen mit derselben Schwermut, mit der die Akkorde des Trauermarschs über die Köpfe des Leichenzugs strichen. Die Musiker bliesen gegen den Wind an und schritten ohne ihren offiziellen Direktor vorneweg. Jacalito der Lehrer war noch am Sonntagabend von seinem Amt zurückgetreten, nachdem man ihn allein mit seinem Taktstock auf der Bühne des Musikpavillons hatte stehen lassen.

Das Fräulein Golondrina del Rosario schloss sich zusammen mit ihrem Vater am Ausgang der Höfe den Trauernden an. In der Nacht hatte sie vergeblich auf Bello Sandalio gewartet und unruhig geschlafen aus Sorge, es könnte ihm etwas zugestoßen sein. Als sie ihn mit seiner Trompete an der Spitze des Trauerzugs sah, atmete sie auf. Etwas, das konnte sie im Vorübergehen erhaschen, war allerdings merkwürdig an seinem kantigen Gesicht.

Als die Menge dann auf dem Friedhof das Grab umstand, der Sarg hinabgelassen wurde und die Mutter am Rand der kleinen Grube vor Schmerz aufheulte, sah das Fräulein Golondrina del Rosario zu ihrem fahrenden Trompeter hin, der auf der anderen Seite des Grabes wie ein Sohn seinen Arm um Cantalicio del Carmen gelegt hatte, und erkannte, dass einer seiner Wangenknochen blutunterlaufen war.

Während die Frauen zum klagenden Singsang des Avemaria mit den Händen Erde auf den Sarg warfen und der Totengräber zur Schaufel griff, schwanden der Frau des Trommlers zweimal vor Kummer die Sinne. Jemand aus dem Hof hatte Wasser in einer »Wüstenhalterung« mitgebracht – zwei offene in eine Hülle aus Sackleinen genähte Flaschen –, aber niemand hatte einen Becher dabei, und während man der Frau aus der einen Flasche zu trinken gab, musste man die Öffnung der anderen zuhalten, damit sie nicht nass wurde.

Am Fußende des Grabes stand Candelario Pérez, dem der Schmerz die Furchen im Gesicht weiter vertiefte, und kam gar nicht darauf, Wasser aus seiner Feldflasche anzubieten. In Gedanken war er in einer anderen Zeit, an einem anderen Ort: an einem schrecklichen Tag im August auf dem Friedhof von Agua Santa, wo er, nur begleitet vom Heulen des Windes, seine Frau und sein gerade erst geborenes Kind zu Grabe trug.

Nach der Beerdigung saßen die Freunde noch eine Weile beim Trommler und seiner Frau, ließen die beiden dann in der Obhut einiger Nachbarinnen und gingen in die nächste Kneipe, um ihren Kummer zu ertränken. Mit traurigen Mienen lehnten sie an dem schmierigen Tresen, als wären sie nur auf einen Schluck hier. Als Yemo Pon jedoch zwei Stunden später in der Tür erschien, fand er sie an einem Tisch sitzend, und auf ihren Gesichtern machte sich bereits ein Ausdruck fröhlicher Berauschtheit bemerkbar. Vor Aufregung außer sich und schweißgebadet zwischen seinen Werbetafeln, sagte Yemo Pon, er habe sie schon in zehn Kaschemmen im Umkreis gesucht, sie müssten schnell kommen, der Trommelteufel habe den Verstand verloren.

Als sie allein in ihrem Zimmer zurückblieben – die Nachbarinnen waren nach ein paar Runden Matetee nach Hause gegangen –, kauerte die Frau des Trommlers neben dem Bett und streichelte stumm die kleinen Hemdchen des Säuglings, aber Cantalicio del Carmen erhob sich irgendwann von dem Stuhl, auf dem er zusammengesunken gesessen hatte, und begann, seine Kleider abzulegen. Mit schwerfälligen Bewegungen, die Gedanken noch stumpf, zog er sich aus bis auf seine lange Flanellunterhose. Dann holte er seinen einzigen Koffer aus einer Ecke, legte ihn aufs Bett und nahm sein glänzendes Teufelskostüm heraus. Er hängte es über seinen Armstumpf, sah es eine Weile an, breitete es dann sehr sorgfältig auf der Bettdecke aus.

Andächtig wie ein Priester, der sich für die Abendmahlsfeier kleidet, legte Cantalicio del Carmen sein Kostüm an. Er begann oben. Erst das Hemd aus rotem Satin mit den goldgelben Fransen an den Ärmeln und einem grünen, über den gesamten Rücken gestickten Drachen; danach die Hose aus rotem Satin, ebenfalls mit Fransen an den Seiten; gekonnt schnürte er sich dann mit seinen zwei Fingern die Stiefel mit den aufgemalten Arabesken und den Verzierungen aus buntem Glas; danach legte er den Gürtel mit den Nieten aus Kupfer und den aufgenähten Spiegelscheibchen um; er warf sich den Umhang aus grünem Samt über die Schulter, der von Goldfäden umsäumt war und auf dem Rücken eine große, gelbe Schlange trug, die sich um ein Kreuz wand; und zuletzt, nachdem er sich die Trommel umgehängt hatte, trat er zu den Masken, wählte die schönste und schrecklichste aus und setzte sie auf: die smaragdgrüne mit zwei Hundereißzähnen im aufgerissenen Maul, spiralförmig gedrehten Hörnern und einer weißen Hexenmähne, die ihm hinab bis zur Hüfte fiel. All das unter dem erloschenen Blick seiner Frau, die seinen Bewegungen nur mit den Augen folgte, während ihre Hände weiter die Hemdchen ihres toten Sohnes walkten.

Zu einem prächtigen Karnevalsteufel geworden, in seiner farbenfrohen heidnischen Verkleidung von Grund auf verwandelt, greift Cantalicio del Carmen mit seinen beiden Fingern den Schlegel der Trommel, bekreuzigt sich damit vor dem Bildnis der Jungfrau und läuft hinaus auf die Straße, um zu tanzen, wie er in La Tirana für die Statue der heiligen Jungfrau tanzt. So wie er dort auf dem Platz von La Tirana wild in die Tanzgruppen der frommen Bruderschaften prescht, zwischen die Pilger springt, sich windet, dreht und herumfährt, so tanzt Cantalicio del Carmen jetzt besessen durch die Straßen der Stadt, wirbelt mit seinen Stiefeln eine dichte Staubwolke auf, schleudert seinen Umhang hierhin, dorthin, schlägt dazu die Trommel, setzt dazu die Füße in rauschhaftem Tanz, wendet sich jäh gegen die Meute von Kindern, die fröhlich hinter ihm herläuft, gegen die Frauen, die das jammervolle Spektakel, das Treiben eines Wahnsinnigen, vom Fenster aus verfolgen, stößt mit seinen Kapriolen hinein in Grüppchen von Leuten, die an den schon abendlich dunklen Straßenecken stehen und reden, tut, als wollte er durch die offenen Türen in die Geschäfte hinein, und betritt sie doch nicht, durch die offenen Türen in die beleuchteten Vereinslokale, durch die offenen und verpinkelten Türen in die Bordelle, wo mit dem Glas in der Hand und dicken, gehässigen Frauen im Arm die schlaffen Montagssäufer auftauchen, lachen und sich lustig machen über die Gauklersprünge des armen Teufels, der ja wohl nicht ganz dicht ist, eine Schraube locker hat, vom wilden Affen gebissen ist, seht nur, wie der sich auf den Boden wirft, und gleich noch mal, zuckt ja rum wie 'ne Kaulquappe, der Spinner, und wie der die Trommel schlägt mit seinen Scherenfingern, aber er tanzt weiter unbeirrt, ohne innezuhalten, ohne Atem zu schöpfen, zum unerbittlichen Bom, Bom, Bom-Bom-Bom seiner dröhnenden Trommel, springt weiter durch die staubigen Straßen, wirbelt weiter herum unter dem trüben Licht der eben entzündeten Straßenlaternen, weiter durch Hundegebell und eine lärmende Horde von Kindern, die sich an jedem Laternenpfahl um ihn schart, wenn er stehen bleibt wie vor einer Kreuzwegstation und auf die Knie sinkt und sich inbrünstig, erschüttert, bekreuzigt und dazu wie jedes Jahr am Fest der heiligen Jungfrau von La Tirana mit klagender Stimme singt, dass sie ihm den Weg freigeben, ihm Platz machen sollen auf den Straßen, weil er endlich am ersehnten Ziel ist, müde von der Suche in den Hügeln und der Ödnis nun glücklich zur Jungfrau Maria gelangt ist, und dann steht er wieder auf und verbeugt sich und bekreuzigt sich noch einmal, und noch einmal tanzt er die Straße hinauf, springt die Straße hinunter, wendet sich hierhin und dorthin wie einer, der sich verlaufen hat, in der Wüste nach Wasser sucht, doch was er sucht, ist das Gotteshaus, die Kirche, das Haus des Herrn, das er nirgends findet, gibt es an diesem verfluchten Ort denn keinen Tempel, keine Kirche, nicht einmal eine kleine Kapelle, Herr im Himmel?, und kichernd zeigen die Kinder nach hier und zeigen nach dort, schicken ihn die Straße hinauf und hinunter, und er, weitertanzend, weiterspringend, nass von Schweiß, wendet sich auf seinen hageren Beinen, die ihn schon nicht mehr tragen wollen, hierhin und dorthin, und der Glockenturm der Kirche ist nirgends zu sehen, kein einziges Kreuz findet sich in dieser unseligen Stadt, aber er muss die Kirche finden, muss die kleine Jungfrau sehen, seine Königin von Tamarugal anbeten, sich vor ihrem Bildnis in den Staub werfen, ihren Umhang berühren, die Wärme ihrer schwarzen Augen auf seiner Seele spüren wie eine Liebkosung, sie anflehen für seinen lieben Sohn, dass er nicht einschläft, dass er nur nicht einschläft, muss der heiligen Jungfrau heiß und inniglich versprechen, dass er sich auf Knien in ihre Kirche schleppen wird, die Trommel auf dem Rücken, dass er blutüberströmt zu ihr gelangen wird, am ganzen Leib wund, um ihr die göttlichen Füße zu küssen, damit sie das Wunder tut und seinen geliebten Sohn wach hält, damit er nicht einschläft, nicht einschläft, damit Candelarito del Carmen immer seine kleinen murmelrunden Augen offenhält, die Pupillen glänzend wie Karamell, deshalb muss er weitertanzen, muss weiterspringen, weiter herumwirbeln, weiter das Bom, Bom, Bom-Bom-Bom auf seiner mächtigen Trommel schlagen, bis er den Weg zum Haus des Herrn gefunden hat, zur Kirche gelangt, wo ist sie?, fragt er, wo?, wo ist die Kirche?, und als er wieder durch die Geschäftsstraße kommt, da zeigen die Bengel, die ihm auf den Fersen sind, an der Ecke der Casa Lacre auf die Bahnstation in der Ferne, dort ist die Kirche, rufen sie lachend, die Lichter dort hinten, das ist das Haus des Herrn, und verfolgt vom Geschrei der Kinder wendet er sich, weitertanzend, weiter die Trommel schlagend, den Lichtern zu, schlägt und springt, schlägt und dreht sich, schlägt und strauchelt, fällt im Dunkeln, tut sich weh, steht wieder auf, tanzt weiter, schlägt weiter die Trommel, läuft weiter, auf die Bahnstation zu, die um diese Zeit menschenleer und dunkel ist, und frohlockend, überglücklich, dass er die Kirche endlich gefunden hat, sinkt er da fast ohnmächtig vor einem kleinen grünen Licht auf die Knie, vor der Laterne des Stationsvorstehers, die an einem Pfosten hängt, kniet zwischen den Schwellen der Gleise und singt mit heiserer Stimme, dass hier die Jungfrau ist, die reine, unsere Jungfrau vom Karmel, die zu sehen wir gekommen sind mit dem Segen des Himmels, und dann steht er wieder auf und tanzt, fällt wieder zwischen den Gleisen auf die Knie, mit hochgerutschten Hosenbeinen auf den Schotter, der sich in seine Haut gräbt, rutscht auf Knien dem Licht der Laterne entgegen, singt schluchzend, liebe Mutter gib uns heute deinen Segen und stille das Verlangen unserer Seelen, auf Knien rutscht er weiter voran über das Gleisbett und singt, unter dem entgeisterten Blick des alten Stationsvorstehers, der nicht weiß, was er tun soll, weil da hinten ein Salpeterzug kommt, der diesen Wahnsinnigen zermalmt, wenn er sich nicht von den Gleisen macht, nicht auf der Stelle da verschwindet, der Zug, verdammt, schreit er, und als schon alles verloren scheint und der Alte die Hände vor die Augen schlägt, ist plötzlich der Barbier Sixto Pastor Alzamora da – der hat, als der Teufel an seinem Laden vorbeikam, vom Tumult aufgeschreckt, einen Kunden halbgeschoren sitzen lassen – und springt auf die Gleise und bekommt Cantalicio del Carmen im letzten Moment an den Schultern zu fassen, ehe die Lok schnaufend, mit einem gellenden Pfiff und vierundvierzig Güterwaggons voller Salpeter vorbeistampft.

Barbier und Stationsvorsteher schafften es schließlich nach einem wilden Gerangel, ihn zu besänftigen. Sie nahmen ihm die Trommel ab und betteten ihn neben den Schienen auf den Rücken. Unter dem schweißnassen Satinhemd trommelte sein Herz wie wild. Als der Barbier ihm vorsichtig die Maske abnahm, an der ein Horn gebrochen war, kam das erschöpfte, erhitzte, verzerrte Gesicht von Cantalicio del Carmen zum Vorschein. Die aufgerissenen glänzenden Augen waren zwei zum Bersten geblähte Ballons. Er krampfte im Fieber, war nicht bei Sinnen, fragte nach seinem lieben, lieben Kind, flehte zu Gott, dass es nur die Augen nicht schließe, wenn es sie schloss, dann würde der böse Mann es holen. Dann stimmte er Lobgesänge auf die Jungfrau Maria an, wurde von herzzerreißendem Schluchzen geschüttelt, schnaubte wie ein gehetztes Maultier.

Als die Musiker durch das Dunkel der Wüste angelaufen kamen, saß Cantalicio del Carmen, noch nicht restlos zu Atem gekommen, im gespenstischen Schein der kleinen grünen Laterne auf dem Boden. Dem Stationsvorsteher zitterte noch immer das Kinn, und er strich sich über den Zwirbelbart, der so ausladend war wie der des Barbiers.

Zwei und zwei abwechselnd trugen die Freunde den Trommler zurück in die Stadt. Da die Barbierstube auf dem Weg zu den Höfen lag, gingen sie hinein, um kurz auszuruhen und dem Trommler etwas zu trinken zu geben. Sixto Pastor Alzamora und Bello Sandalio betteten ihn halb ohnmächtig auf den Frisörstuhl, aus dem sie erst den Kunden vertreiben mussten, der mit Duldermiene und einer Schuhschachtel auf dem Schoß unter dem Frisierumhang darauf gewartet hatte, dass sein Haarschnitt beendet würde.

Golondrina del Rosario hatte in der Tür gestanden und die Männer näherkommen sehen und spürte, wie ihr Herz vor Aufregung aus dem Takt geriet, als ihr Vater zusammen mit Bello Sandalio den Laden betrat. Während sie dem armen Don Cantalicio dann Wasser gab, ihm den Puls fühlte und ihm die Hand auf die Stirn legte, war sie machtlos gegen die Röte auf ihren Wangen. Verlegen wie ein junges Ding, wagte sie es kaum, den Kopf zu heben und ihrem geliebten Trompeter in die Augen zu sehen.

Als die Musiker den Trommler wieder aus dem Stuhl hoben, um ihn nach Hause zu bringen, war er noch immer nicht bei sich. Der Barbier begleitete sie bis zur nächsten Ecke und kehrte dann zu seinem Kunden mit der Schuhschachtel zurück. Das war ein kleiner Mann mit indianischen Gesichtszügen, der als Kartoffelschäler in einer der schäbigsten Pensionen der Stadt arbeitete. Zum Haareschneiden brachte er immer einen Schuhkarton mit und sammelte darin penibel jede abgeschnittene Strähne. Abgeschnittene Haare müsse man verbrennen oder vergraben, sagte er, mit denen werde sonst Zauberei betrieben. Außerdem würden dann auch die Vögel ihre Nester nicht damit auspolstern, davon bekomme man schreckliche Kopfschmerzen, an denen könne man sogar sterben. Er saß da wie ein in Stein gehauenes Götzenbild und behauptete unerschütterlich, mit abgeschnittenen Nägeln und abgelegter Kleidung müsse man genauso verfahren.

Seltsam grüblerisch erledigte der Barbier danach noch zwei Haarschnitte und sperrte dann seinen Laden ab. Er wollte allein sein. Die Musiker hatten die Trommel des Teufels in einer Ecke der Barbierstube vergessen, während der Arbeit war sein Blick immer wieder daran hängen geblieben, und in seinem Kopf hatte eine aberwitzige Idee zu simmern begonnen. Als er jetzt die um den Frisörstuhl verteilten Haare zusammenfegte, schlug seine Nachdenklichkeit in beherzten Aufruhr um. Sein Zwirbelbart zuckte unter der Anspannung in seinem Gesicht. Rasch fegte er zu Ende, ordnete seine Arbeitsutensilien und warf sich in den Frisörstuhl.

Lange sah er die Trommel an. Seine Miene war ernst und gedankenversunken. Irgendwann stand er auf und ging mit großen Schritten im Laden auf und ab. Die Idee brodelte jetzt bei hundert Grad in seinem Anarchistenhirn. Er strich sich über den Bart, dachte an seine Tochter. Wie es geknistert hatte zwischen ihr und dem Trompeter in der kurzen Zeit, als beide hier im Raum gewesen waren, vor seinen Augen. Ihre verräterischen

Blicke. Kein Zweifel, die beiden waren verliebt wie junge Täubchen. Das freute ihn. Sollte ihm etwas zustoßen, war seine Golondrinita nicht allein. Dieser Gedanke gab der Idee, die in seinem Kopf immer deutlicher Gestalt annahm, neue Nahrung. Er setzte sich wieder.

Er hätte nicht zu sagen gewusst, ob es an der Bahnstation gewesen war, dass die Idee zum ersten Mal im Kessel seines Hirns aufwallte oder doch erst, als er die vergessene Trommel in seinem Laden sah. In den wenigen Minuten an der Station hatte er an einen Abend des Jahres 1914 denken müssen, als er an gleicher Stelle seine erste Rede von Luis Emilio Recabarren hörte. Er erinnerte sich noch genau an das Datum, es war nicht nur das Jahr gewesen, als der Weltkrieg begann, sondern außerdem der 1. November. Und damals waren mehr als dreihundert Arbeiter gekommen, um den Genossen zu hören. Pampa Unión war zu der Zeit noch eine armselige Ansammlung von Hausiererbuden, dem Wind und wirbelndem Staub ausgesetzt, und bekam als Stadt und Treffpunkt für die Arbeiter aus den umliegenden Salpetersiedlungen erst langsam ein Gesicht. Ihn überkam immer ein zärtlich nostalgisches Gefühl, wenn er daran dachte, wie der Arbeiterführer damals, romantisch wie alle Revolutionäre der Geschichte, eine wahre Lobeshymne auf den Handel gesungen hatte, der gerade rings um die Bahnstation zu erblühen begann. Dieser Markt besitze Würde, hatte er gesagt, denn hier arbeiteten tatkräftige Männer und Frauen, die ihre Gewinne nicht mit Alkohol und Prostitution machten. Armer Don Luis Emilio, wie hatte er sich für seine Worte verflucht, als er einige Zeit später auf einer Rundreise durch den Norden die mit Weinkorken und Bierverschlüssen übersäten Straßen der Stadt sah. Damals hatte er ihn beherbergt, weil die Aufseher ihn nicht mehr in die Siedlungen ließen und in der Stadt die Polizei nach ihm suchte, um ihn festzunehmen. Bis zum Morgengrauen hatten sie im Halbdunkel der Barbierstube zusammengesessen und sich die Köpfe heißgeredet über den gesellschaftlichen Umsturz und ihren Traum von einer gerechten und menschenwürdigen Welt: das Paradies auf Erden.

Don Luis Emilios flammende Rede vor der Bahnstation, daran erinnerte er sich noch gut, war vor allem um zwei Themen gekreist: »Klassenkampf« und »Kapital und Arbeit«. Die Minenarbeiter hatten ihm andächtig schweigend zugehört, und bevor sie sich wieder zerstreuten und im Dunkeln zurück in ihre Siedlungen stahlen, hatten sie zusammen *Auf, Sozialisten!* und die *Hymne der Arbeiter* gesungen. Es war ein schönes Allerheiligen gewesen, eins, das er niemals vergessen hatte. Und jetzt sollte, Ironie des Schicksals, am selben Ort, mit Blaskapelle und allen Sperenzien der Unterdrücker der Arbeiterklasse empfangen werden. Was für eine himmelschreiende Ungerechtigkeit! In einem fast erhabenen Aufbegehren sprang der Barbier auf die Füße und sagte sich, dass er, Sixto Pastor Alzamora, hier war, um dem entgegenzutreten, um diese Unverfrorenheit zu verhindern.

Aus tiefem Herzen überzeugt, ging er jetzt zuerst nach hinten in den Hof und vergewisserte sich, dass seine Tochter schlief. Danach kehrte er in den Laden zurück, nahm die Trommel und trug sie in die Abstellkammer. Dort nahm er etwas Werkzeug und stieg hinunter in sein Sprengstoffversteck. Sein Schnurrbart zitterte vor Aufregung.

Als Sixto Pastor Alzamora kurz nach Mitternacht, sich die Hände mit einem Tuch abwischend, erneut hinaus in den Hof trat, lag ein eigentümlich friedvoller Glanz auf seinem geröteten Gesicht. Nachdem er im lila Häuschen gewesen war, blieb er noch kurz draußen stehen, sah in den Nachthimmel, wo ein leuchtender Ballon des Chinesen mit den Drachen aufstieg (der nach wenigen Augenblicken Feuer fing), und sagte sich, dass sein Schicksal besiegelt war. Er musste nur noch dafür sorgen, dass Golondrina ihn als Ersatz für den Trommler in die Kapelle schleuste. Da es nur um die Nationalhymne ging, würde das nicht weiter schwer sein. »Bloß damit ich mal einem Tyrannen aus der Nähe in die triefenden Augen sehen kann«, würde er seiner Tochter sagen. Und notfalls die Sache mit dem Klavierkonzert zur Sprache bringen, von dem er erst an diesem Morgen Wind bekommen hatte. Sie würde ihn in der Kapelle unterbringen, dann würde er ihr erlauben, für diesen Dreckskerl zu spielen. So ungefähr müsste es gehen.

Ehe der Barbier, mit sich im Reinen und rechtschaffen müde an Körper und Geist, die Lampe in seinem Schlafzimmer löschte, stutzte er die letzten Feinheiten seines Vorhabens und die zitternden Spitzen seines Zwirbelbarts zurecht.

18

An diesem Mittwochmorgen, dem 7. August 1929, zeigte sich das Städtchen Pampa Unión rundum herausgeputzt für das, was zum großen Ereignis seiner Geschichte werden sollte. Erstmals in ihrem wechselvollen Dasein als vom Staat nicht anerkannte Siedlung wurde die Stadt von einem Präsidenten der Republik beehrt.

An den vier öffentlichen Gebäuden und an sämtlichen Privathäusern flatterte die Staatsflagge vor dem erhabenen Blau des Wüstenhimmels. Die ausländischen Bewohner der Stadt hatten zusätzlich auch das Banner ihres jeweiligen Heimatlandes gehisst, und so war der sanfte Wind an diesem Morgen überreich an Farben. Im Schaufenster jedes Ladengeschäfts prangte eine vergrößerte, mit patriotischen Allegorien verzierte Buntstiftkopie des offiziellen Präsidentenporträts. Und sämtliche motorisierten Fahrzeuge, alle Fuhrwerke und Handkarren waren mit ihren jeweiligen Papierfähnchen in den üppig mit Wimpeln und Girlanden geschmückten Straßen unterwegs. Obwohl ein gewöhnlicher sonniger Mittwoch, hatten alle Bewohner der Stadt, vom Krösus bis zum Hungerleider, ihren Sonntagsstaat angelegt. Die Männer trugen ihren Dreiteiler mit der Kokarde des Präsidenten am Revers, die Frauen waren aufwendiger gekleidet und herausgeputzt als zu den Nationalfeiertagen. Selbst die schlimmsten Lausebengel der Stadt hielten bunte Windrädchen in die Luft und waren ordentlich beschuht, bis unters Kinn zugeknöpft und mit Zitronensaft gekämmt. Und damit auch alle Einwohner der Stadt Seine Exzellenz persönlich sehen konnten, war verfügt worden, dass die Geschäfte nur für zwei Stunden am Vormittag öffnen sollten, in der Schule kein Unterricht stattfand und das Arbeiterlichtspielhaus keine Matinee zeigen würde. Selbst in den Freudenhäusern hatte man früher als gewöhnlich Feierabend gemacht, damit die Mädchen vor Mittag aus den Federn kämen und in ihrer züchtigsten Aufmachung der Ankunft des Staatschefs beiwohnen konnten. Die Straßen waren am frühen Morgen gewässert worden, damit die Winde am Nachmittag dem Besucher kein Körnchen ins Auge wehten. Und damit die Abordnung nicht von den Meuten herrenloser Hunde gestört wurde, hatten dieselben, die auch für das Wässern der Straßen zuständig waren, nachts in der ganzen Stadt Hackbällchen mit Strychnin und zermahlenem Glas ausgelegt. Im Morgengrauen sammelten sie auf Handkarren die Hundekadaver ein, in allen Größen und Farben, mit aufgedunsenen Bäuchen und Schaum vorm Maul. Und schon am späten Vormittag dieses strahlenden Mittwochs war ganz Pampa Unión bereit zum ruhmreichen und würdevollen Empfang Seiner verehrten Exzellenz des Herrn Präsidenten der Republik Chile, General Don Carlos Ibáñez del Campo, dessen Ankunft für drei Uhr am Nachmittag angekündigt war. *Die Stimme der Wüste* hatte an diesem Tag ein Extrablatt mit dem Porträt des Präsidenten auf der Titelseite gedruckt und berichtete, dass die Engländer von der Eisenbahngesellschaft Antofagasta-Bolivien einen Sonderzug bereitgestellt hatten, der auf seiner Fahrt von Calama nach Antofagasta in Pampa Unión halten würde.

Gegen halb zwei am Nachmittag – »bei Zügen weiß man nie«, sagte der Apotheker, »und wenn sie noch so englisch sind« – hatte sich die Kapelle an der Bahnstation eingefunden und stand vor dem Podium, das für den Präsidenten aufgebaut war. Sobald der etwas von sich auf dem Trittbrett des Waggons sehen ließe, würde man mit der Nationalhymne loslegen.

Schon seit zwölf Uhr, die Sonne knallte senkrecht auf die Wellblechbauten der Bahnstation, sotteten Tausende von Wartenden in der einschläfernden Salpeterhitze vor sich hin. Eine aufgeregte, erwartungsvolle Masse aus Fußvolk und Honoratioren und den zahlreichen Abordnungen aus umliegenden Salpetersiedlungen. Ganz vorn standen stramm und von der Sonne wie von flüssigem Blei übergossen die wackeren Veteranen des 79er-Vereins, viele einarmig oder mit Holzbein, alle gekleidet in die ruhmreiche rotblaue Uniformjacke, tausendfach geflickt und ausgebessert. Neben ihnen bemühten sich die von der Hitze rammdösigen Damen vom Roten Kreuz, unter ihren Bannern und Fahnen aus Satin etwas Schatten zu finden. Dahinter standen, in strenger Ordnung entlang des Bahnsteigs, die Mitglieder der örtlichen Feuerwehr, die Pfadfinder, die Pfadfinderinnen und die Kinder der städtischen Schule. Die schwenkten unter dem Kommando ihrer Lehrerin, des Fräuleins Edelmira del Real, ihre im Unterricht gebastelten Chilefähnchen und hatten ihre liebe Not, hübsch in Reih und Glied zu bleiben.

Auf der anderen Seite der Bahnlinie sorgten die verschiedenen Sportvereine von Pampa Unión mit ihren Trikots und Bannern für Farbe und mit ihren Schlachtrufen für Stimmung. Neben den Sportlern standen die Vertreter der vielen ausländischen Kolonien der Stadt in landestypischer Tracht und unterhielten sich angeregt in einem babylonischen Wirrwarr von Sprachen. Und ganz hinten, fast schon außerhalb der Bahnstation, brieten stumm und mit finsterer Miene, ohne ein einziges Schild oder Transparent, die Führer der Arbeitervereine und Gewerkschaften in der Sonne, von der Polizei dazu verdonnert, dem Empfang Seiner Exzellenz beizuwohnen. »So hab ich euch in Schussweite meines Karabiners«, hatte der Polizeihauptmann zu ihnen gesagt.

Um fünf vor drei hatte der Barbier Sixto Pastor Alzamora – in der Uniform von Cantalicio del Carmen, die seine Tochter eigenhändig für ihn geändert hatte – schon ein halbes Dutzend Zigaretten geraucht, um das eisige Libellenkribbeln in seinem Bauch zur Ruhe zu bringen. Wenn das so weitergeht, dachte er, bleibt mir keine Kippe für die Zündschnur.

Zum x-ten Mal lehnte er dankend ab, als das »Fläschchen Mandelmilch«, das unter den Musikern kreiste, bei ihm vorüberkam, und rückte die Trommel vor seinem Bauch zurecht. Verstohlen überprüfte er, dass alles war, wie es sein sollte: Durch ein kleines Loch im Bronzering ragte das staubtrockene Ende der Zündschnur, das er sorgfältig aufgedröselt hatte, damit es ohne Schwierigkeiten Feuer fing. Weil die Nationalhymne, wie er überprüft hatte, etwas unter zweieinhalb Minuten dauerte, hatte er die Schnur um die Hälfte gekürzt, und es würde etwa diese Zeit brauchen, bis der Funke die Sprengkapseln und die fünf zusammengebundenen Dynamitstangen im Innern der Trommel erreichte.

Sobald der Tyrann seine schweinische Leiblichkeit in der Waggontür sehen ließe und sie mit der Nationalhymne loslegten, würde er nur noch die Kippe an die Zündschnur halten und sie nach innen schieben müssen. Und Augenblicke bevor die Hymne endete, wenn die Massen schon jubelten und klatschten, würde er wie selbstverständlich ein paar Schritte von der Kapelle weg und mit der todbringenden Trommel vor dem Bauch lächelnd zu diesem Dreckschwein ans Podium treten. So einfach war das. Und es tat ihm kein bisschen leid, dass er sterben würde; das war als Begleitumstand seiner Tat eben nicht zu vermeiden. Ein leichtes Unbehagen in der Magengegend verspürte er lediglich bei dem Gedanken, dass seine im Staub verstreuten Überreste unweigerlich mit den fettigen Fetzen von diesem Rabenaas vermischt sein würden.

Und das war auch das Einzige gewesen, was ihm in den langen Stunden der letzten Nacht auf der Seele lag: dass er seiner Tochter den grausigen Anblick nicht ersparen konnte, wenn die Explosion ihn in Stücke riss. Aber das Glück war fraglos auf seiner Seite; seine Tochter würde seinen Opfergang nicht mit ansehen. Am Morgen hatte sie ihm gesagt, während sie mit nervösen

Fingern die Änderungen an seiner Uniform absteckte, sie komme nicht zur Bahnstation. Sie müsse die Dekoration im Club überprüfen und letzte Vorbereitungen für ihr Konzert treffen.

Und eben jetzt, während sie noch hier und da den Faltenwurf der Damastvorhänge zurechtzupfte und die Sträuße echter Nelken, die man eigens von Landgütern bei Antofagasta hergebracht hatte, auf die Vasen verteilte, war das Fräulein Golondrina del Rosario in Gedanken bei ihrem geliebten Musiker und fühlte sich überglücklich. Auf ihren rosigen Wangen lag derselbe feuchte Glanz wie auf den Nelken. Als er gestern Nacht bei ihr gewesen war, hatte ihr fahrender Trompeter versprochen, dass er heute Abend, wenn das mit dem Präsidenten vorbei wäre, mit ihrem Vater reden und ihn bitten würde, sie besuchen zu dürfen. »Dann muss ich nicht mehr über Mauern springen, um dich zu sehen«, hatte er gesagt. Als sie aufwachte, war sie selig gewesen, und während sie für ihren Vater die Uniform änderte, war es, als hätte sie vor lauter Glück zwei linke Hände. Ständig blieb sie mit der Nadel stecken und zweimal stach sie sich sogar in die Fingerkuppe. Auf seine Frage, was denn nur los sei mit ihr, hatte sie lächelnd gelogen: »Ist nur das Konzert, Vater.«

Um drei Uhr am Nachmittag ertönte in der Ferne der Pfiff des Zuges. Um Punkt drei Uhr sieben fuhr der Zug, unter dem Gebimmel seiner glänzenden Bronzeglocke und umspült von einem wogenden Menschenmeer, in die Bahnstation von Pampa Unión ein.

In einer Wolke aus dunklem Ruß und weißem Dampf

kam die große schwarze Lokomotive schnaufend und keuchend wie ein durstiges Tier vor dem Wassertank der Bahnstation langsam zum Stehen. Der Waggon des Staatschefs bildete das Ende des Zugs, und unmittelbar davor tauchten jetzt in den Fenstern die Köpfe und Karabiner der Soldaten des Siebten Lanzenträgerregiments auf, das mit dem Schutz des Präsidenten auf seiner Reise durch den Norden betraut war.

Der letzte Waggon kam einige Meter von der Kapelle entfernt endgültig zum Stillstand, und die Musiker mussten sich sputen und sich an der richtigen Stelle neu formieren. Von dort, wo er jetzt stand, überlegte der Barbier, waren es höchstens zwölf Schritte bis zum Podium, von dem aus Ibáñez der Schießhund das Volk begrüßen würde. Er zündete sich seine letzte Zigarette an, die Zigarette, mit der er die Zündschnur in Brand setzen würde, sobald der Tyrann seinen schweren Schädel durch die Waggontür schob.

Während die Menge in Jubel und Hochrufe auf den Retter des Vaterlands ausbrach und in einem beeindruckenden Durcheinander Fähnchen und weiße Taschentücher schwenkte, rückten die Stadtoberen, die Honoratioren und die Mitglieder des Komitees, das dem Präsidenten das Memorandum übergeben sollte, eilig auf den Bahnsteig vor. Als dunkel befrackte Doppelreihe nahmen sie feierlich vor dem Trittbrett des Präsidentenwaggons Aufstellung. Der vom Eisenbahnunternehmen freundlicherweise zur Verfügung gestellte Waggon war einer dieser komfortablen Privatwagen, die sonst von den englischen Großindustriellen benutzt wurden. Von außen unterschied er sich kaum von den anderen Waggons des Zugs, war jedoch innen von vatikanischem Prunk.

Alle Welt schaute erwartungsvoll auf den letzten Waggon, den die Soldaten mittlerweile in entschlossener Kampfformation umringten, die Mausergewehre auf die Menge gerichtet. Doch die Minuten verstrichen, und niemand stieg aus. Die Stadtoberen, die Honoratioren und die Mitglieder des Komitees zum Empfang Seiner Exzellenz sahen einander ratlos an. Sie wussten nicht recht, wie vor dem Trittbrett zu warten war, wie stramm sie stehen sollten und wohin mit den Händen, und hatten sichtlich Mühe, ihre provinzielle Wäschestärkefeierlichkeit nicht einzubüßen.

Auch Sixto Pastor Alzamora, der am rechten Rand der Kapelle stand, wurde langsam unruhig. Die Zigarette verqualmte ihm zwischen den Fingern, und das Aas tauchte nicht auf. »Dieser Großmeister der öffentlichen Ordnung lässt zu lange auf sich warten«, sagte er sich eben zornig, da ging die Tür des Präsidentenwaggons einen Spaltbreit auf. Erwartungsvolle Stille legte sich über die Bahnstation. Für Sekunden hörte man in der Gluthitze des Nachmittags nichts als das dumpfe Rauschen des Wassers, das in den Tender der Lokomotive flutete.

Der Barbier musste an die Stille denken, die an jenem lang zurückliegenden Tag eingetreten war, als hier an gleicher Stelle Luis Emilio Recabarren auftrat. Damals war der Himmel höher, heller gewesen; und als der Mann zu sprechen anhob, war ihm das wie ein Schauder durch die Wirbelsäule gefahren. Ein Schauder, wie er ihn auch jetzt vom Scheitel bis zur Sohle überlief, als eine Gestalt im Frack in die Waggontür trat. Weil er ihn kurz für den Diktator hielt, hätte er um ein Haar Feuer an die Lunte gelegt, zuckte aber noch rechtzeitig zurück. Wer da ausstieg, war der Bürgermeister von Antofagasta, der nach Calama gereist war, um sich dem Tross anzuschließen.

Sich die Frackschöße langziehend, trat der Bürgermeister mit einem beflissenen Lächeln zu den Stadtoberen. Nach einer salbungsvollen Begrüßung wechselte man kurz ein paar Worte, und er stieg, diesmal zusammen mit zwei Mitgliedern des Empfangskomitees, wieder in den Waggon.

Natürlich, das Rabenaas lässt sich abholen, dachte der Barbier laut.

»Pardon, Herr Alzamora, wie meinen?«, fragte Gine Maturana, der neben ihm seine im Sonnenlicht gleißenden Becken hochhielt, um sie Funken sprühen zu lassen, sobald der Präsident erschien.

»Ach, nichts«, sagte der Barbier erschrocken.

Als die Musiker gegen Mittag, während sie noch besorgt auf Tirso Aguilar warteten, der sich seit dem Vorabend nicht hatte blicken lassen, den Barbier mit der Trommel auf dem Rücken in der Uniform der Kapelle ankommen sahen, waren sie wie vor den Kopf geschlagen. Bello Sandalio und Candelario Pérez rangen sich zur Begrüßung ein leichtes Kopfnicken ab, aber Gine Maturana bemerkte mit einem Blick auf die Änderungen an der Uniform frech, es sei nicht zu übersehen, dass der Hingeschiedene schlanker gewesen sei. Sixto Pastor Alzamora verzog keine Miene. Um halb zwei, als die

Kapelle schon zur Bahnstation aufbrach, erschien Tirso Aguilar. Er kam geradewegs aus den Armen von Leontina Lindora, der letzten großen Liebe seines Lebens seit drei Tagen.

Damit, dass er jeder Hure, die des Weges kam, sein Herz zu Füßen legte, hatte der liebesbedürftige Klapphornist schließlich wie nebenbei die berühmteste Puffmutter von Pampa Unión erobert, die Besitzerin der sieben wichtigsten Bordelle in der Calle Larga. Was allerdings weniger an seinen schönen Reden eines galanten Schürzenjägers und auch nicht an seiner hübsch gemusterten Weste lag, sondern vielmehr an der Großnichte von Leontina Lindora. Die Kleine war neun, blond wie die Sonne und lebte mit ihrer Großtante über einem der eleganteren Etablissements. Das zierliche Kind hatte ein Engelsgesichtchen, aber ein beunruhigend laszives Glitzern in den grünen Augen, wenn sie abends die Treppe zum Salon hinunter stieg und dort wie ein sinnliches Katzenkind um die Tische strich. Trotz ihres zarten Alters ahnte man, dass sie einmal die schönste Hure der Wüste sein würde und obendrein ein unvergleichliches sinnliches und mimisches Talent besaß. Als verruchte Unschuld kletterte das Nymphchen den Männern mit einem glockenhellen Lachen auf den Schoß und überraschte sie mit Wortspielen und Rätseln, die so obszön und doppeldeutig waren, dass selbst die liederlichsten Lüstlinge der Stadt rote Ohren bekamen. Und im Milieu wusste man, dass sich das unkeusche Engelchen hinter dem Rücken der Großtante bereits ein bisschen eigenes Geld mit Handreichungen an den liebsten Stammkunden verdiente. Die Männer nannten sie Gitanilla de Oro. Und dieses goldene Zigeunerkindchen war im Verlauf eines einzigen Abends derart angetan von dem sanften Tirso Aguilar, so gerührt von seinem lieben, väterlichen Umgang mit ihr, von seinem Kampfergeruch und dem in der Mitte gescheitelten weißen Haar, dass sie schon nach wenigen Stunden »Papi Tirso« zu ihm sagte, ihn bei der Hand nahm, ins Schlafzimmer ihrer Großtante brachte und ihn dort als den besten Mann der Welt vorstellte.

Seit der Ankunft des Zuges waren bereits sechs Minuten vergangen, da kam in die Tür des Präsidentenwaggons erneut Bewegung; mehrere Personen traten ins Freie, und das Publikum brach in frenetischen Jubel aus und ließ den Präsidenten hochleben. Sixto Pastor Alzamora sagte sich, dass es jetzt endlich so weit war, verdammt, hielt die Zigarette an die Zündschnur und drückte sie, kaum hatte sie Feuer gefangen, mit dem letzten Rest der Kippe in die Trommel. Fertig! Jetzt gab es kein Zurück mehr. Sein Schicksal war besiegelt. Er fühlte sich fast unwirklich. Der Tag bekam plötzlich einen anderen Farbton. Die Welt schien mit einem Mal in faszinierender Weise vollkommen: Eins fügte sich ins andere, und es war nur natürlich, dass er, der Barbier Sixto Pastor Alzamora Meléndez, in diesem Moment damit beauftragt war, wiedergutzumachen, was all die Barbiere in der Geschichte verpfuscht hatten, die nicht Manns genug gewesen waren, den gerade herrschenden Tyrannen über die Klinge ihres Rasiermessers springen zu lassen.

Plötzlich merkte er, dass etwas nicht stimmte. In der

Waggontür waren die beiden Vertreter des Empfangskomitees erschienen, wieder in Begleitung des Herrn Bürgermeisters, der diesmal allerdings nicht vom Trittbrett stieg, sondern die beiden von dort oben sehr steif verabschiedete. Und als Sixto Pastor Alzamora sich noch fragte, was das zu bedeuten hatte, da rutschte ihm mit dem Pfiff des Zuges das Herz in die Hose. Im nächsten Moment stieß die Lok eine erste Schwade Dampf aus und fast im selben Augenblick ein langsames, asthmatisches Keuchen. Es überlief ihn kalt. Das konnte doch nicht wahr sein. Aber dort, vor seiner Nase, knirschten die Räder der Waggons, drehten sich langsam, nahmen Fahrt auf. Dieser verdammte Dreckszug fuhr ab!

Um genau drei Uhr und vierzehn Minuten setzte sich der Zug unter den entgeisterten Blicken der Zuschauer schwerfällig in Bewegung, während die Soldaten zurück auf ihren Wagen sprangen und sich ein paar von ihnen, weiter mit dem Karabiner auf die Menge zielend, an den girlandengeschmückten Balkon des Präsidentenwaggons hängten.

Überrumpelt, entgeistert stand der Barbier mit offenem Mund da wie ein Vollidiot und hörte wie durch Watte gedämpft das Schnaufen der Lokomotive. Der Zug fuhr ab, wurde unaufhaltsam schneller, und der Diktator hatte nicht einmal seine widerliche Nase durchs Fenster gesteckt.

Ringsum brach die Menge in ohrenbetäubende Pfiffe aus, und er brauchte etliche Sekunden, bis er aus seiner Erstarrung erwachte. Anderthalb Minuten waren bestimmt schon vergangen, seit er die Lunte angezündet hatte! Ihm blieb kaum noch Zeit. Er musste die Trommel loswerden. Schnell. Aber nicht hier. Der Bahnsteig war ein einziges Menschengewimmel.

Verschwommen wie in einem Traum sah er die wogende Masse ringsum, hörte die Leute im Gedränge fluchen über die Affenhitze, sah, wie sie einander mit dem Konfetti und den Luftschlangen bewarfen, die verteilt worden waren, um den Drecksack zu begrüßen, der nicht mal die Hand zum Fenster rausgestreckt hat, um zu winken, mein Freund, ist das zu fassen? Und die Stimmen der Bergleute, als hockten sie ihm im Hirn, redeten darüber, dass Ibáñez der Schießhund die Salpeterarbeiter ja sowieso für den letzten Dreck hielt, und da kommen wir extra von so weit her, schöne Scheiße, Mann, aber wo wir schon mal hier sind, vertreiben wir diese Sauhitze am besten in einem der Hurenhäuser.

Nein, er konnte die Trommel doch nicht mitten ins Getümmel werfen!

Mit weit aufgerissenen Augen schrie der Barbier los wie ein Wahnsinniger, schlug um sich, stieß die Leute weg, drängte wie ein wilder Stier mit der todbringenden Trommel vor dem Bauch durch die Menge, auf die andere Seite der Gleise, auf eine kleine staubige Anhöhe zu. Von der wütenden Attacke überrumpelt, fluchten und schimpften die Opfer nur über diesen bekloppten Barbier, jetzt ist er völlig irre geworden, seht nur, wie er da in die Wüste rennt. Und alle sahen erwartungsvoll hinter dem Barbier her, der, jetzt schon draußen aus dem Gewühl und unbehindert, weiter schrie und rannte und versuchte, sich aus den gekreuzten Riemen der Trommel zu schälen, was ihm endlich, schon fast oben auf der kleinen Kuppe, auch gelang, und sie sahen, wie die Trommel, als er sie eben von sich stieß, explodierte, er in einer dicken Wolke aus Erde und Steinen durch die Luft geschleudert wurde und etliche Meter weiter aufkam.

Golondrina del Rosario wischte eben über die Tasten des Klaviers, als die Fensterscheiben des Clubs unter der Explosion erzitterten. Sie schreckte zusammen, ließ in einer bösen Vorahnung den Deckel des Klaviers los und flüsterte:

»O Gott, mein Vater!«

Getrieben von ihrer schlimmen Ahnung, lief sie hinaus auf die Straße und völlig außer sich weiter zur Bahnstation.

19

Die Totenwache für den Barbier Sixto Pastor Alzamora wurde in dessen Barbierstube ausgerichtet. Seine Tochter hatte sich von Herzen bei den Führern der Arbeiterkonföderation für das Angebot bedankt, einem so tüchtigen Mann und geachteten Einwohner von Pampa Unión, wie Ihr Herr Vater es gewesen ist, Fräulein Golondrina, die letzte Ehre im großen Saal des Arbeitervereins zuteilwerden zu lassen, war jedoch sicher, wie sie sagte, dass die Barbierstube genau der Ort war, den ihr Vater sich für seine Aufbahrung gewünscht hätte.

Die Lehrerin Edelmira del Real, die sich am Nachmittag angenehm zupackend gegenüber allem gezeigt hatte, was um den Tod herum zu erledigen war, wich ihrer liebsten Freundin nun im Kommen und Gehen der Kondolierenden keinen Augenblick von der Seite. Zusammen mit Bello Sandalio, der sie mit neuen, freundlicheren Augen ansah, half sie, wo sie konnte, damit Golondrina nicht in Trostlosigkeit versank. Obwohl, was alle überraschte, noch niemand das Fräulein Golondrina del Rosario auch nur eine Träne um ihren verstorbenen Vater hatte weinen sehen. Sie war von den Ereignissen wie geblendet und in einen Puffer aus Unwirklichkeit eingebettet, durch den die Schwere und Endgültigkeit dieses Verlusts noch nicht zu ihr vordrang. »Mir ist, als wäre der Tod zu groß, wie soll man ihn in so kurzer Zeit begreifen«, hatte sie in ihrer nebelhaften Entrücktheit zu Bello Sandalio gesagt.

Unter den ersten Trauergästen, die kamen und sich auf die Stühle mit den gelochten Sternen setzten, waren die drei früheren Verehrer von Golondrina. Jacalito der Lehrer saß nur stocksteif da, hielt den Blick auf den Sarg gerichtet und ließ sehr langsam seinen Hut über den eng beieinander stehenden Knien kreisen. Ihm gegenüber saß der Brotfabrikant Nepomucemo Atentti, der das wilde Gefuchtel seiner Hände nicht restlos unter Kontrolle bekam, während er sich mit einigen schwarzgekleideten und Trauermiene tragenden Frauen unterhielt. Unterdessen hatte sich Felimón Otondo in eine Ecke gesetzt, die Ellbogen auf den Knien, starrte auf die Spitzen seiner abgewetzten Schuhe und sog mit geblähten Nüstern den Duft von geschmolzenem Wachs ein; von Zeit zu Zeit hob er den Blick taxierend wie ein alter Boxer in die Runde. Als er gekommen und zum Fräulein Golondrina getreten war, um ihr sein Beileid auszusprechen, hatte er ihr nur, verlegen wegen der Prügelei mit dem Trompeter, die Fingerspitzen gedrückt und leise gesagt: »Wenn Sie mich brauchen.«

Bei Sonnenuntergang war die Barbierstube voller Freunde, und draußen überfluteten die Schaulustigen den Gehsteig. Gegen elf in der Nacht platzte eine aufgeregte Gruppe von Arbeiterführern in die Trauergesellschaft. Es hieß, in der Stadt würden sämtliche Mitglieder der Blaskapelle verhaftet. Alle redeten durcheinander. Jemand berichtete dem alten Marschtrommler, die Polizisten hätten den Trommler Cantalicio del Carmen daheim in seinem Zimmer in den Höfen festgenommen und sich überhaupt nicht um seinen kritischen Zustand geschert. An der Bahnstation Baquedano, sagte ein anderer zu Gine Maturana, sei der Tross des Präsidenten über das »missglückte Attentat auf den Staatschef« in Kenntnis gesetzt worden, und von dort habe der Bürgermeister gleich nach Antofagasta gekabelt und einen Trupp Soldaten nach Pampa Unión befohlen. Und ebendiese Soldaten, sagte wieder ein anderer zu Tirso Aguilar, würden mit Unterstützung der örtlichen Polizei die Operation leiten.

Einer der Arbeiterführer raunte Bello Sandalio zu, der Oberleutnant, der den Trupp befehligte, sei ein Verbrecher in Uniform und an mehreren Massakern an Arbeitern beteiligt gewesen. »Der prahlt öffentlich rum, dass er ein Fachmann im Abknallen von Gesindel ist.« Das ließ den Trompeter aufhorchen. In einer raschen Unterredung mit seinen Freunden im Hof sagte er, die Sache sei ernst, sie dürften das nicht auf die leichte Schulter nehmen. Am besten würden sie schleunigst aus der Stadt verschwinden. Er selbst werde sich eine Weile hier verstecken, schließlich könne er seine Dame am Klavier nicht allein lassen.

Candelario Pérez entgegnete seelenruhig, ihn würde hier niemand am Arsch kriegen. Einfach so abzuhauen, das käme für ihn nicht in Frage, also, er bleibe hier. In seinem Alter lasse man sich nicht wie ein Kommunist durch die Wüste hetzen; bisher habe er noch vor keinem Drecksack in Uniform den Schwanz eingezogen, immerhin habe er im 79er-Krieg gekämpft. »Und das ist kein Fliegenschiss!«, sagte er mit Nachdruck.

»Denk dran, alter Mann«, sagte der Trompeter, »das Militär mischt bei dem Tanz selber mit.«

»Eben drum«, sagte der Alte. Und dass die jungen Soldaten der chilenischen Armee es nicht wagen würden, Hand an einen ehemaligen Kämpfer im glorreichen Salpeterkrieg zu legen. »Das wäre ja noch schöner«, sagte er mit geschwellter Brust.

Gine Maturanas kraterübersätes Gesicht war bleich geworden, ständig nahm er nervös seine lehmbraune Schiebermütze ab und setzte sie wieder auf und sagte schließlich, er werde sofort zurück nach Pinto gehen. Er kenne eine Abkürzung durch die Wüste und könne sich dort bei der Minenladenverkäuferin verstecken. Er werde sich auf keinen Fall für etwas festnehmen lassen, das er nicht getan hatte.

»Die Mistkerle kriegen es fertig und behaupten, ich wär schwul«, sagte er, »und dann werfen sie mich mit einem Stück Bahnschiene an den Füßen ins Meer!«

Tirso Aguilar war gegen das Zittern in seiner Stimme machtlos, als er sagte, er werde sofort in eins der Bordelle von Leontina Lindora verschwinden. Die schmiere schließlich das gesamte Polizeikorps – und den städtischen Inspekteur gleich mit –, da würden ihre Häuser bestimmt nicht durchsucht.

Und aus einem der sieben Bordelle von Leontina Lindora wurde der Klapphornist noch in derselben Nacht von der Polizei geholt. Sie fanden ihn in den Privatgemächern der Puffmutter, in einem zweitürigen Kleiderschrank zwischen Bergen von Unterwäsche und paillettenbesetzten Kleidern. Unter den wütenden Beschwerden der Frau, wozu bezahlt man euch Arschlöchern einen Haufen Geld, wenn ihr doch keinen Respekt habt, schlugen sie mit dem Gewehrkolben auf ihn ein und nahmen ihn halb angezogen mit. Die kleine Gitanilla de Oro bekam einen Heulkrampf, unter den sich die vulgärsten Beschimpfungen mischten, und ehe ihre Großtante sie um die Taille packen und festhalten konnte, hatte sie sich auf einen der jüngeren Soldaten der Patrouille gestürzt und grub ihm die Zähne in die Hand.

Den Beckenspieler Aubergine Maturana Ponce griff ein berittener Polizeitrupp in der offenen Wüste auf, als er die Halden einiger aufgelassener Salpeterfelder überquerte. Erst traten sie ihn am Boden zusammen und droschen mit den flachen Seiten ihrer Säbel auf ihn ein, dann banden sie ihm einen Strick um den Hals, Hauptmann Mistwasser zurrte das Ende am Sattel seines Rappen fest und schleifte ihn zurück in die Stadt.

Als jemand nach Mitternacht die beim Sarg Wachenden verständigte, die Soldaten seien im Anmarsch, war Candelario Pérez durch nichts und niemanden zu überzeugen, dass er sich besser versteckte. Die Uniformierten stießen die Leute vor der Tür grob zur Seite und stürmten polternd ins Haus. Während seine Soldaten sich umsahen und die Papiere der Anwesenden überprüften, brüllte der befehlshabende Oberleutnant, bis auf zwei hätten sie diese feigen Musiker gefasst. Der alte Marschtrommler trat wutschnaubend vor:

»Hier ist ein Musiker.« Er warf sich in die Brust. »Und

nur dass Sie's wissen, er ist nicht feige. Ich bin Candelario Pérez, Kriegsveteran, Unterfeldwebel der dritten Kompanie im Bataillon von Chill…«

Ein Gewehrkolben traf ihn hart auf der Schulter, und er brach zusammen, ehe er seinen Satz beendet hatte. Auf einen Befehl des Oberleutnants packten ihn zwei Soldaten an seinem ziegenkäsefarbenen Mantel und schleiften ihn durch das angstvolle Schweigen der Leute, die sich in den Ecken zusammendrängten und den Ausgang freigaben. Er wehrte sich nach Kräften, dabei riss der Riemen seiner Feldflasche, und sie blieb draußen mitten auf der Straße im Staub liegen.

Bello Sandalio hatte sich beizeiten versteckt. Als Golondrina del Rosario hörte, was in der Stadt geschah, hatte sie ihn mit einer für ihre Trauer bewundernswerten Geistesgegenwart in den Verschlag unterm Fußboden der Abstellkammer geführt. Es dauerte eine Weile, bis sich seine Augen an die Dunkelheit im Gewölbe gewöhnt hatten, dann entdeckte er den Sprengstoff. In einem alten Schmalzkanister lagen die Dynamitstangen, in der Ecke gegenüber in einer Kiste die Kästchen mit den Sprengkapseln, an einem Draht an der Rückwand hing schwarz ein Bündel mit Zündschnüren. Bello Sandalio gingen die Augen über. Dann fing er plötzlich an wie aufgezogen, ohne Sinn und Verstand, hektisch an dem Material herumzufuhrwerken. »Ich muss mich verteidigen«, sagte er sich wie im Wahn. Bei seinen Wanderungen durch die Salpeterwüste hatte er das oft genug gesehen, nahm jetzt die erste Lunte, schob sie in eine Zündkapsel, presste die mit den Zähnen zusammen;

dann drückte er die Kapsel in die poröse Masse einer Dynamitstange, und schon war der erste Sprengsatz bereit.

Bello Sandalio hatte sich ein Leben lang einzureden versucht, dass ihn das Drama der Arbeiter hier draußen kein bisschen kümmerte. Er war der Sohn eines irischen Seemanns, und seine Mutter stammte zwar aus Iquique, hatte das Hinterland aber nie gesehen. Was er als Mitglied in den verschiedenen Minenkapellen an Missbräuchen, Schikanen und immer neuen Ungerechtigkeiten mitbekommen hatte, verdünnte er in seiner Erinnerung mit einer Flasche Wein, ein bisschen Musik und der Liebe der erstbesten Frau. Aber ein Ereignis war ihm hartnäckig im Gedächtnis geblieben und durch nichts auszurotten. Er hatte nie jemandem davon erzählt. Damals, an jenem Abend des 21. Dezember 1907 in Iquique, er war elf Jahre alt gewesen, hatte er sich zu Hause in der Calle Latorre in die Arme seiner Großmutter gekrallt und auf das Rattern der Maschinengewehre gehört, die wie in eine Herde wehrloser Tiere in die Menge der Arbeiter schossen, die zu Tausenden in der Santa-María-Schule zusammengepfercht waren. Wenig später hatten er und ein paar Freunde, als sie im unteren Teil des Armenfriedhofs herumstromerten, in einer Ecke eine riesige Grube gefunden, in der einige der Toten des Massakers verscharrt worden waren. Das Massengrab war nur notdürftig zugeschüttet und durch ein armseliges Holzkreuz gekennzeichnet, das eine gute Seele dort aufgestellt hatte; eins von vielen Massengräbern, die nach dem Massaker ausgehoben wurden. Die Leichen der

Arbeiter waren nur von einer dünnen Schicht Erde bedeckt, fast offen lagen sie da, Männer und Frauen, ein einziges Knäuel aus Armen, Beinen und durchlöcherten Köpfen. Manchmal hatte Bello Sandalio schon gedacht, dass sein Trompetenspiel, mit dem er zu der Zeit begann, nichts als ein Versuch war, den grausigen Anblick dieses Massengrabs zu vergessen und das Knattern der Maschinengewehre zum Schweigen zu bringen, das trotz der seither vergangenen Jahre durch die Kasematten seiner Erinnerung hallte. »Der menschliche Instinkt ist schlimmer als der tierische«, sagte er manchmal ohne weitere Erklärung, wenn ihn die Erinnerung an das Gemetzel heimsuchte.

Als etliche Sprengsätze vorbereitet waren und er gerade nach etwas suchte, womit er die Lunten auf ein Minimum kürzen konnte, hörte er, wie die Luke angehoben wurde. Oben standen Golondrina und ihre Freundin. Sie berichteten ihm verstört, was mit dem alten Marschtrommler passiert war. »Diese Schweine«, knurrte er. Er zeigte ihnen die Dynamitstangen und sagte, beim Vorbereiten sei er nicht sicher gewesen, ob er den Mut haben würde, sich damit zu verteidigen. Aber da er jetzt wusste, was sie mit seinem Freund gemacht hatten, würde er sie, ohne zu zögern, einsetzen.

Weil ihre Freundin Golondrina zu fassungslos war, um etwas zu sagen, herrschte die Lehrerin ihn an, ob er da unten völlig den Verstand verloren habe. Er solle den Sprengstoff lassen, wo er war. Die beiden Frauen waren sich einig, dass man Bello Sandalio so schnell wie möglich aus dem Haus schaffen musste, weil die Soldaten jeden Moment zurückkommen konnten. Die Lehrerin schlug vor, ihn in die Schulgebäude zu bringen. Nur stellte sich die Frage, wie man ihn hier ungesehen rausbekam. Dazu machte Golondrina einen Vorschlag, bei dem ihre Freundin schmunzeln musste und der Trompeter die Stirn runzelte. »Nimm's als Revanche«, flüsterte sie ihm sanft zu und sah ihm in die Augen.

Während er die Frauenkleider anzog, sann Bello Sandalio darüber nach, wie verschlungen Gottes Wege waren. Vor gar nicht langer Zeit, da hatte er seine Dame am Klavier als Mann verkleidet, um sie in ein Bordell zu schleusen, und jetzt kleidete sie ihn – ihre Absicht war, zugegeben, erheblich lauterer, schließlich wollte sie ihm das Leben retten – in ihre spitzenverzierten Röcke, puderte ihm die Nase und schminkte ihm die Lippen rot.

Als sie ihn fertig herausgeputzt hatte, drückte Bello Sandalio sie in jäher Leidenschaft an sich und sagte, jetzt sei zwar vielleicht nicht der richtige Zeitpunkt, die große Dummheit zu sagen, die er sagen wollte, aber wenn er mit heiler Haut aus all dem herauskäme, dann würde er sie gern zur Frau nehmen.

»Willst du mich heiraten?« Er sah sie an.

Golondrina erwiderte seinen Blick, und alle Liebe, die sie für ihn empfand, war in ihren Augen zu lesen. Unwillkürlich fragte sie sich, welches Stück von Chopin am besten zu dieser Situation passte, und das Ja, Liebster, natürlich, nichts wünsche ich mir ja sehnlicher im Leben, lag ihr auf der Zunge, aber sie biss sich auf die Lippen und sagte schließlich mit kummervoller Miene, aus Liebe und Achtung vor ihrem toten Vater werde sie ihm ihre Antwort nicht jetzt geben, er möge bitte noch ein paar Tage warten. Da umarmte er sie erneut und wollte sie küssen. Für einen Augenblick vergaß sie den Schmerz, der sie bedrückte, sie machte sich sanft von ihm los, strich mit einem Finger über seine angemalten Lippen und hauchte ihm mit schmachtend spöttischer Miene ins Ohr:

»Das wäre, als würde ich Pearl White küssen, mein Schatz.«

Es tagte schon fast, als die Lehrerin mit der seltsamen Frau am Arm, in die Bello Sandalio sich verwandelt hatte, das Haus verließ. Sie hatten das längste und weiteste Kleid aus Golondrinas Schrank für ihn ausgesucht, seine roten Haare unter einem Hut mit Filzblumen verborgen und ihm ein gehäkeltes Tuch um die Schultern gelegt, damit man nicht sah, wie das Kleid, einfach zu eng für seine Statur, aus den Nähten platzte. Aber um keinen Preis hatte er Frauenschuhe anziehen wollen. Wenn er um sein Leben laufen müsste, sagte er, dann bitte in seinen eigenen Schuhen. Außerdem bestand er darauf, seine Trompete und seine Kleider mitzunehmen. Ehe sie aufbrachen, nahm Edelmira del Real ihm die Papiertüte aus der Hand. »Mich wird die Polizei nicht durchsuchen«, sagte sie.

Um diese Zeit saßen nur noch zwei oder drei alte Kunden des Barbiers, einige Frauen aus der Häuserzeile und Felimón Otondo beim Sarg. Bello Sandalio sagte, um die Glaubhaftigkeit seiner Maskerade zu prüfen, gehe er am besten mitten durch die Trauergemeinde. Wenn dieser Schläger Felimón Otondo ihn nicht erkannte, könne es losgehen. An der Seite der Lehrerin betrat er die Barbierstube und stellte sich ans Fußende des Sargs. Wie selbstverständlich rückte er ein paar Kränze auf dem Sargdeckel zurecht und tauschte eine heruntergebrannte Kerze gegen eine neue. Keiner der Anwesenden achtete sonderlich auf die großgewachsene und plumpe Frau, die nach einer Weile mit einem verstohlen Blick hin zu der Ecke, wo gähnend der Boxer saß, leise den Raum verließ. Felimón Otondo hatte ihn einen Moment angeschaut, aber nichts ließ vermuten, dass er Bello Sandalio erkannt hatte.

Die allererste Beisetzung in Pampa Unión hatte um fünf Uhr nachmittags stattgefunden. Und durch irgendeine unerklärliche Art von Totenstarre war es in der Stadt zur sakrosankten Gewohnheit geworden, alle Bestattungen um diese Zeit vorzunehmen. Und so verließ auch an diesem unseligen Donnerstag der Leichenzug von Sixto Pastor Alzamora um Punkt fünf Uhr die Barbierstube.

Obwohl das Militär in der Stadt bedrohlich wirkte, kam eine große Menschenmenge zur Beerdigung. Der Himmel war fleckig von kleinen weißen Wölkchen, und der nachmittägliche Wind glich einem zahmen Hündchen, das den Männern um die Hosenbeine und den Frauen um den Saum der Glockenröcke strich. Trotz der vielen Leute war es ein stilles Begräbnis. Alle hatten noch den Leichenzug des kleinen Candelarito del Carmen in Erinnerung, als die Kapelle vorneweg marschierte und die Frauen aus den Höfen haltlos weinten.

Im Gedränge des Leichenzugs wechselten die Männer

sich beim Tragen des Sarges ab. Nur der Brotfabrikant Nepomucemo Atentti und der Boxer Félimon Otondo hatten sich in einer stummen Kraftprobe die vorderen Griffe des Sarges erkämpft und gaben sie, jeder auf seiner Seite, auf der gesamten Strecke nicht her. Jacalito der Lehrer ging mit einem Kranz in der Hand hinter dem Sarg her, zog eine Duftspur aus Kölnischwasser und wirkte in sich gekehrt. Dabei bewegte er die Lippen, als würde er inbrünstig beten oder auf sich selbst einreden.

Als der Zug den Friedhof erreichte, hatte sich der Wind fast vollständig gelegt. Nach den obligatorischen Gebeten und einer improvisierten Rede eines Vertreters der Arbeiterkonföderation ließ sich, als eben der Sarg in die Grube hinabgelassen werden sollte, die Stimme von Jacalito dem Lehrer vernehmen mit der Bitte, ihm eine Minute Gehör zu schenken. Ein »Wenn Sie erlauben« murmelnd, zwängte er sich durch die Menge bis zum Grab und stellte sich ans Kopfende des Sarges. Aus der Innentasche seines Mantels zog er ein rosa Billett, das er mit schwarzer Tinte umrandet hatte, und begann mit seiner nach eingerostetem Sperling klingenden und nun obendrein vor Kummer gebrochenen Stimme vorzulesen. Das Gedicht, das er sich auf der gesamten Strecke des Leichenzugs vorgesagt hatte, war in elegischen Alexandrinern mit umarmendem Reim verfasst und kreiste im Wesentlichen darum, dass der Barbier gewesen war wie ein Held aus der griechischen Mythologie. Wie ein Ei dem anderen glichen die Verse in ihrem klassischen Stil und Metaphernreichtum denen, die auf der Kulturseite der Zeitung mit »Nordstern« unterschrieben waren.

Als die erste Schaufel Erde ins Grab fiel und das bleiche Antlitz des Fräuleins Golondrina del Rosario alle tief erschütterte, wurde die Aufmerksamkeit der hinteren Reihen von einem Handgemenge zwischen mehreren Leuten am Eingangstor zum Friedhof abgelenkt. Zwei Polizisten hielten dort einen Mann in einem zerschlissenen Anzug fest, der seinen Hut tief ins Gesicht gezogen hatte und eine Papiertüte in der Hand hielt. Es war Bello Sandalio.

Weil er um jeden Preis zur Beerdigung gehen wollte, hatte der Trompeter seinen eleganten Oxford-Anzug beim Hausmeister der Schule gegen den ältesten und schäbigsten eingetauscht, den der besaß, allerdings darauf bestanden, dass er den Hut dazubekam. Und in dieser Verkleidung hatte er sich dem Leichenzug angeschlossen und war in der Menschenmenge unentdeckt geblieben. Vor Ende der Beerdigung hatte er sich, als er sah, dass seine Liebste den Schmerz über den Verlust ihres Vaters mit Fassung trug, unbemerkt vom Friedhof zurückziehen wollen. An dem schweren, schmiedeeisernen Tor flog seine Tarnung auf: Seine Trompete, die er in eine Papiertüte gesteckt hatte, verriet ihn.

Als das Fräulein Golondrina del Rosario in Begleitung ihrer Freundin nach Hause kam, musste sie feststellen, dass jemand dort gewesen war und alles durchsucht hatte. Die Tür war aufgebrochen, und drinnen sah es aus, als hätte eine Bombe eingeschlagen. Alle Möbel waren umgeworfen, was auf Regalbrettern und in Schubladen gewesen war, lag im Empfangszimmer und im Musikzimmer auf dem Boden verstreut. Durch irgendein unerklärliches Wunder oder die Laune eines Musikliebhabers war einzig der Flügel unbeschadet. In den Schlafzimmern waren die Schränke geleert und zertrümmert und die Matratzen mit dem Säbel erbarmungslos aufgeschlitzt worden. Doch am schlimmsten hatten sie in der Barbierstube ihres Vaters gewütet. Grenzenlose Verzweiflung überkam sie. Ihre Freundin sagte, sie solle besser die Nacht nicht hier im Haus verbringen. Und lud sie ein, mit zu ihr zu kommen. Sie lehnte ab. Dagegen bat sie ihre Freundin, Bello Sandalio auszurichten, dass er bitte so schnell wie möglich zu ihr kommen solle.

Edelmira del Real, die ihrer Freundin noch nichts von der Festnahme des Trompeters hatte sagen wollen, bereitete ihr einen Tee mit Zitrone und brachte es ihr so schonend wie möglich bei. Golondrina del Rosario sah sie an, die Augen groß wie Monde. Was ihr da widerfuhr, konnte einfach nicht wahr sein. Sie hätte schreien und weinen wollen, fand aber keine Tränen. Sie sank auf das geblümte Sofa und barg ihr Gesicht in den Händen.

Als es dunkelte, entfachte ihre Freundin ihr ein Feuer im Kohlebecken, bereitete ihr eine Gemüsesuppe, damit sie wieder etwas Farbe bekam, und zog sich dann zurück. Golondrina bekam keinen Bissen herunter. Für Stunden kauerte sie wie weggetreten auf dem Sofa, dann stand sie auf und ging in die Abstellkammer. Die Eindringlinge hatte die Falltür nicht entdeckt. Sie hob sie an und stieg hinab in das Sprengstoffversteck. Unten war alles so, wie der Trompeter es zurückgelassen hatte. Danach, es war schon stockdunkle Nacht, warf sie sich einen Schal um die Schultern und ging zur Wache, um nach Bello Sandalio zu fragen. Man ließ sie nicht zu ihm. Aber der diensthabende Polizist, ein Gefreiter, über dessen extreme Fettleibigkeit in der Stadt gespottet wurde, hatte als Dauergast im Kino die musikalische Untermalung des Fräuleins Golondrina del Rosario immer bewundert, erbarmte sich und verriet ihr, dass die Musiker am kommenden Morgen um sieben mit dem Zug nach Antofagasta gebracht werden sollten.

Wieder zu Hause und noch immer außerstande, ihren Tränen freien Lauf zu lassen, hob sie in der Barbierstube einen der Stühle vom Boden auf (der Frisörstuhl war vollständig ausgeweidet worden) und setzte sich mit schlaff hängenden Armen mitten in das Tohuwabohu. Sie fühlte die Verzweiflung der ganzen Welt in sich. Plötzlich sah sie hinter der umgeworfenen Eichenkredenz ihren Vater stehen, er strich sich den Schnurrbart glatt und verwechselte sie mit ihrer Mutter. »Nicht weinen, Elidia«, hörte sie ihn deutlich sagen. Sie hatte gar nicht bemerkt, dass sich ein sanfter Strom aus Tränen über ihre Wangen zu ergießen begann, der jetzt zu einem krampfhaften Schluchzen anschwoll; unter den tiefen Schmerz über den Tod ihres Vaters mischte sich die hilflose Wut über das, was mit ihrem Geliebten geschah. Sie weinte die ganze Nacht.

Der Tag brach gerade an, da stand sie schon, von der durchwachten Nacht betäubt, vor dem Eingang zur Polizeikaserne und wartete auf die Gefangenen. Um 6:45

Uhr stoben sechs Soldaten und drei Polizisten in gestrecktem Galopp durch das Seitentor. Die Gefangenen saßen mit gefesselten Händen auf den Kruppen der Pferde. Sie rannte verzweifelt an die Ecke, um einen Blick auf ihren Trompeter zu erhaschen. Hinten auf einem schwarzen Pferd konnte er gerade noch seinen Rotschopf nach ihr umdrehen und sie anlächeln. Wenn es auch traurig im Morgenlicht schimmerte, war sein Lächeln doch wenigstens heil geblieben.

An der Bahnstation wartete mit der Lok unter Dampf ein Güterzug mit Salpeterwaggons und einem am Ende angehängten Viehwagen. Als sie hinter den Pferden her mit keuchendem Atem die Station erreichte, entfernte sich der Zug bereits dampfend in Richtung Antofagasta.

Zu Hause verrammelte das Fräulein Golondrina del Rosario alle Türen und wollte niemanden sehen. Sie würde hier eingeschlossen bleiben, bis man ihr ihren wandernden Musiker zurückbrachte oder sie vor Liebe starb.

20

Es war Samstagabend um zehn, einer der bisher kältesten Tage dieses Winters, als Yemo Pon und Nestorina Manova, die Witwe aus der Molkerei, beim Fräulein Golondrina del Rosario ankamen. Sie wollten ihr sagen, was bereits die ganze Stadt erschüttert hatte, wovon sie jedoch noch nichts wusste: dass die Soldaten Bello Sandalio und mit ihm die gesamte Literkapelle umgebracht hatten.

Zurückgezogen in ihre klösterliche Einsamkeit, hatte das Fräulein Golondrina del Rosario in den letzten zwei Tagen niemandem die Tür geöffnet. Nicht dem Bolivianer, der das Brot brachte, nicht dem Mann, der die Eisblöcke lieferte, und auch dem Chinesen González nicht (der aber immerhin menschlich genug gewesen war, ihr den Sack Kohlen wegen der Eiseskälte vor die Tür zu stellen). Nicht einmal ihrer Freundin, der Lehrerin, hatte sie geöffnet, obwohl die am Freitagmorgen über zwanzig Minuten an ihre Tür klopfte. Entmutigt hatte Edelmira del Real ihr schließlich einen Zettel mit ein paar tröstenden Worten unter der Tür durchgeschoben und auch geschrieben, dass sie übers Wochenende nicht in der Stadt sein würde, weil sie wegen einiger Schulangelegenheiten unten in der Hafenstadt zu tun hatte. Erst als Golondrina jetzt Yemo Pon durchs Fenster sagen hörte, er komme in Begleitung von Frau Nestorina Manova, öffnete sie ihre Tür. Sie hatte nicht einen Moment an die Geliebte ihres Vaters gedacht. Die arme Witwe litt sicher genauso wie sie selbst.

Als die beiden Frauen einander gegenüberstanden – der Junge zerrte derweil den Sack mit den Kohlen, der noch immer neben der Tür lehnte, ins Haus –, brachten sie kein Wort heraus und schlossen sich stattdessen fest in die Arme. Die unglückliche Witwe hatte nicht bei der Totenwache für ihren lieben Sixto Pastor erscheinen wollen, um die Trauer seiner Tochter nicht zu stören, war dem Sarg nur in einiger Entfernung gefolgt und weinte jetzt heftig in den Armen von Golondrina del Rosario. Doch gleich darauf besann sie sich, löste sich beschämt aus Golondrinas Armen und schluckte ihre Tränen und den eigenen Kummer hinunter, weil dieses arme Kind Gottes doch viel mehr als sie selbst allen Trost der Welt nötig haben würde.

Ehe sie ihr sagte, was ihr wie glühende Kohlen die Zunge versengte, hantierte sie eine Weile in der sinnlosen Hoffnung herum, etwas möge geschehen, das ihr die quälende Aufgabe ersparte. Sie hob ein paar Nippfiguren auf, die noch immer auf dem Boden verstreut lagen; sie suchte einige Kohlestücke aus und entfachte ein Feuer im Kohlebecken – Golondrina del Rosario war vollkommen durchgefroren; sie bereitete ihr eine Tasse heißen Tee; sie setzte sich mit ihr auf das Sofa im Empfangszimmer, streichelte sie sanft wie eine Mutter, und schließlich sagte sie es ihr.

Das Gerücht machte eigentlich schon seit der letzten Nacht hartnäckig die Runde. Offenbar hatte der jüngste der drei Polizisten, die den Soldatentrupp begleitet hatten, in einem der Bordelle von Leontina Lindora stockbesoffen erzählt, die Soldaten hätten auf offener Strecke halten lassen und an einer Schlucht neben der Bahnlinie die – angeblich flüchtenden – Mitglieder der Kapelle alle erschossen.

Erst hatte das niemand glauben wollen, aber dann war an diesem Samstagabend jemand mit dem Zug aus Antofagasta gekommen und hatte die Zeitung *Abecé* dabei. In einem Nachrichtenkasten im Innenteil stand eine kurze Notiz. Darin hieß es, neun Subversive, alle bereits wegen kommunistischer Umtriebe aktenkundig, seien von Angehörigen der Streitkräfte zur Strecke gebracht worden. Besagte Subjekte, die als Gefangene aus Pampa Unión in die Stadt verbracht werden sollten, hätten vor Erreichen der Bahnstation von Baquedano einen Maschinenschaden an der Lokomotive und deren Halt auf freier Strecke zur Flucht zu nutzen versucht. Da der Befehl, stehen zu bleiben, unbeachtet blieb, hätten die Soldaten sich genötigt gesehen, von der Schusswaffe Gebrauch zu machen.

Golondrina del Rosario spürte, dass auf einen Schlag ihr gesamtes Universum erlosch. Als hätte ein rauschhafter Strudel sie erfasst, begriff sie erst gar nicht, was sie hörte; gepeinigt musste Nestorina Manova es ihr noch einmal wiederholen und zog sie dann liebevoll an sich. Golondrina legte den Kopf in ihren Schoß und dachte an ihre Mutter. Sie schluchzte und biss sich auf die Finger und fragte, wo Gott denn nur war, wieso er nicht da war. Für sie war Gott stets weniger im Himmel, auf der Erde oder, wie die Nonnen in der Schule etwas schwammig behauptet hatten, in allen Dingen zu Hause gewesen, sondern vor allem in der Musik und in der Poesie. Und das hatte sie geglaubt, seit ihre Mutter es gesagt hatte an einem Abend, als sie zusammen am Klavier saßen und sich an einem Stück für vier Hände versuchten. Sie war damals sechs Jahre alt gewesen, und was ihre Mutter da sagte, war wie ein überwältigendes Geschenk gewesen: Mit dem Klavier im Haus würde sie immer in der Nähe vom lieben Gott sein. Aber während Nestorina Manova ihr jetzt stumm übers Haar strich – und keine Worte fand, die sie dem armen, unglücklichen Geschöpf hätte sagen können –, spürte sie, dass selbst alle Musik der Welt und alle Poesie, die du mir vermacht hast, meine liebe Mama, den Schmerz und die Qual, die ihre Seele durchbohrten, nicht lindern konnten.

Es war Mitternacht vorbei, als die Witwe, die lange bei Golondrina gesessen hatte, Kohlen im Becken nachlegte und schließlich nach Hause ging. Obwohl leichenblass und kraftlos, klang Golondrina beim Abschied sonderbar gefasst. »Leben Sie wohl, meine liebe Nestorina«, sagte sie, »möge Gott Ihnen ein langes Leben schenken.« Dann bat sie Yemo Pon, der auf einem Sessel eingenickt war, noch einen Moment zu bleiben, sie habe noch ein paar Erledigungen für ihn. Da seine Mutter die Nacht über arbeitete, hatte der Junge nichts dagegen, bis zum Morgen zu bleiben, wenn sie das wünschte.

Für Golondrina stand da bereits zweifelsfrei fest, was ihr im Leben noch zu tun blieb. Hätte sie den Tod ihres Vaters wohl irgendwie verwinden können, so spürte sie, dass ein Weiterleben ohne das Lächeln ihres fahrenden Trompeters für sie ausgeschlossen war. Sie war allein deshalb auf diese Welt gekommen, um in Liebe für ihn zu lodern.

Die Aufträge für Yemo Pon waren klar und unmissverständlich. Er sollte zu dem italienischen Brotfabrikanten Don Nepomucemo Atentti gehen und in ihrem Namen einen Maultierkarren von ihm leihen. Dann sollte er den Herrn Felimón Otondo und Jacalito den Lehrer aufsuchen und beide umgehend zu ihr bitten. Um diese Zeit würde er Jacalito den Lehrer gewiss zu Hause antreffen, aber den Boxer, das wisse er ja, müsse er am Tresen irgendeiner Kneipe suchen.

Sie habe vor, erklärte sie dem Jungen, damit der es wiederum den Männern erklärte, falls sie fragten, ihrem geliebten Vater eine Art posthume Ehre zu erweisen. Sie wolle dort, wo er gestorben war, ein Konzert spielen. Den Karren des Italieners brauche sie, um den Flügel dort hinzubringen, und der Herr Felimón Otondo sollte ihr zusammen mit Jacalito dem Lehrer beim Verladen und beim Transport helfen.

Gegen vier am Morgen erschien Yemo Pon auf dem Kutschbock eines Maultierkarrens. Der Italiener hatte ihm das Gespann gern geliehen, bat aber darum, es vor sechs Uhr wiederzubekommen, weil dann die erste Brotlieferung ausgefahren werden musste. Rechts von dem Jungen saß, etwas angetrunken und mit hochgeklapptem Mantelkragen, der Champion im Halbschwergewicht, links, taub gefroren, die zarten Händchen zwischen den Beinen vergraben, Jacalito der Lehrer. Trotz der frühen Morgenstunde hatte er sich die Zeit genommen, sich sorgfältig zu kämmen und großzügig mit Kölnischwasser zu benetzen. Hinten auf dem Karren hockte ein von Kopf bis Fuß weiß bemehltes Männlein. Es war einer der Bäcker. Nepomucemo Atentti hatte ihn mitgeschickt, damit er beim Schleppen des Klaviers half. »Diese Ungetüme sind doch sauschwer«, hatte er gesagt.

Nach einer halben Stunde Schwerstarbeit hatten sie das Instrument auf den Karren verladen. In einem lilafarbenen Kleid und einem dazu passenden zarten Hut, dessen Schleier ihr trauriges Gesicht verbarg, lud das Fräulein Golondrina del Rosario noch den Klavierhocker auf und kletterte dann neben Yemo Pon auf den Kutschbock. Die anderen fuhren hinten mit und sicherten das Instrument. Bis zur Bahnstation sagte keiner ein Wort. Allen klapperten die Zähne vor Kälte.

Als der Flügel schließlich auf der kleinen Anhöhe im Sand stand, sagten die Männer, es sei gefährlich für sie, um diese Zeit hier allein zu bleiben, und sie solle ihnen wenigstens gestatten, ihr Gesellschaft zu leisten, bis es hell wäre. Sie entgegnete, sie sollten sich keine Sorgen machen, es werde ihr nichts zustoßen. Und dass sie jetzt gern allein wäre. »Ich weiß, dass Sie mich verstehen«, sagte sie und sah ihren beiden Verehrern in die Augen. Und um ihre letzten Bedenken zu zerstreuen, bat sie die beiden, sie gleich nach Sonnenaufgang abzuholen. Als das Fuhrwerk sich dann vor den Lichtern der Stadt schwankend entfernte, winkte sie ihm zur Beruhigung nach.

Am Wüstenhimmel zeigte sich der erste helle Schein,

als das Fräulein Golondrina del Rosario, bis auf die Knochen durchgefroren, allein, ätherischer denn je, den Hocker auf dem sandigen Boden zurechtrückte und am Flügel Platz nahm. Vor ihr tauchten schemenhaft die Silhouetten der ersten Häuser von Pampa Unión aus dem Dunkel. Das Gesumm der durchzechten Nacht drang deutlich an ihr Ohr, als wäre das Städtchen ein einziger schlafloser, feiernder Bienenstock. Tatsächlich hatte sie dieses Summen seit ihrer ersten Nacht hier im Ohr. Sie erinnerte sich an ihre Ankunft in Pampa Unión. Sie sah sich selbst aus dem Zug steigen, geblendet von all dem Sonnenlicht und taumelnd unter der Bruthitze um zwei am Mittag. Hier roch der gesamte Planet nach Salz. Das Städtchen, das dort in der Ferne unter der brennenden Sonne vor Betriebsamkeit brodelte, kam ihr vor wie ein Trugbild aus einem verrückten Traum. Als sie dann in dem großen, plumpen Haus stand, das ebenfalls diesen schroffen Salzgeruch verströmte, noch keinen Anstrich besaß und fast unmöbliert war, fühlte sie sich hundeelend. Sie dachte, sie würde die Schule schrecklich vermissen, die süße und kirchenkühle Luft ihrer Räume. Durch die Atmosphäre dieses staubigen Städtchen waberte etwas wie ein schändlicher Äther, der sie in Glut versetzte und ihre Sinne verwirrte. Und auch wenn ihr Vater sie nach Kräften ablenkte, damit sie nichts mitbekam, erriet sie schon in der ersten, schlaflosen Nacht in ihrem Zimmer zum Hof, dass das Gebäude dahinter eins dieser berüchtigten Etablissements beherbergte.

Ein großer, leuchtender Ballon, der plötzlich über der Stadt aufstieg, holte sie aus ihren Erinnerungen. Er war gewaltig, größer und strahlender als alle, die sie in letzter Zeit gesehen hatte. Sie beobachtete, wie er langsam in den Himmel stieg, und schaute zu, wie er Feuer fing und in einem Züngeln blauer und orangener Flammen abstürzte. Auch als der Ballon schon vollständig verglüht war, hatte sie noch seinen strahlenden Widerschein in den Augen. Und für einen Moment fühlte sie sich fast heiter, schwerelos, leuchtend wie dieser flüchtige Ballon aus Licht.

Sie rieb sich die Augen, und während sie noch dachte, wie vergänglich das Leben war, stand sie auf und hob langsam den Deckel des Flügels. Drinnen lag, in ein Spitzentuch gehüllt, die Sprengladung. Gebannt betrachtete sie das Dynamit. Voller Staunen dachte sie daran, wie erschreckend perfekt die geheimen Mechanismen des Lebens von Tag zu Tag ineinandergriffen: über Jahre hatte ihr armer Vater die Dynamitstangen in seinem Haus aufbewahrt; ihr geliebter Musiker, die große Liebe ihres Lebens, hatte ihr ein paar davon einsatzbereit zurückgelassen; und jetzt waren ihre früheren Verehrer ihr wie unschuldige Lakaien des Todes beflissen zur Hand gegangen bei dem, was ihre letzte Entscheidung erforderte. Ahnungslos half die Liebe ihr beim Sterben.

Als käme er geradewegs aus dem Bahnhofsgebäude, sah sie plötzlich ihren Vater mit einer Laterne in der Hand auf sich zukommen. Damit er sie nicht noch einmal mit seiner Elidia verwechselte, sprach sie ihn schnell an:

»Wie geht es dir, Vater?«

Überrascht begrüßte sie der zwirbelbärtige Stationsvorsteher und fragte dann vorsichtig, was sie um diese Zeit hier tue. »Als ich das Gespann sah, dachte ich, das sind Schmuggler«, sagte er.

»Verzeihen Sie«, sagte Golondrina del Rosario bestürzt. »Aber ich erfülle ein Versprechen, das ich meinem Vater gegeben habe.«

Der alte Mann sagte etwas davon, wie gefährlich die Wochenenden hier seien, und erbot sich, ihr Gesellschaft zu leisten. Sie bat ihn, sie allein zu lassen, es handele sich um etwas zwischen ihr und ihrem Vater. Im grünen Schein seiner Eisenbahnerlampe schlurfte der Alte davon und brummelte in seinen Bart, dass in diesem gottverdammten Kaff jetzt wohl alle restlos meschugge seien.

Als sie wieder allein war, betete Golondrina del Rosario ein Vaterunser und bekreuzigte sich andächtig, zog dann die Streichholzschachtel aus ihrem Ausschnitt, riss eins an, legte schützend ihre durchscheinenden Hände um die Flamme und entzündete die Lunte – der Geruch nach brennendem Pulver rief ihr für Augenblicke die Silvesterfeste von Pampa Unión in Erinnerung. Sie vergewisserte sich, dass das schwarze Pulver gut brannte, und schloss dann den Deckel. Ihr blieben noch genau fünf Minuten zu leben. Ein Schaudern schlängelte sich kalt ihr Rückgrat hinab. Als machte sie sich bereit für das bedeutendste Konzert ihres Lebens, zupfte sie die Falten ihres Kleides zurecht, straffte sich und legte sacht die Finger auf die Tasten. Der Sonnenaufgang spannte weiter teilnahmslos seinen unermesslichen Vorhang aus Licht aus.

Wie ein gläsernes Erzittern klang das erste Arpeggio, das ihren Fingern entströmte. Die Töne perlten hell in die Luft und verloren sich in dem gewaltigen Amphitheater, das der anbrechende Tag blau überwölbte. Ihre kalten Finger begannen unbeholfen; doch dann ertönte das Nocturne Opus 37, von jeher ihr liebstes, immer klarer und eindeutiger in der Eiseskälte des Morgens.

Mit dem Gesicht zur aufgehenden Sonne saß Golondrina del Rosario wie vor einer planetarischen Kinoleinwand, als wollte sie die ersten Akte der Schöpfung mit Musik untermalen. Doch was sie nun mit schon engelsgleichem Ausdruck und vom Weinen verheertem Gesicht auf dieser gewaltigen Leinwand ringsum zu sehen und zu begleiten begann, war nicht die krachende Erschaffung eines neuen Universums, sondern das dramatische Bild von der endgültigen Auslöschung einer mit dem Vorschlaghammer zurechtgetrümmerten Welt. Wie eine den Horizont umspannende Luftspiegelung oder eine letzte apokalyptische Offenbarung vollzog sich, jenseits von Raum und Zeit, vor ihrem vom eigenen Tod entflammten Blick der endgültige und restlose Niedergang dieser grausamen Einöde, wo Ausbeutung und Willkür alle Träume von Gerechtigkeit und Gleichheit massakriert hatten; der Niedergang dieser gottverlassenen Salpetergebiete, wo der Glaube und die Hoffnung unter der Sonne rammdösig im Kreis gelaufen und schließlich verreckt waren an der eigenen schwefligen Pisse.

Zum Rhythmus der Musik von Chopin, deren Dramatik sich mit dem stillen Hellerwerden der Wüste steigerte, sah sie die Steinhaufen der letzten infamen Salpetergruben in sich zusammenfallen, den letzten Rauch aus den Schloten wehen und die armseligen Minensiedlungen aus Wellblech, eine nach der anderen, in Verlassenheit verenden. Neben den verwitternden Barackenhäusern erlosch das Feuer der Lokomotiven, der Balg in der Schmiede hauchte sein Leben aus, in den Werkstätten fraß sich der Rost in die Ambosse, und der oxidrote Staub fegte über die barbarischen Abraummulden, wo die Arbeiter mit nacktem Oberkörper und vor Erschöpfung glasigem Blick ihre groben, weltumfassenden Schaufeln geschwungen hatten (eine Erdhalbkugel Geröll passte in jede), in deren Holzstiele sich die umklammernden Hände rissig eingeschrieben hatten. Sie sah die Markthallen der Minenläden skelettiert, die Prachtvillen der Verwalter geschleift, die kleinen gepflasterten Stadtplätze verwüstet, wo einst fröhliche Kapellen trinkfreudiger Musiker Polkas und Paso dobles gespielt hatten, Mazurkas und Marschmusik, und wo die jüngste Tochter der Wirtin mit ihren Seidenbändern im Haar und ihrem Lächeln so weiß wie Salpeter den Blonden mit den Becken spielen sehen wollte, der bei ihnen in der Wirtschaft aß und ihr Zettelchen mit Liebesworten unter die Tabletts mit Essig und Öl steckte. Sie sah die Dächer der Tanzsäle einstürzen, wohin der Hauer, der von früh bis spät mit nichts als der eigenen Kraft Steinbrocken zertrümmert, sich dann nach Feierabend becherweise Wasser übergeschüttet und seine Nägel mit dem Messer gestutzt hatte, im Zweireiher und mit dandyhaft aufgesetztem Filzhut zum Tanzen ging und dabei makellos weiße Handschuhe trug, nicht weil er gehörig auffallen wollte, sondern damit die Schöne in seinen Armen die quarzige Schärfe seiner Schwielen nicht spürte, wenn sie sanft über die Wellen eines Walzers glitten. Und wie die Leichentücher alter, längst vergessener Träume sah sie die Vorhänge der Filmtheater vergammeln und verrotten, in denen einst dieselben harten Männer auf den Holzbänken in der ersten Reihe gesessen und sich totgelacht hatten über diesen Tunichtgut mit Stock und Melone, der bedächtig im Rhythmus der Klaviermusik die Schnürsenkel seiner Schuhe verspeiste. Sie sah die Wände der Arbeitervereine sich neigen und für immer umstürzen, wo die Arbeiter und ihre Frauen einst ihre Streiks und heroischen Hungermärsche durch die Wüste verabredet hatten, Streiks und Hungermärsche, die ihnen am Ende nichts eingebracht hatten als den Tod im Hagel der Maschinengewehrsalven, weil sie allesamt niedergeschlagen worden waren in blutigen Massakern, an die sich landauf, landab niemand erinnern wollte. Und zuletzt sah sie in einem endlosen und traurigen biblischen Exodus all die vielen Menschen die Wüste verlassen, die einst in geheuerten Herden aus dem fernen Süden gekommen waren, Männer mit verbitterten Gesichtern, die man wie Vieh in die stinkenden Frachträume der Dampfschiffe gepfercht hatte, diese Unschuldsengel, die wie elende geschundene Tiere von Bord und weiter in die demütigenden Waschhäuser getrottet waren, wo man sie wie Tanzbären mit dem Wasserschlauch abspritzte, sie entlauste, desinfizierte, ihre alten Kleider aus einem früheren bäuerlichen Unschuldsdasein verbrannte, ehe man sie weiter auf die Güterwaggons eines Salpeterzugs trieb, der hinauffuhr in die kahle Ödnis, mitten hinein in die Hölle, wo die Unbarmherzigkeit der niegeschauten Landschaft sie auf ihrer quälenden Fahrt über die grenzenlose gleißende Ebene endgültig säuberte und von allem reinigte: Die Schroffheit der kahlen Berge schabte ihnen den letzten grünen Sprengsel aus dem Blick, und der salzige Wüstenwind leckte das letzte zarte Tröpfchen Regen von ihren traurigen Gesichtern wie die verstoßener Engel. Und als auf der grandiosen Leinwand des anbrechenden Tages die gesamte Wüste zu einem einzigen Beinhaus für tote Minensiedlungen geworden war und Golondrina del Rosario wie in einem alten, verschwommenen Film sah, wie die letzten Bewohner verzweifelt weinend ihre Stadt verließen, da erscholl zum Wogen ihres eigenen Klavierspiels durch den kosmischen Klangraum dieser hohen Kathedrale, in die der Tagesanbruch die Wüste verwandelte, das schreckliche Bersten ihres Todes. Und den Bruchteil einer Sekunde später konnte sie, schon hoch oben zu einem sanften Trugbild der Liebe geworden, mit einem Zwinkern ihrer sterbenden Augen und untermalt vom Echo ihres letzten Klavierakkords ein letztes Bild dieser unglücklichen Stadt erhaschen: Über die menschenleeren, nur vom geschmirgelten Licht der Sterne erhellten Straßen sah sie den in allen Regenbogenfarben bemalten Wagen eines armseligen Wanderzirkus in die Stadt fahren, sah ihn am Platz halten, sah die bemitleidenswerten Clowns aussteigen, den hohläugigen Zauberer, den schläfrigen Schlangenmenschen, die duckmäuserischen Jongleure; sie sah, wie unter dem harten Blick des Zirkusdirektors die Zeltstangen und Schnüre abgeladen wurden, man die sandfarbene Plane ausbreitete, die Pflöcke in die salpetrige Erde trieb und das tausend und einmal von der blassen Tänzerin geflickte Zelt aufrichtete. Und mit ihrem letzten Atemzug, schon nur noch ein auf dem Nachklang ihres zersplitternden Pianos dahingaloppierender Geist, sah Golondrina del Rosario, wie die Zirkusleute im Licht der aufgehenden Sonne vor ihrem schon aufgespannten Zelt mit den im Wind flatternden Wimpeln erkannten, dass sie in eine tote Stadt gekommen waren, in eine Geisterstadt, und wie sie dann ziellos und niedergeschlagen die Straßen durchstreiften, hinein und wieder heraus aus den leeren Häusern, den zerstörten Läden, den verwüsteten Bordellen, den menschenleeren Salons, den verlassenen Kneipen, Türen und Fenster dabei schlugen wie elende Fahnen der Trostlosigkeit, während einer der Clowns, der traurigste von allen, kopfunter am Querbalken eines Vordachs in der Einkaufsstraße hing, schwermütig zur Bahnstation schaute und zarte Tränen der Sehnsucht weinte, die ihm glitzernd in die dichten Brauen rannen, in die Falten auf der Stirn, in das feste, verwirbelte Haar, um schließlich auf die ausgetrocknete Erde zu tropfen in dieser traumverlorenen Stadt, in der er vor langer Zeit, als er noch ein kleiner Junge war, diese unvergessliche Kinopianistin und Vortragslehrerin kannte (und still in sie verliebt war), das Fräulein Golondrina del Rosario

Alzamora Montoya (R.I.P.), geboren am 13. November 1899 und aus Liebe gestorben bei Sonnenaufgang an einem Sonntag, dem 11. August 1929.

Epilog

Das Städtchen Pampa Unión sieht heute aus wie durch einen Luftangriff akribisch in Schutt und Asche gelegt. Übrig sind von ihm lediglich ein paar rostrote Mauergerippe, auf denen noch die Namen irgendwelcher Geschäfte und Kneipen stehen. Auf den Mauerresten entlang der Calle Larga, die in ihren besseren Zeiten als Straße der Huren bekannt war, können die gelegentlichen Besucher noch einige der Gemälde bestaunen, mit denen die Bordelle seinerzeit die Wände ihrer Salons schmückten.

Auch lässt sich in den Straßen dieser Geisterstadt, in der Atmosphäre dieses gottvergessenen Ortes inmitten der Wüste, noch die alkoholische Anziehungskraft erahnen, der die trink- und feierfreudigen Minenarbeiter einst erlagen. Und so sagt die Legende, dass der Reisende, der in tiefer Nacht vor den Resten der Stadt anhält (die Überlandstraße nach Calama führt vorbei) und die Ohren in Richtung der Ruinen spitzt, erst ein leises Bienengesumm vernimmt, das nach und nach in einem wundersamen Crescendo zum unverkennbaren Lärm eines Fests anschwillt.

Ich spitzte die Ohren und glaubte tatsächlich, leise Musik zu vernehmen. Mehr noch, als diese Geschichte schon Fahrt aufgenommen hatte, verbrachte ich mehrere Wochenenden in der Stadt. Nachts legte ich meinen

Schlafsack bevorzugt zwischen die Mauern von etwas, das einmal eine Wirtschaft oder ein Freudenhaus gewesen war, und tagsüber streunte ich durch die zerfallenen Straßen (in denen, wer genau hinsieht, noch immer Tausende Kronkorken und andere Flaschenverschlüsse findet) und lief die Wege auf dem Friedhof ab, las Namen, Daten und fromme Grabinschriften und hoffte inständig, auf das Grab von Golondrina del Rosario zu stoßen.

Die meisten Grabstellen auf dem Friedhof wurden von rücksichtslosen »Wüstengeiern« geschändet: von Dieben, die auf der Suche nach Eheringen und Goldzähnen die Totenruhe stören. Auf dem alten Gottesacker, der in Sonne und Stille brät, treiben die Särge – wie auf allen Friedhöfen der Atacama-Wüste – dicht unter der Erde wie Boote, die mit ihren Toten in einem ausgebrannten Sandmeer auf Grund gelaufen sind.

Bei meinen ersten Besuchen dort entdeckte ich kein Grab einer Erwachsenen mit dem Namen der Pianistin, fand ihren Namen jedoch auf drei oder vier weißen Kreuzen von Kindergräbern. Später erfuhr ich, dass nach den Ereignissen des Jahres 1929 viele Mütter ihre Töchter zu Ehren der unvergesslichen Schönen auf den Namen Golondrina getauft hatten. Als ich dann allerdings einmal mit dem Filmemacher Leo Kocking und meinem Freund Desiderio Arenas nach Pampa Unión fuhr – die beiden drehten damals einen Dokumentarfilm über die Salpeterstädte –, entdeckten wir eine Grabnische, die kein Kreuz und keine Inschrift trug und selbstverständlich ebenfalls aufgebrochen worden war. Der Sarg war fast vollständig aus den Fugen, ragte halb aus der Nische und gab nur den Blick auf die untere Hälfte des Leichnams frei. Die Leiche einer Frau. An den sehr kleinen Füßen trug sie feine, von der Zeit verdorrte Schuhe, an denen noch die Überreste eines warmen Grüntons zu erkennen waren. Zwischen den Fetzen ihres Kleides lag seitlich an ihrem Körper, und das fesselte unsere Aufmerksamkeit am meisten, eine matte, in ihrer balletthaften Haltung fast unwirkliche, mumifizierte Frauenhand. Ihre einzige Hand. Ich staunte. Wir staunten. Tief im Innern wollte ich glauben, dass es die Überreste von Golondrina del Rosario waren (die andere Hand war ihr bestimmt durch die Explosion abgerissen worden). Ich wollte den oberen Teil des Sarges nicht öffnen. Auf romantische Art überzeugt, dass es sich um meine Heldin handelte, wollte ich ihr vom Tod zerfressenes Gesicht nicht sehen. Ich wollte sie so in Erinnerung behalten, wie ich sie mir ausgemalt hatte, als man mir die tragische Geschichte ihrer Liebe erzählte. Leo Kocking filmte sie.

Danach las ich die Zeitungen, die damals in Pampa Unión erschienen waren (dass es sie gab, hatte ich von Alfonso Calderón erfahren), und redete mit etlichen alten Leuten, die dort gelebt hatten. Nicht alle erinnerten sich an die »Liebesgeschichte zwischen dem Trompeter der Literkapelle und der Kinopianistin«. Viele waren damals noch Kinder gewesen und wussten nur, was sie von den Erwachsenen darüber gehört hatten. Doch was sie mir über ihre Jahre dort berichteten, war für mich von unschätzbarem Wert, um ein wahrheitsgetreues Bild dieser Stadt zu zeichnen, die 40 Jahre bestand (ein Alter mit biblischen Anklängen) und verschwand, wie sie aufgetaucht war: von einem Tag auf den anderen. Ebenfalls eine entscheidende Hilfe war für mich das Buch *Pampa Unión, un pueblo entre el mito y la realidad* (»Pampa Unión, eine Stadt zwischen Mythos und Wirklichkeit«) der Professoren Juan Panadés Vargas und Antonio Obilinovic Arrate, veröffentlicht von der Universität von Antofagasta.

An einem Abend im November 1997 rief mein Freund, der Autor Alejandro Pérez Miranda, an und erzählte, er habe von einem alten Mann gehört (»eine unerhört interessante Persönlichkeit«, sagte er in seiner immer etwas feierlichen Art), der in Pampa Unión gelebt habe. Der besagte Mann, erklärte mir Alejandro, sei an die neunzig, wenn nicht sogar schon älter, jedoch laut Aussage von Leuten, die mit ihm zu tun hatten, geistig voll auf der Höhe.

Erst war ich nicht sonderlich interessiert. Das Gerüst der Geschichte stand bereits, und ich wusste nicht, was ein weiteres Interview mir noch bringen sollte. Schließlich willigte ich doch ein. Ich wollte einige Informationen über die Bordelle der Stadt überprüfen, und wenn der Mann tatsächlich so alt war, dann musste er zu der fraglichen Zeit 21 oder 22 gewesen sein; alt genug, um das eine oder andere Etablissement besucht zu haben. Ich hätte mir nicht träumen lassen, was mich erwartete, als ich den alten Mann zwei Tage später zu Hause besuchte.

Er lebte zusammen mit einer fast ebenso betagten Frau in einem uralten Holzhaus in Antofagasta; eine der wenigen architektonischen Reliquien, die es dort in der altehrwürdigen Calle Bolívar noch gibt (später fiel mir auf, dass die meisten meiner greisen Interviewpartner – alle über achtzig – in solchen sanierungsbedürftigen Häusern in der Nähe des Zentrums wohnten). An dem Gebäude war die Farbe abgeblättert, es besaß bodentiefe Fenster und war innen nicht besonders behaglich. In dem Raum, in dem man mich empfing, waren ein vorsintflutliches Radio und ein kleiner Schwarzweißfernseher der einzige Luxus. Draußen war es drei Uhr mittags, aber hier in den Tiefen des Hauses saßen wir in einem Zimmer ohne Fenster oder Oberlicht im Schein einer funzeligen Glühbirne, die nackt aus einem Loch in der Decke hing. Die unregelmäßigen Bodendielen sahen verzogen und speckig aus. Am auffälligsten fand ich allerdings (wahrscheinlich eine Defórmation professionelle) einen alten Schrank aus Douglasienholz, der mit Büchern vollgestopft war. Die in Packpapier eingeschlagenen Bände wirkten auf den ersten Blick so alt wie ihr Besitzer. An der Wand über dem Schrank hing ein offizielles Porträt von Präsident Carlos Ibáñez del Campo aus seiner ersten Amtsperiode, vollständig eingestaubt und pickelig von Fliegenschiss.

Der Mann hatte die fleckige Haut alter Leute, ein paar wenige weiße Haarsträhnen und blaue Augen, so hell, dass sie fast wie Opale schimmerten. Er war geistig hellwach, redete langsam und wegen einer leichten Schwerhörigkeit eher laut. Er sprach wie jemand, der viel gelesen hat. Ehe wir mit unserer Unterhaltung begannen, stellte er mich seiner Schwester vor. Die alte Frau begrüßte mich sehr herzlich und verschwand gleich darauf in einem Zimmer nebenan.

Auf meine ersten Fragen bestätigte er mir, ja, er habe tatsächlich in jungen Jahren in Pampa Unión gelebt und, natürlich, auch einige Bordelle und ein paar Prostituierte gekannt. Als unser Gespräch eine knappe halbe Stunde um dies und das gekreist war und ich ihn unvermittelt, eigentlich eher beiläufig, fragte, ob er die berühmte Liebesgeschichte zwischen dem Trompeter der Literkapelle und der Pianistin des Arbeiterlichtspielhauses kannte, sah der Alte mich merkwürdig an. Das Himmelblau seiner Augen war plötzlich wie von einer Wolke überschattet. Er schwieg lange, als wartete er darauf, dass die Wolke sich verzog, dann nickte er. Als er wieder redete, klang seine Stimme verändert.

»Natürlich kenne ich die Geschichte«, war alles, was er sagte.

Dann rief er seine Schwester und bat um etwas gegen den Durst. Bis sie wiederkam, sagten wir kein Wort. Als sie zwei Gläser vor uns hingestellt hatte, wartete er, dass sie das Zimmer verließ, dann stand er langsam auf. Mit den Händen auf dem Rücken ging er eine Weile auf und ab, trat schließlich an den Bücherschrank und zog aus einem der Bände eine Fotografie. Dann ging er zurück zu seinem Sessel und sank tief ins Polster.

»Ich habe den Trompeter sterben sehen«, sagte er. »Eigentlich habe ich alle Musiker der Kapelle sterben sehen.«

Er reichte mir das Foto. Es zeigte ihn in Polizeiuniform.

»Ich war einer von den drei Polizisten, die den Soldatentrupp im Zug begleiteten«, sagte er.

Er erinnerte sich sehr genau an diesen Tag.

Er wollte wissen, ob ich darüber im Bilde war, was in Pampa Unión am 7. August 1929 passiert war, als der damalige Präsident die Stadt besuchte, Don Carlos Ibáñez del Campo (er deutete mit dem Kinn auf das Präsidentenbild).

Ich sagte, ich wisse davon.

»Was Sie nicht wissen«, sagte er und rückte seufzend etwas in seinem Sessel nach vorn, »ist, was mit den neun Männern der Kapelle wirklich passiert ist. Was in dem Salpeterzug vorgefallen ist, hat mit dem, was die Behörden damals erklärt haben, wenig zu tun.«

Der alte Mann wusste noch genau, dass es neun Musiker gewesen waren, erinnerte sich aber nicht mehr an alle:

»Außer dem Rothaarigen, der etwas mit der Kinopianistin hatte, gab es noch einen dicken Trompeter, der die ganze Fahrt über geweint hat. Außerdem war der Trommelteufel dabei, der nur einen Arm hatte, den kannte ich, weil er aus dem Ort war, und an dem Morgen wirkte er wie schwachsinnig. Und dann war da noch ein alter Knabe, der behauptet hat, er ist ein Held aus dem 79er-Krieg. An den erinnere ich mich noch gut wegen etwas, das er gesagt hat, bevor er starb.«

Dann sei da noch einer gewesen, der ein bisschen bolivianisch aussah und jede Menge Pockennarben im Gesicht hatte. An den erinnerte er sich wegen des Namens.

»Er hieß Aubergine. Das weiß ich noch genau, weil

ihn die Soldaten während der gesamten Zugfahrt nicht in Ruhe gelassen haben, ständig hat ihm einer befohlen, seinen Namen zu sagen, und dann haben wir alle gelacht. Ich war der Grünschnabel, und damit mich keiner für zu weich hält, habe ich mich zum Lachen gezwungen. Wir fuhren in einem Viehwagen, der hinten an einem Salpeterzug hing. Die Gefangenen waren an Händen und Füßen gefesselt, und ich weiß noch, dass mich dieser rothaarige Trompeter, der neben dem lag, der Aubergine hieß, keinen Moment aus den Augen ließ. Als hätte er gemerkt, dass mir nicht ganz wohl war in meiner Haut.

Plötzlich hielt der Zug mitten im Nirgendwo, und der Oberleutnant, der vorn auf der Lok mitgefahren war, kam vor die Stäbe am Wagen und befahl uns, den Gefangenen die Füße loszubinden und sie vom Wagen zu holen. Den Blick von dem Rothaarigen, der da auf den von Kuhfladen verkrusteten Brettern lag, vergesse ich nie. Als ich ihm die Fessel losband, fragte er leise, was los ist. Ich habe ihm nicht geantwortet.«

Der 79er-Veteran merkte als Erster, was gespielt wurde. Beim Aussteigen lehnte er sich zu dem Trompeter hin und zischte ihm ins Ohr, hier ist Endstation, Trompeterchen; hier knallen sie uns alle ab wie Hunde.

Mit dem Karabiner im Anschlag wurden die Gefangenen hinter ein paar verlassene Salpeterabbrüche getrieben. Dort mussten sie sich im Halbkreis hinknien. Der Oberleutnant beschimpfte sie die gesamte Zeit als Vaterlandsverräter, Anarchistenpack, subversive Scheißsäufer und was ihm sonst an Nettigkeiten einfiel; und er brüllte, dass er diese Horde von abgehalfterten Unruhestiftern mit dem größten Vergnügen kalt machte.

Alle schwiegen eingeschüchtert, nur der zweite Trompeter weinte noch immer wie ein Kind und sagte wieder und wieder, er habe mit der Sache nichts zu tun. Der Trommelteufel war in seinem eigenen Nichts versunken und zeigte keine Regung. Tirso Aguilar neben ihm schien zu beten, und Gine Maturana sah mit irren Augen in die Runde.

Als der Oberleutnant auf die Idee kam, allen die Hände losbinden zu lassen, damit die feigen Herren Musiker noch was vorspielen konnten, bevor sie starben, so viel Zeit hätten sie noch, sahen ihn alle verständnislos an. Der Klapphornist, dieses Unschuldslamm, fragte schließlich nach, womit denn, Herr Oberleutnant, unsere Instrumente sind doch auf der Wache in Pampa Unión beschlagnahmt worden. Der Offizier lachte und höhnte, ob die Phantasie dieser Scheißanarchisten bloß ausreichte, um sich gegen die Regierung zu verschwören. Sie sollten mit den Händen so tun, als würden sie spielen, und das passende Geräusch dazu machen, verdammt. Sie sollten sich nicht so anstellen.

»He, du, dicke Heulsuse, was ist dein Instrument?«

»Die Trompete, Herr Oberleutnant«, brachte Eraldino Lumbrera mit Mühe heraus.

»Na dann, spiel uns was Flottes!«

Eraldino Lumbrera zog die Nase hoch und stimmte dann einen Onestepp an, denselben wie beim Vorspiel im Club Radical. Gine Maturana versuchte sich mit dem Tsching Tsching der Becken an einem Marsch. Danach spielte der Posaunist ein paar Takte einer Mazurka. Der Hornist, der danach an der Reihe war, setzte zu einem Paso doble an, und dann intonierte Tirso Aguilar etwas im Walzertakt.

Als die Reihe an Candelario Pérez kam, nahm ihn der Oberleutnant scharf ins Visier und sagte herausfordernd:

»Nun zu dir, alter Knacker, was spielst du?«

Der alte Mann hatte schon zu einem Trommelwirbel ansetzen wollen, aber als er das hörte, bog er die Schultern zurück, blähte die Brust und hob an:

»Mein Name ist Candelario Pérez, und ich bin Unterfeldwe…«

Mit einem kräftigen Tritt in die Brust beförderte der Oberleutnant ihn rücklings auf die salpetrige Erde.

Bello Sandalio, der neben ihm gekniet hatte, wollte nach ihm sehen, aber der Offizier herrschte ihn an:

»Du, Scheiß-Rotschopf, rühr dich nicht vom Fleck!«

Er packte ihn an den Haaren und fragte nach seinem Instrument.

»Trompete«, sagte Bello Sandalio.

»Trompete, Herr Oberleutnant!«, blaffte der Oberleutnant.

»Trompete, Herr Oberleutnant«, wiederholte Bello Sandalio.

»Spiel mir einen Charleston!«

Bello Sandalio schob die Knie auf dem Sand zurecht, strich sich das Kupferhaar nach hinten und legte die Hände als Trompete an den Mund. Doch anstatt einen Charleston anzustimmen, spie er dem Offizier aus seiner durstigen Kehle einen schaumigen Rotzplacken mitten ins Gesicht und sah ihm dann mit seinem breitesten, makellos weißen Grinsen in die Augen. Der Gewehrkolben krachte voller Hass auf seinen Mund, und Bello Sandalio wurde fast auf den alten Marschtrommler geworfen.

Wutschnaubend gab der Oberleutnant den Befehl, dieses Scheiß-Anarchistenpack endlich abzuknallen.

Die Soldaten legten an, und in dem kurzen Augenblick, ehe sie feuerten und die Musiker von Kugeln durchsiebt übereinander in den Staub fielen, drehte Candelario Pérez, gegen den Schmerz in seiner Brust ringend, den Kopf, sah mit all seiner Zuneigung den Trompeter an – der ihn wiederum mit all seinen kaputten Zähnen anlächelte – und sagte mit lauter Stimme:

»Schwachköpfe! Die sind noch zu doof zum Breiessen!«